altamarea

Primera edición en esta colección: abril de 2019
Primera edición con esta presentación: mayo de 2025
Título original: *Dialoghi con Leucò*

altamarea.es
altamarea@altamarea.es

Imagen de cubierta: Ken Treloar

Diseño de la colección: Ricardo Juárez
Corrección: Guillermo Pérez
Maquetación: Giulia Bucciarelli Mateos

ISBN: 978-84-10435-28-5
DL: M-823-2025

Impreso por KS Printing en febrero de 2025

CESARE
PAVESE

Diálogos con Leucó

NARRATIVA

CARLOS GARCÍA GUAL

Prólogo

SOBRE CESARE PAVESE Y SUS DIÁLOGOS CON LEUCÓ

En 2008 habría cumplido sus cien años. Pero su cuenta se quebró a los cuarenta y dos, en 1950, al suicidarse en aquella habitación de un céntrico hotel en Turín. Ahora se le ha recordado —como hacemos en Madrid— en muchos lugares y en variados coloquios y reseñas, a la vez que se reeditan puntualmente muchos de sus libros, en español, francés, italiano, y otras lenguas, aprovechando la ocasión de este centenario.[a] Las frecuentes conmemoraciones de estos aniversarios suelen siempre acarrear rituales elogiosos y nostalgias académicas impostadas, y despiertan discursos y glosas de retóricas más o menos académicas y oportunistas. No obstante, pueden servir de pretexto, o de invitación, para volver a leer y comentar desde nuestra circunstancia presente aquellos textos que nos atrajeron y conmovieron por su singular acento hace ya muchos años, y, de paso, meditar y reflexionar sobre su pervivencia actual, descubriendo matices nuevos en los bien conocidos textos. Algo que sucede habitualmente con los textos clásicos, pero

a Texto publicado en *Cuadernos de filología italiana,* 2011, volumen extraordinario, pp. 177-186, y revisado por su autor para esta edición.

también con otros que, por su propia textura poética, diría uno que conservan sugerencias múltiples. Hay textos que apenas envejecen, o que envejecen bien, como los vinos, y sostienen bien el paso del tiempo, o rejuvenecen a la luz de otra mirada.

En mi caso, y supongo que lo mismo les pasará a otros coetáneos, las lecturas de algunos libros de Pavese me suscitan la memoria de las de los primeros encuentros con sus textos, unos cuarenta años atrás. Prescindiré ahora, sin embargo, de todo intento de evocar con nostalgia aquellos años en que en un Madrid tardofranquista y soñoliento comentaba con compañeros de la Facultad lecturas de Pavese, mientras veíamos alguna película del cine italiano neorrealista, en la atmósfera brumosa de un existencialismo de provincias. ¡Qué atrás se ha quedado esa época que ahora veo alguna vez retratada con poco color, en sepia o en blanco y negro! Tampoco quisiera insistir en la evocación melancólica de la silueta personal de Pavese ni en su conocido contexto biográfico, sino que solo pretendo, al socaire de las fechas, comentar la originalidad y el atractivo de una de sus obras: ese extraño libro titulado *Diálogos con Leucó,* que fue, según él escribió, su preferido, en contra de la opinión de la mayoría de los críticos contemporáneos. Justamente el libro que, de modo muy significativo, quedó en la mesilla de noche del hotel el día de su suicidio junto a la nota final de despedida: «Perdono a todos y a todos pido perdón. ¿Vale? No hagáis demasiados chismorreos» [Pavese 1979:467].

De antemano, debo decir que, de la amplia obra pavesiana, a mí siempre me atrajeron más sus poemas (e incluso los títulos de sus libros de poesía, como *Trabajar cansa* y *Vendrá la muerte y tendrá tus ojos*) que sus novelas (cuyos títulos son a veces no menos poéticos). Pero, sobre todo, debo alegar que, como a muchos de sus lectores, me impresionaron —por su sinceridad el uno, por su vigor poético el otro—, en la primera y en otras lecturas, sus diarios de los últimos años: *El oficio de vivir,* y *Diálogos con Leucó.* (No sé si es necesario advertir que, como es notorio, no soy un crítico de la literatura italiana reciente, ni siquiera un experto en el conjunto de la obra de Pavese; soy solo un lector fiel y añejo de sus obras. Pero, por otra parte, aprovecharé mi oficio de aficionado a los mitos antiguos y a las recreaciones y reflexiones sobre la mitología, para comentar, desde ese ángulo, sugerencias y rasgos propios de *Diálogos con Leucó.* De ahí el modesto enfoque y el breve alcance de estas líneas).

El título de *Diálogos con Leucó* se le ocurrió a Pavese cuando ya había avanzado en la redacción de esos «diálogos breves» (según una carta del 20 de febrero de 1946). De la breve serie de diálogos mitológicos, el más antiguo, titulado «Las magas», lo escribió el 13 de diciembre de 1945, y el más tardío, «Los hombres», el 31 de marzo de 1947. El mismo 20 de febrero redactó el prólogo o «Prefacio a los dialoguillos», un texto muy bien meditado, presente también en *El oficio de vivir* y que conviene leer con detenimiento para entender su empeño;[b] en efecto, esas líneas ilustran muy bien la actitud

b La importancia de estas líneas introductorias se ha subrayado muchas veces. Citaré, como ejemplo: «Con el resto, con los dubitativos y con los detractores se ha puesto a salvo: "De haber sido posible, habríamos prescindido bien a gusto de tanta mitología. Pero estamos convencidos de que el mito es un lenguaje, un medio expresivo, es decir, no es algo arbitrario, sino un vivero de símbolos formado —como todos los lenguajes— por una particular sustancia de significados que ningún otro sistema podría expresar". Esto es, insiste en defender el libro contra los silencios incómodos y contra las incomprensiones, y llega a adoptar un punto de altivez y de menosprecio. Parece imposible que Leucó no se entienda, pero me llena de orgullo: quiere decir que es un segundo *Fausto.* Los de Pavese al recurrir a esa mitología. Que en el mito se vea un lenguaje *sui generis,* un instrumento singular para expresar simbólicamente una realidad, o una percepción colectiva —y a la vez de uso muy personal— de una realidad que no puede presentarse de otro modo, es decir, que está más allá de los moldes expresivos de la lógica, no es una idea original. Ya los pensadores y poetas alemanes del siglo XVIII habían abundado en esa autonomía expresiva del mito como un código propio con su propia poética y su trascendencia en el ámbito imaginario, y, desde luego, por sus lecturas Pavese conocía muy bien todas esas teorías simbolistas.

Furio Jesi, temprano y perspicaz comentarista de esos textos, ya lo había detectado, notando cómo la visión pavesiana enlaza con ese idealismo simbolista, y se aparta tanto de la interpretación funcionalista de Malinowski como de la anterior teoría ilustrada, evolucionista, de Sir James Frazer:

> Es significativo que Pavese, por lo que respecta al valor simbólico del mito, rechace la teoría de un sentido «empírico», como decía Malinowski, para aceptar más bien, —aunque no de un modo ortodoxo— la de Kerényi, es decir, la que parece derivar no de una indagación puramente etnológica, sino de las especulaciones sobre el símbolo con acentos diversos en el ambiente de la poesía germánica, pero más en conexión con la teoría de Goethe que con la de los románticos [Jesi 1972:146].[c]

Diálogos, tan musicales si los comparamos con *El camarada,* fue la más querida de sus criaturas, como lo demuestran las reflexiones y los bizarros comentarios que le dedica en el diario a lo largo de todo 1947 [...] Este sentimiento no está muy alejado del que experimentan, empero, los fascinados lectores», Muñiz [1992:167]. *(Tr. del T.).*

c Es curioso que Pavese prefiriera adherirse a esa interpretación simbolista, vinculada a la época del idealismo alemán, y no a las teorías de autores

Con su pregnancia imaginativa, el mito servía para calmar mejor esa inquietud inextinguible a la que hace alusión; el mito tiene una contenida riqueza y alude a realidades que no alcanza la lógica habitual. Como Pavese dice en otro lugar: «Un mito es siempre simbólico, por esto no tiene nunca un significado unívoco, alegórico, sino que vive de una vida encapsulada que, según el lugar y el humor que lo rodea, puede estallar en las más diversas y múltiples florescencias».[d]

Pavese conocía varias mitologías, no solo antiguas, sino también de tierras lejanas, como lector y editor de libros de antropología en la editorial Einaudi, y por eso resulta mucho más interesante su declaración y su reflexión de que solo la de los antiguos griegos, la más conocida por los europeos, ofrecía una respuesta familiar a sus punzantes cuestiones. En principio, porque sus mitos estaban ligados a una educación, y también porque la riqueza de esa mitología, transmitida por una larga literatura, recreada poéticamente a lo largo de siglos, resulta incomparable, y revela una curiosa y singular «madurez mítica», ligada a su tradición en un marco histórico y espiritual de extenso horizonte. Insiste en ello:

> La fascinación de los mitos griegos nace del hecho de que posiciones inicialmente mágicas, totémicas, matriarcales, fueron —por la elaboración ágil del pensamiento consciente sobrevenida en los siglos X-VIII a. C.— objeto de nuevas y profundas interpretacio-

funcionalistas que él había editado en la serie de estudios sobre mitología que dirigía en la editorial Einaudi. Como si su sensibilidad como poeta se impusiera a la del novelista y editor atento a las corrientes más modernas, más pragmáticas.

d *Cfr.* Pavese [1987:305-64, 308-9]. He citado esa frase en mi libro *Introducción a la mitología griega,* donde resumo diversas interpretaciones modernas de la mitología, desde los simbolistas románticos a Frazer, a Lévi-Strauss.

> nes, de contaminaciones, de injertos —todo ello presidido por la razón—, y de este modo llegaron a nosotros con la riqueza de toda esa claridad y tensión espiritual, aunque también abigarradas de antiguos sentidos simbólicos ajenos [Pavese 1979:304].

Los mitos conservan una fuerza poética propia, singular, que puede ser invocada o resucitada por un buen intérprete. De ahí su potencial literario; y también su alcance especulativo.

> Debes guardarte —sigue diciendo— de confundir el mito con las redacciones poéticas que de él se han hecho o se están haciendo; precede a la expresión que se le da; no es esa expresión; en su caso se puede hablar perfectamente de un contenido distinto a la forma (aunque de una forma por sumaria que sea no se puede prescindir jamás); y esto lo prueba el hecho de que el verdadero mito no cambia de valor, ya se exprese en palabras, con signos, o con música. El mito es, en suma, una norma de un hecho ocurrido de una vez por todas, y extrae su valor de esa unicidad absoluta que lo alza por encima del tiempo y lo consagra como revelación. Por eso se produce siempre en los orígenes, como en la infancia. Está fuera del tiempo [Pavese 1979:305].

No vamos a detenernos ahora en comentar el trasfondo de estas ideas. Sería fácil conectarlas con textos de Karl Kerényi, C. G. Jung, Joseph Campbell o Mircea Eliade, por ejemplo. Más interesante ahora es subrayar esa conciencia de que los mitos en toda cultura —y muy claramente en nuestra cultura occidental— circulan a lo largo de la tradición como una herencia colectiva, están arraigados en un imaginario que, aun desligado de su función religiosa, se trasmite en la literatura y en el arte, desde los griegos. La tradición reelabora esos mitos en variados formatos y los usa para reflexiones y recreaciones varias. Es lo que Hans Blumenberg ha denominado «trabajo sobre el mito». En su espléndido libro *Arbeit am Mythos* H. Blumenberg insistió en la «significatividad» que, en un principio, los mitos aportan a la interpretación humana del mundo.

Desde luego, Pavese no pudo conocer ese libro [Blumenberg 1979], pero habría estado muy de acuerdo con sus tesis sobre la «constancia icónica» de esos relatos que son una y otra vez recontados y reinterpretados. Y que, de modo ingenuo o irónico, vienen a calmar esa inquietud ante la realidad cósmica inventando un trasfondo de figuras fantasmales. Pavese, no solo poeta y novelista, sino ensayista y editor, un intelectual comprometido, conocía varias mitologías, pero era muy consciente de que solo la de los griegos, al menos para los europeos, ofrecía una respuesta familiar a sus punzantes cuestiones.

Como ya se ha dicho, los mitos pueden presentarse en formas literarias diversas, y eso sucede ya en la antigua literatura helénica. Tanto la épica como la lírica y la tragedia griegas relatan cada una a su manera los mitos del repertorio tradicional. Y el diálogo puede también servir para ese fin, aunque no sea una de las maneras más usuales y espontáneas para contar ingenuamente los mitos. Elegir ese formato de los diálogos breves —que no apuntan a la mera narración, sino que colorean dramática o irónicamente el texto, con un toque de subjetividad al poner la narración en boca de determinados caracteres—, es seguir un cierto modelo literario. En la tradición griega el de los diálogos de Luciano; en la italiana, los de Leopardi.[e] (En contraste con

e Lo señala ya Muñiz [1992:111-113]: «Integrándose en esta tradición (iniciada por Platón y por Luciano), Pavese reordena por completo los objetivos de los opúsculos del satírico de Samósata, en los de Pavese, que no pretende caricaturizar a los dioses y héroes, no hay tono burlón ni rasgos cómicos, pero sí una inevitable ironía poética, de tintes melancólicos. En esa línea está, desde luego, próximo a Leopardi. La elección de ese formato, de forma muy consciente, subraya esa intención irónica).[f]

Como se espera, la forma del diálogo breve tiende a rememorar los mitos desde miradas subjetivas. No se trata de resumir los relatos míticos, sino de aludir a ellos y rastrear en ellos sus rasgos inquietantes o notas enigmáticas. Es muy significativo de su idea el hecho de que Pavese anteponga a cada texto unas líneas que resumen de manera previa la escena y cuentan quiénes son los actores del breve encuentro, para situar al lector, que podría desconocer o no recordar ese contexto, por más que los mitos sean conocidos. Digamos que, aunque los personajes sean conocidos, no suelen ser de los más habituales en los tablados de la mitología. Al

La terra e la morte para mostrar la otra parte de la moneda: ya no (y no solo) el drama humano proyectado en el mito, sino el mito mismo visto en el doble sentido que he mencionado antes, como proyección del drama humano» [...] «Acercando a nuestros días la mitología clásica, Pavese intentaba una operación de "extrañamiento" con la intención de impedir que —por razón de la excesiva familiaridad de los lectores con la versión vulgata— se perdiera la fuerza expresiva, pero después utilizaba la familiaridad que los lectores tenían con los mitos gracias a las lecturas escolares como un arma indispensable para dar a su obra la profundidad y la credibilidad de los recuerdos infantiles, el único mito del hombre moderno». Son excelentes también sus observaciones sobre la dificultad y el atractivo, Muñiz [1992:129]. *(Tr. del T.).*

f «Para quien sabe escribir, una forma es siempre algo irresistible. Corre el riesgo de decir tonterías y de decirlas mal, pero la forma que lo tienta, pronta a embeberse en sus palabras, es irresistible. (Me refiero, por ejemplo, al género del pequeño diálogo mitológico tuyo» [Pavese 1987:209]). La originalidad en la preferencia por ese formato, a la vez que la referencia a los diálogos de Leopardi, la señala ya Muñiz [1992:98].

sesgo de su evocación de los textos clásicos, los encuentros y diálogos abren una perspectiva propia, insinuando aspectos y cuestiones que nos hacen reflexionar sobre la condición infeliz de hombres y dioses, con un toque existencialista y subversivo, de acentos ácidos e irónicos, ecos de su propia inquietud.

Como señala Lorenzo Mondo, bajo la superficie mitológica se desliza una inagotable inquietud:

> El sentido último de estos *Diálogos* parece resolverse en una contrastada inquietud religiosa, en una anamnesis torturante y recurrente. Conviene de todos modos subrayar su complejidad, su carácter irreductible a una lectura unívoca. Es un libro de fugas y retornos, de ocultamientos y de emergencias. Presenta una arquitectura ambiciosa que a cada paso se desmonta, se abre a representaciones y argumentaciones divergentes, en un *continuum* que refleja el fluir de una conciencia indecisa [Mondo 2006:152].

Los *Diálogos* son un texto de difícil lectura, de un oscuro simbolismo, que puede desconcertar a más de un lector, como de hecho sucedió en su tiempo;[g] un texto que pareció extravagante e inconfortable a los críticos y a los filólogos, con la honrosa excepción del clasicista Mario Untersteiner, uno de los grandes estudiosos del pensamiento griego y un intelectual de singular sensibilidad e inteligencia, que

g *Cfr.* Muñiz [1992:130]. También Lorenzo Mondo [2006:149-53] comenta el rechazo casi unánime a la obra de la crítica literaria contemporánea, que no sabía dónde situarla. Con todo, me parece dudosa su observación sobre la influencia de Nietzsche sobre este texto. Pavese había leído *El origen de la tragedia* en 1940, es decir, algunos años antes de pensar en estos «dialoguillos míticos», que distan mucho del fervor dionisíaco, tanto por su estilo como por su contenido.

desde muy pronto comprendió todo el alcance poético y la originalidad de la obra. El desconcierto que produjo el libro en la crítica contemporánea lastimó, sin duda, a Pavese, que había puesto en esos *Diálogos* mucho de su sentir y pensar más íntimo. Pero él quiso asumir esa decepción con un cierto orgullo, y con irónica alegría.[h]

¿Por qué el título de *Diálogos con Leucó*? En principio, podríamos ver en él una alusión al nombre de su amada de esos años: Bianca Garufi. Pero, además, Leucó es diminutivo de Leucótea, «la Diosa blanca», una figura mítica de discreto relieve en el repertorio antiguo, divinidad menor, pintoresca y marina, muy al margen de los grandes dioses del Olimpo.[i] Ino Leucótea tiene solo una aparición relevante en la literatura griega. Aparece en la *Odisea,* canto v, versos 333 y siguientes, para auxiliar a Ulises, zarandeado en su balsa por una furiosa tempestad enviada por su enemigo Poseidón. Surge del mar como una gaviota y le habla y le

h De nuevo, *cfr.* Nieves Muñiz [1992:129]. «Toda una *summa* de la problemática literaria y de la poética de Pavese. Se comprende así que el autor sostuviera hasta el final la importancia de este libro mal recibido por críticos y lectores y lo definiera como "carta de presentación ante la posteridad" (*cfr.* la carta a Billi Fantini fechada el 20 de julio de 1950)» [...] «El mayor obstáculo con el que se enfrentó la fortuna del libro fue, sin duda, la ambigüedad de su estilo que, situándose a medio camino entre símbolo y alegoría, es a la vez aforístico-oracular (de ahí el uso recurrente de palabras-mito en apariencia sencillas —destino, recuerdo, isla, caminos, rocas, fieras— pero llenas de implicaciones inéditas) y secamente argumentativo (serán los propios interlocutores quienes, en el decurso del diálogo, construyan y aclaren el significado de esos términos). Así, mitos que deben ser desenmarañados, que significa gozar de la dificultad que tienen los lectores para entenderlos ("parece imposible que Leucó no se entienda, pero eso me llena de alegría", 26 de noviembre de 1948), y mitos desenredados». *(Tr. del T.).*

i Apunto, de pasada, que solo coincide en el nombre con la poderosa Diosa blanca patrocinada por Robert Graves, en un libro que con ese mismo nombre *(The White Goddess)* se publicó algunos años después.

da un velo mágico con el cual el héroe debe arrojarse al borrascoso mar, y sobrevivir hasta llegar náufrago a Feacia. De los veintisiete diálogos del libro de Pavese, solo aparece en dos: el primero, el de «Las magas» (donde charla con Circe y se evoca el episodio del encuentro de Ulises con la maga que transforma a sus huéspedes en cerdos y lobos), y, más adelante, el de «La viña» (donde anuncia a Ariadna, abandonada por Teseo, la pronta llegada de Dioniso). La diosa es una confidente marginal de los amoríos de Circe y Ariadna, amantes de héroes aventureros y seductores. Junto a «Las magas» hay en el libro solo otro encuentro inspirado en la *Odisea:* «La isla», donde dialogan Calipso y Odiseo. (Nuevo tema del abandono y el amor insatisfecho).

De todos modos, recordemos que, siendo el primero de los diálogos, «Las magas», marcó el camino a seguir; fue algo así como un ejemplo para los demás encuentros. Ya en ese texto está el motivo recurrente en tantos otros: la inmortalidad divina se enfrenta a la existencia mortal, y una y otra condición se revelan como insatisfactorias. Los héroes siguen su camino, mientras que las bellas inmortales, tanto Circe como Calipso, se quedan en sus islas abandonadas. Dejándolas atrás los astutos héroes se apresuran hacia un destino que acaba en muerte. Pero la inmortalidad no es tampoco garantía de felicidad. Los héroes pasan, sin que el amor los retenga, y las diosas se quedan solas con el recuerdo de una relación fugaz. No sé si Pavese pensaría también en el extraño destino de Leucótea: una mortal que, en su desesperación, se suicida arrojándose al mar, pero a la que los dioses le conceden, raro privilegio, la condición de diosa en las profundidades marinas. De allí emerge para auxiliar a Ulises. Pavese sentía pasión por la *Odisea* homérica, y tuvo un tenaz interés en buscarle una nueva versión italiana. Me parece evidente que en esas imágenes de la parlera Leucótea late el recuerdo del pasaje homérico, aunque la gaviota y el velo ahí no se mencionen.

Pavese recurre a los mitos griegos —o, mejor dicho, a figuras y coloquios fingidos entre los personajes del imaginario mítico— para dar expresión a sus propias inquietudes y desasosiegos, como si en esas imágenes y en sus destinos trágicos hallara un medio para expresar de modo enigmático anhelos sin respuesta. Bajo las máscaras de héroes y dioses nos invita a asistir, a través de ese intercambio de reflexiones y recelos,[j] a unos coloquios en un mundo de sombras. Como un pasaporte para ese fantástico teatro de sombras, como un velo de Leucótea para sobrenadar en la tormenta, extrae del viejo repertorio helénico esas figuras míticas, un tanto desconcertantes. No le interesa referir las hazañas prodigiosas de los dioses y los héroes, no evoca con retórica escolar el fulgor de esas fantasías, sino que comenta, a través de esas charlas, despedidas, fracasos, desilusiones, amores sin rumbo, quiebras de la felicidad. Ni la condición divina ni la arrogancia heroica son satisfactorias, y se anhelan en vano una a otra.[k] El destino resulta absurdo

j Los mitos se prestan a esas interpretaciones —que unas veces son más irónicas o burlescas, como en los *Diálogos de los dioses* de Luciano— y otras más melancólicas. Hay en esos relatos un elemento dramático que se presta a ser coloreado con variable tono sentimental, hay en los mitos una cierta ambigüedad o ambivalencia, como señala Muñiz [1992:98]: «Esta ambivalencia del mito —verdad y mentira, herida y sanación— se proyectaba sobre el concepto pavesiano de catarsis artística, cuya intención de hacer hablar al mito de sí mismo comportaba la imposibilidad de salir de su propio círculo hermenéutico [...] De esta maraña y de esta ambigüedad nacerán los *Diálogos con Leucó*, cierto, la obra más ambiciosa de Pavese, y algo más que una obra aislada». *(Tr. del T.).*

k *Cfr.* Mondo [2001:151-152]: «Los dioses pueden nutrir una soberana indiferencia por la suerte de los hombres (Jacinto muerto a manos del radioso e inevitable, y las preguntas se estrellan contra un muro. La selección de personajes y de episodios con final amargo es muy característica. Podríamos recordar, aplicada al juego con los mitos, la frase de Derek Walcott: «Los clásicos consuelan, pero no bastante». Solo queda un furtivo placer, o un ambiguo consuelo, en las palabras, en los razonamientos sobre el pasado y el destino, en el juego con las imágenes de esas figuras fantasmagóricas, marionetas ilustradas del teatrillo de la memoria, marginales al Olimpo de los Felices.

Leucó —en la *Odisea*— emerge del fondo marino como parlera y blanca gaviota. (Las diosas antiguas gustan de esas metamorfosis en veloces aves). Le aconseja a Ulises abandonar su almadía, y, tan solo abrigado con su velo, echarse a nadar en el mar embravecido. Ulises, un tanto desconfiado siempre ante las ayudas divinas, obedece al rato, y así llega dos días después a la isla de los feacios. Apenas arriba a la costa, desnudo y náufrago, arroja el héroe de nuevo el velo al mar, como le dijera la diosa marina, y prosigue su complicado regreso. Resulta un estupendo símbolo ese misterioso y mágico velo: un salvavidas prestado por la furtiva diosa metamorfoseada en parlera gaviota, una diosa que antes había sido una mujer de existencia trágica.

Podría decirse que los mitos pueden usarse, como el velo mágico de Leucó, a modo de salvavidas ocasional para náufragos en apuros. En esos breves coloquios puede darse

Apolo, —por usar una flor como muestra—), que no excluye una curiosa envidia, como si tuvieran necesidad de ellos. En las criaturas que se enfrentan a un destino mortal, "enriqueciendo la tierra con palabras y hechos", como Odiseo, se consuma paradójicamente una experiencia de libertad negada a los inmortales. Circe llega a afirmar que, para poder salir del tedio de una vida siempre igual, sería necesario morir. Y aquí estaría la novedad, lo que rompería la cadena». *(Tr. del T.).*

cabida a las emociones y anhelos de nuestra propia condición humana —humanas son las figuras de ese repertorio fabuloso—. Pero solo por un tiempo; es inevitable tener que devolver el velo más o menos pronto al mar, y enfrentarse de nuevo a la inquietud cotidiana. Para la mayoría de sus lectores de entonces, como ya hemos subrayado, *Diálogos con Leucó* resultó una obra muy extraña, una extravagancia difícil de aceptar en la trayectoria del novelista y poeta comprometido con la ética y estética del realismo contemporáneo. Podemos explicarnos el rechazo general de la crítica, desconcertada y escandalizada, un rechazo casi unánime. Ante ella Pavese, como ya hemos dicho, se sintió dolido, sorprendido hasta cierto punto ante su incomprensión; aunque luego se jactara, como hemos notado, de cierta alegría ante ese rechazo. Para él era la obra que mejor lo definía, en su complejidad, su inquietud poética y existencial, y por eso escribió —en carta a una amiga y poco antes de su suicidio— que la consideraba su «carta de presentación ante la posteridad» *(biglietto di visita presso i posteri).* No fue así para la gran mayoría de su público lector.

Debemos, pues, apreciar ese gesto suyo cuando quiso dejar, no por azar, sino con plena consciencia de su sentido, el libro de los coloquios míticos, como un testimonio de sus inquietudes sin respuesta, como una nostalgia hacia el paisaje antiguo, como un paseo entre sombras y fantasmas de otros tiempos, entremezclados los ecos de la infancia y las siluetas de diosas y héroes, con su extrañeza y su cálida y ambigua familiaridad, voces antiguas resonando para expresar angustias y dudas de siempre.

Releer los *Diálogos con Leucó,* un texto tan ambicioso y mucho menos leído de lo que merece, y a la vez recordar cuánto significaron estos breves dramas para su autor puede ser, aquí y ahora, un buen esfuerzo intelectual a la vez que un cordial y amistoso homenaje al gran escritor. Considero, por otra parte, que es uno de los textos más interesantes de un humanista del siglo XX, uno de los raros «clásicos» europeos del siglo, un magnífico ejemplo de la inagotable capacidad de sugerencias que —más allá de cualquier retórica y de la acartonada erudición clasicista— guardan todavía los antiguos mitos griegos.

PRESENTACIÓN*

Cesare Pavese, al que muchos se obstinan en considerar un narrador realista, especializado en campiñas y arrabales americano-piamonteses, nos presenta en estos *Diálogos* una nueva faceta de su temperamento. No hay escritor auténtico que no tenga su lado oscuro, sus caprichos, una musa escondida, que de vez en cuando lo invitan a convertirse en eremita. Pavese ha recordado cuando iba a la escuela y lo que allí leía; ha recordado los libros que lee a diario, los únicos libros que lee. Por un momento, ha dejado de creer que el tótem y el tabú, los salvajes, el espíritu de la foresta, el asesinato ritual, el mundo mítico y el culto a los muertos fueran solo bizarrías inútiles y ha querido buscar en ellos el secreto de algo que todos recuerdan, que todos admiran con somnolencia y que nos arranca media sonrisa. Y así han nacido estos *Diálogos*.

* Texto escrito por Pavese para la sobrecubierta de la primera edición de los *Diálogos con Leucó*, 1947.

Diálogos con Leucó

PREFACIO A LOS DIALOGUILLOS

De haber sido posible, habríamos prescindido bien a gusto de tanta mitología. Pero estamos convencidos de que el mito es un lenguaje, un medio expresivo, es decir, no es algo arbitrario, sino un vivero de símbolos formado —como todos los lenguajes— por una particular sustancia de significados que ningún otro sistema podría expresar. Cuando citamos un nombre propio, un gesto, un prodigio mítico, decimos/expresamos en media línea, en pocas sílabas, una cosa sintética e incluyente, una médula de realidad que vivifica y nutre de pasión, de estado humano, todo un organismo, todo un conjunto conceptual. Si además este nombre, este gesto y prodigio, nos resulta familiar desde la infancia, desde la escuela, mejor que mejor. La inquietud es más auténtica y cortante cuando remueve materia habitual. Aquí nos hemos contentado con utilizar mitos helénicos dado su perdonable auge popular, su inmediata y tradicional aceptabilidad.[1] Nos horroriza todo lo descompuesto, heteróclito, accidental, y pretendemos —incluso materialmente— limitarnos, ponernos un marco, insistir en una presencia conclusa. Estamos convencidos de que una gran revelación solo puede surgir tras una testaruda insistencia ante la misma dificultad. No tenemos nada en común con los viajeros, los experimentadores, los aventureros. Sabemos que el más seguro —y el más rápido— modo de asombrarnos es mirar siempre e impertérritos el mismo objeto. En un determinado momento nos parecerá —milagrosamente— que nunca antes lo habíamos visto.[2]

I. LA NUBE[3]

Es probable que la audacia llevase a Ixión al tártaro. Es falso, por el contrario, que procrease los centauros de las nubes. Estos ya formaban un pueblo antes de que el hijo de Ixión maridara.[4] Lapitas y centauros provienen de aquel mundo de titanes en el que las naturalezas más dispares tenían permitido mezclarse y en el que abundaban los monstruos contra los que más tarde el Olimpo se mostrará implacable.

(Hablan la nube e Ixión).

La nube Existe una ley, Ixión, de obligada obediencia.[5]

Ixión La ley no llega hasta estas alturas, Néfele. Aquí la ley es el nevero, la ventisca, la tiniebla. Y cuando llega la claridad del día y te acercas ligera al escarpado, es demasiado hermoso como para pararse a pensar.

La nube Existe una ley, Ixión, que antes no existía. Las nubes las aduna ahora una mano más fuerte.[6]

Ixión Hasta aquí no alcanza esa mano. Tú misma, ahora que el tiempo está sereno, sonríes. Cuando el cielo ennegrece y ruge el viento de nada sirve esa mano que nos bandea como gotas de lluvia. Así sucedía ya cuando no había un patrón. Nada ha cambiado en las cumbres de las montañas. Estamos acostumbrados a todo esto.

La nube Muchas cosas han cambiado en la montaña. Lo saben el Pelión, el Osa, el Olimpo. Lo saben montes incluso más agrestes.[7]

Ixión ¿Qué ha cambiado, Néfele, en las cimas?

La nube Ni el sol ni el agua, Ixión. La suerte del hombre, eso ha cambiado. Están los monstruos. Ha sido instituido un límite para vosotros, los hombres.[8] El agua, el viento, el escarpado y la nube ya no os incumben, ya no podéis acomodarlos a vosotros procreando y viviendo. Otras manos dominan ahora el mundo. Existe una ley, Ixión.

Ixión ¿Qué ley?

La nube Lo sabes: tu destino, el límite…

Ixión Mi destino está en mi mano, Néfele.[9] ¿Qué ha cambiado? Estos nuevos patronos, ¿pueden acaso impedir que me divierta arrojando piedras, que descienda hasta la llanura para romperle la espalda a un enemigo? ¿Serán más terribles que la fatiga y la muerte?

La nube No se trata de esto, Ixión. Puedes hacer todo eso y aún más. Pero ya no puedes mezclarte con nosotras, las ninfas de los estanques y los montes, con las hijas del viento, con las diosas de la tierra. El destino ha cambiado.

Ixión ¿Qué quiere decir, Néfele, «ya no puedes…»?

La nube Quiere decir que deseando actuar de ese modo estarías haciendo cosas terribles. Como quien para acariciar a un compañero lo estrangulase o acabase estrangulado.

Ixión No te endiento. ¿No volverás a la montaña? ¿Me temes?

La nube Volveré a la montaña y doquier. Nada puedes hacerme, Ixión. Nada puedes hacer contra el agua ni contra el viento. Debes arrodillarte. Solo así salvarás tu destino.

Ixión Tienes miedo, Néfele.

La nube Tengo miedo —he visto las cimas de los montes— pero no por mí, Ixión. Yo no puedo sufrir; temo por vosotros, que no sois sino humanos. Estos montes que un día recorríais como señores, estas criaturas nuestras y tuyas generadas en libertad, ahora tiemblan ante una señal. Estamos todos sometidos a una mano más fuerte. Los hijos del agua y del viento, los centauros, se esconden en los barrancos: saben que son monstruos.

Ixión ¿Quién lo dice?

La nube No desafíes esa mano, Ixión.[10] Es el destino. He visto audaces más que nadie y que tú mismo despeñarse y no morir. Entiéndeme, Ixión. La muerte, que era la fuente de vuestro coraje, puede seros sustraída de entre los bienes, ¿lo sabes?

Ixión Me lo has dicho otras veces. ¿Qué importa? Más viviremos.

La nube Juegas y no conoces a los seres inmortales.

Ixión Quisiera conocerlos, Néfele.[11]

La nube Ixión, crees que son presencias como nosotros, como la Noche, la Tierra o el viejo Pan. Eres joven, Ixión, pero nacido bajo el antiguo destino. Para ti no existen los monstruos, solo los compañeros. Para ti la muerte es un algo que llega, como el día o la noche. Eres uno de los nuestros, Ixión. En tu comportamiento está todo lo que eres. Pero para ellos, los inmortales, tus gestos tienen un sentido que va más allá. Prueban todo desde lejos con los ojos, el olfato y los labios. Son inmortales y no saben vivir por sí solos. Lo que ejecutas o no, lo que dices, lo que ansías, todo les contenta o disgusta. Y si tú les disgustas —si por equivocación los estorbas en su Olimpo— se precipitan sobre ti y te dan muerte, esa muerte que conocen y que es un sabor amargo y duradero que se deja sentir.

IXIÓN Es posible, pues, morir todavía.

LA NUBE No, Ixión. Harán de ti una especie de sombra, una sombra que quiere volver a la vida y que nunca morirá.[12]

IXIÓN ¿Tú los has visto, has visto a estos dioses?

LA NUBE Los he visto… Oh, Ixión, no sabes lo que pides.

IXIÓN También yo los he visto, Néfele. No son tan terribles.

LA NUBE Lo sabía. Tu destino está escrito. ¿A quién has visto?

IXIÓN ¿Cómo puedo saberlo? Era un joven que atravesaba el bosque descalzo.[13] Pasó por mi lado sin decir palabra; después, desapareció entre las peñas. Lo busqué largamente para preguntarle quién era, el estupor me había paralizado. Parecía hecho de tu misma carne.

LA NUBE ¿Has visto a alguien más?

IXIÓN En sueños lo he vuelto a ver junto a las diosas. Y me pareció estar con ellos, hablar y reír con ellos. Y me hablaban como tú me hablas pero sin miedo, sin temblar como tú tiemblas.[14] Hablamos del destino y de la muerte. Hablamos del Olimpo, reímos de los monstruos ridículos…

LA NUBE Oh Ixión, Ixión, tu destino está escrito. Ahora ya sabes qué ha cambiado en las cimas de las montañas; incluso tú has cambiado. Y crees ser algo más que un hombre.

Ixión Te digo, Néfele, que eres como ellos. ¿Por qué, al menos en sueños, no deberían serme agradables?

La nube ¡Loco, no te detendrás en el sueño! Subirás hasta ellos; harás algo terrible. Después vendrá aquella muerte.

Ixión Dime el nombre de todas las diosas.

La nube ¿Ves como el sueño ya no te contenta y crees en él como si fuera real? Te lo suplico, Ixión: no asciendas hasta la cumbre. Piensa en los monstruos, en el castigo, pues solo eso emana de ellos.

Ixión He tenido un nuevo sueño, esta noche. Estabas también tú, Néfele. Combatíamos con los centauros. Tenía yo un hijo que era también hijo de una diosa, no sé cuál. Y me parecía ser el joven que atravesó el bosque. Era incluso más fuerte que yo mismo, Néfele. Los centauros huyeron y la montaña fue nuestra. Tú reías, Néfele. Observa que incluso en el sueño mi destino es aceptable.[15]

La nube Tu destino está escrito. No queda impune haber mirado a una diosa.

Ixión ¿Ni siquiera a aquella de la encina, la señora de las cumbres?[16]

La nube Es indiferente una u otra, Ixión. No temas, estaré contigo hasta el final.[17]

II. QUIMERA[18]

Los jóvenes griegos acudían voluntariamente a Oriente a instruirse y a morir. Allí, su virtuosa audacia navegaba en un mar de fabulosas atrocidades a las que no todos supieron hacer frente. Es inútil dar nombres. Por lo demás, las cruzadas fueron muchas más de siete. De la tristeza que consumió en sus últimos años al exterminador de Quimera, y del nieto de aquel, Sarpedón muerto joven a los pies de Troya, nos habla nada menos que Homero en el sexto canto de la *Ilíada.*[19]

(Hablan Hipóloco y Sarpedón).

HIPÓLOCO Hete aquí, muchacho.

SARPEDÓN He visto a tu padre, Hipóloco. No quiere saber nada de volver. Vaga abominable y testarudo por los campos y no se protege de la intemperie ni se lava. Está viejo y miserable, Hipóloco.

HIPÓLOCO ¿Qué dicen de él los campesinos?

SARPEDÓN El campo de Alo está desolado, tío. No hay más que cañas y paludes.[20] En Janto, donde he preguntado por él, no lo habían visto desde hacía días.

Hipóloco Y él, ¿qué dice?

Sarpedón No recuerda ni la patria ni a nosotros. Cuando encuentra a alguien le habla de los sólimos y de Glauco, de Sísifo, de Quimera.[21] Al verme ha dicho: «Muchacho, si yo tuviera tus años ya me habría arrojado al mar». Mas no amenaza a alma viviente. «Muchacho —me ha dicho—, eres justo y piadoso. Somos hombres justos y piadosos. Si quieres vivir justo y piadoso deja de vivir».

Hipóloco ¿De verdad gruñe y se lamenta de tal modo?

Sarpedón Dice cosas amenazantes y terribles. Invoca a los dioses para que se midan con él. Día y noche, camina. Injuria y compadece solo a los muertos —o a los dioses.

Hipóloco ¿Glauco y Sísifo, has dicho?

Sarpedón Dice que fueron condenados a traición. ¿Por qué esperar a que envejecieran? ¿Para sorprenderles melancólicos y caducos? «Belerofontes —dice— fue justo y piadoso mientras la sangre regó sus músculos. Ahora que es viejo y está solo, ¿ahora lo abandonan los dioses?».

Hipóloco Extraña cosa, sorprenderse por esto. Y culpar a los dioses de algo que llega a todos los vivos. ¿Qué tiene en común él con aquellos muertos, él que siempre fue justo?

Sarpedón Escucha Hipóloco… Incluso yo me he preguntado, al ver aquella mirada perdida, si estaba hablando con el hombre que antaño fue Belerofontes. A tu padre le ha sucedido algo. No solo está viejo. No solo está triste y solo. Tu padre expía la muerte de Quimera.

Hipóloco Sarpedón, ¿estás loco?

Sarpedón Tu padre critica la injusticia de los dioses que quisieron que matase a Quimera. «Desde aquel día —repite— en que enrojecí por la sangre del monstruo no he vuelto a tener una vida verdadera. He buscado enemigos, domado a las Amazonas, causado estragos entre los sólimos; he reinado sobre los licios y plantado un jardín, pero ¿qué es todo eso? ¿Dónde hay otra Quimera? ¿Dónde está la fuerza de los brazos que la mataron? También Sísifo y Glauco, mi padre, fueron jóvenes y justos. Habiendo envejecido, ambos fueron traicionados por los dioses, que les dejaron embrutecerse y morir. ¿Cómo puede resignarse a morir quien en tiempos se enfrentó con Quimera?». Así habla tu padre, quien un día fue Belerofontes.

HIPÓLOCO Desde Sísifo, que encadenó a Tánato niño, a Glauco, que alimentaba caballos con hombres vivos, no son pocos los confines violados por nuestra estirpe. Mas estos son hombres antiguos, de la época monstruosa. Quimera fue el último monstruo que vieron. Nuestra tierra es ahora justa y piadosa.

SARPEDÓN ¿Así lo crees, Hipóloco? ¿Crees que es suficiente con haberla matado? Nuestro padre —lo puedo llamar de este modo— debería saberlo. Y sin embargo está triste como un dios, como un dios abandonado y canoso y atraviesa campos y paludes hablando con aquellos muertos.

HIPÓLOCO Pero ¿qué es lo que le falta, qué?

SARPEDÓN Le falta el brazo que la mató. Le falta el orgullo de Glauco y de Sísifo, justo ahora que, como sus padres, ha llegado a la frontera, al final. Le atormenta la audacia de aquellos. Sabe que jamás otra Quimera lo esperará en los peñascos. Y desafía a los dioses.

HIPÓLOCO Soy hijo suyo, Sarpedón, mas no entiendo estas cosas. Sobre la tierra, convertida ya en piadosa, se debería envejecer tranquilo. En un joven, en casi un muchacho como tú, Sarpedón, entiendo el clamor de la sangre, pero solo en un joven; pero solo por causas honrosas. Y sin enemistar a los dioses.

SARPEDÓN Pero él distingue qué representa ser un joven y qué un viejo. Ha visto otros días. Ha visto a los dioses como nosotros nos estamos viendo. Narra cosas terribles.

HIPÓLOCO ¿Has podido escucharlo?

SARPEDÓN ¡Oh, Hipóloco! ¿Quién no querría escucharlo? Belerofontes ha visto cosas que no suceden repetidamente.

HIPÓLOCO Lo sé, Sarpedón, lo sé, pero ese mundo es pasado. Cuando era niño me las contaba también a mí.

SARPEDÓN Solo que entonces no hablaba con los muertos. En aquel tiempo eran fábulas. Hoy, sin embargo, los destinos que toca devienen su propio destino.

HIPÓLOCO ¿Y qué relata?

SARPEDÓN Hechos que conoces. Pero no conoces la frialdad, la mirada extraviada, como de quien nada es ya y todo lo sabe. Son historias de Lidia y de Frigia, viejas historias carentes de justicia y de piedad. ¿Conoces la del sileno al que un dios llevó a la derrota en el monte Cileno y a quien después mató descuartizándolo como el carnicero sacrifica un macho cabrío?[22] De la gruta brota ahora un torrente cual si fuera su sangre. ¿La historia de la madre petrificada, convertida en peña que llora porque a una diosa plugo matarle, a flechazos, los hijos uno a uno?[23] ¿Y la historia de Aracne, que odiada por Atenea enloqueció y devino araña?[24] Son cosas que sucedieron. Las ejecutaron los dioses.

HIPÓLOCO Y está bien. ¿Qué importa? Es inútil darle vueltas. De aquellos destinos nada queda.

SARPEDÓN Queda el torrente, lo agreste, el horror. Quedan los sueños. Belerofontes no puede dar un paso sin encontrar un cadáver, un odio, una poza de sangre de los tiempos en que todo sucedía y no eran sueños.[25] Su brazo, en aquel tiempo, tenía su importancia en el mundo y mataba.

HIPÓLOCO También él fue cruel, entonces.

SARPEDÓN Era justo y piadoso. Mataba quimeras. Y ahora que es viejo y está cansado los dioses lo abandonan.

HIPÓLOCO ¿Por eso vaga por los campos?

SARPEDÓN Es progenie de Glauco y de Sísifo. Teme el capricho y la ferocidad de los dioses. Se siente embrutecer y no quiere morir. «Muchacho —me dice— así son la burla y la traición: primero te quitan toda la fuerza y después se ofenden si no llegas a hombre. Si quieres vivir, no vivas más…».

HIPÓLOCO ¿Y por qué no se suicida, él, que sabe estas cosas?[26]

SARPEDÓN Nadie se suicida. La muerte es destino.[27] No se puede sino desearla, Hipóloco.

III. LOS CIEGOS[28]

No hay evento de Tebas en el que no esté presente el ciego adivino Tiresias. Al poco de este coloquio comenzaron las desventuras de Edipo, es decir, se le abrieron los ojos y él mismo se los arrancó horrorizado.

(Hablan Edipo y Tiresias).

EDIPO Viejo Tiresias, ¿debo creer lo que se dice aquí, en Tebas, que los dioses te cegaron por envidia?

TIRESIAS Si es cierto que todo proviene de ellos debes creerlo.

EDIPO ¿Tú qué opinas?

TIRESIAS Que se habla demasiado de los dioses. Ser ciego no es una desgracia diferente de la de estar vivo.[29] He visto siempre que las desventuras llegan puntuales allí donde deben llegar.

EDIPO ¿Para qué sirven, pues, los dioses?

TIRESIAS Más viejo que ellos es el mundo. Ya ocupaba el espacio y sangraba, gozaba, era el único dios, cuando el tiempo aún no existía.[30] Las cosas mismas, ellas reinaban entonces.[31] Sucedían cosas: ahora, por gracia de los dioses, todo se ha hecho palabras, ilusión, amenaza. Pero los dioses pueden molestar, acercar y alejar las cosas: no tocarlas, no mudarlas. Han llegado demasiado tarde.

Edipo ¿Tú, sacerdote, dices así?

Tiresias Si no supiera al menos esto no sería sacerdote. Piensa en un muchacho que se baña en el Asopo; una mañana de verano. El muchacho sale del agua, vuelve a ella feliz, se zambulle y se zambulle de nuevo. Le viene un mal y se ahoga. ¿Qué tienen que ver aquí los dioses? ¿Deberá atribuir a los dioses su final o el placer disfrutado? Ni lo uno ni lo otro. Ha sucedido algo —que no es bueno ni malo, algo que no tiene nombre— que nominarán después los dioses.[32]

Edipo Y nominar, explicar las cosas, ¿te parece poco, Tiresias?

Tiresias Eres joven, Edipo, y como los dioses —que son jóvenes— iluminas tú mismo las cosas y las nombras. No sabes todavía que bajo la tierra hay roca y que el cielo más azul es el más vacío. Para quien, como yo, es ciego, todas las cosas son un obstáculo, nada más.[33]

Edipo Has vivido, empero, en comercio con los dioses. Las estaciones, los placeres, las miserias humanas te han largamente ocupado. Se cuenta de ti más de una fábula, como de un dios. Y alguna tan extraña, tan insólita, que sin duda deberá tener un sentido, acaso el que tienen las nubes en el cielo.

Tiresias He vivido mucho. He vivido tanto que cada historia que escucho me parece la mía. ¿Qué quieres decir con el sentido de las nubes en el cielo?

Edipo Una presencia en el vacío…

Tiresias ¿Cuál es esa fábula a la que concedes un sentido?

Edipo ¿Has sido siempre aquello que eres, viejo Tiresias?

Tiresias Ah, te entiendo. La historia de las serpientes. Cuando fui mujer durante siete años. De acuerdo, ¿qué ves en esta historia?

Edipo Tú la viviste y tú lo sabes. Pero sin un dios esas cosas no suceden.

Tiresias ¿Así lo crees? Todo puede suceder sobre la tierra. No hay nada insólito. En aquel tiempo encontraba desazón en las cosas del sexo: me parecía que envilecía el espíritu, la santidad, mi carácter. Cuando vi a las serpientes gozarse y morderse sobre el musgo no pude contener el despecho: las golpeé con el bastón.[34] Poco después, era yo mujer, y durante años mi orgullo fue constreñido a soportar. Las cosas del mundo son roca, Edipo.

Edipo ¿Es en verdad tan vil el sexo de la mujer?[35]

Tiresias En absoluto. No hay cosas viles, salvo para los dioses. Existen fastidios, disgustos e ilusiones que, al tocar la roca, se diluyen. Aquí la roca fue la fuerza del sexo, su ubicuidad y omnipresencia bajo todas las formas y mutaciones.[36] De hombre a mujer, y viceversa (siete años después volví a ver a las serpientes), cuanto no quise consentir con el ánimo me vino impuesto por la violencia o la lujuria y yo, hombre desdeñoso o mujer envilecida, me desencadené como una mujer y fui abyecto como un hombre y comprendí todo sobre el sexo: llegué al punto en que como hombre buscaba a los hombres y como mujer a las mujeres.

Edipo ¿Ves como algo te ha enseñado ese dios?

Tiresias No hay dios relacionado con el sexo. Es la roca, te digo. Muchos dioses son fieras, pero la serpiente es el más antiguo de todos los dioses.[37] Cuando se oprime contra la tierra te ofrece la imagen propia del sexo.[38] Están en él la vida y la muerte. ¿Qué dios puede encarnar y comprender tanto?

EDIPO Pues tú mismo. Lo has dicho.

TIRESIAS Tiresias es viejo y no es un dios. Cuando era joven ignoraba. El sexo es ambiguo y siempre equívoco. Es una mitad que aparece como un todo. El hombre consigue encarnárselo, vivir dentro como el buen nadador en el agua; mientras tanto, ha envejecido, ha tocado la roca. Al final una idea, una ilusión le queda: que el otro sexo quede saciado. De acuerdo, no lo creas: sé que para todos no es sino una fatiga vana.

EDIPO Rebatir cuanto dices no es fácil. No es casualidad que tu historia comience con las serpientes. Pero comienza también con el disgusto, con el fastidio del sexo. ¿Qué le dirías a un hombre vigoroso que te jurara desconocer ese fastidio?

TIRESIAS Que no es hombre cabal: es todavía un niño.

EDIPO También yo, Tiresias, he tenido encuentros camino de Tebas. Y en uno de ellos se habló del hombre, de la infancia a la muerte, y también tocamos la roca.[39] Desde aquel día fui marido y fui padre, y rey de Tebas. No hay nada ambiguo o vano, para mí, en mis días.

TIRESIAS No eres el único, Edipo, que cree en estas cosas. Pero la roca no se toca con palabras. Que los dioses te protejan. También yo te hablo y soy viejo. Solo el ciego conoce la tiniebla. Tengo la impresión de vivir fuera del tiempo, de haber vivido siempre, y ya no creo en los días. Incluso en mí hay un algo que goza y sangra.

EDIPO Decías que este algo era un dios. ¿Por qué, buen Tiresias, no intentas rezarle?

TIRESIAS Todos le rezamos a algún dios, pero lo que sucede no tiene nombre. ¿Qué sabe de los dioses el muchacho que se ahoga una mañana de verano? ¿De qué le sirve orar? Todos los días de la vida hay una gran serpiente que se esconde y nos vigila. ¿Te has preguntado alguna vez, Edipo, por qué los infelices enceguecen al envejecer?[40]

EDIPO Pido a los dioses que no me suceda.

IV. LAS YEGUAS[41]

No hace al caso hablar de Hermes, dios ambiguo entre la vida y la muerte, entre el sexo y el espíritu, entre los titanes y los dioses del Olimpo.[42] Pero el significado de que Asclepio, el buen médico, provenga de un mundo de divinas metamorfosis bestiales sí merece ser explicado.

(Hablan Hermes ctónico y el centauro Quirón).

HERMES El dios te pide que críes a este hijo, Quirón. Sabes ya de la muerte de la bella Corónide. El dios con manos inmortales se lo arrebató de las llamas y del regazo. Fui convocado junto al triste cuerpo humano cuando ya ardía, sus cabellos llameaban como la paja. Pero la sombra ni siquiera me esperó. Saltando de la hoguera, desapareció en el Hades.

QUIRÓN ¿Se convirtió en potranca en el traspaso?

HERMES Así lo creo. Pero las llamas y vuestras crines se parecen demasiado. No llegué a tiempo de cerciorarme. Debí sujetar al niño para traerlo hasta aquí arriba.

QUIRÓN Criatura, mejor si ardías en la hoguera. Nada tienes de tu madre sino la triste figura humana. Eres hijo de una luz cegadora pero cruel y deberás vivir en un mundo de sombra exangüe y angustiante, de carne corrompida, de lamentos y fiebre; todo lo heredas de Radioso.[43] La misma luz que te hizo escudriñará el mundo, implacable, y doquiera te mostrará la tristeza, la llaga, la vileza de las cosas. Te velarán las serpientes.[44]

HERMES Cierto es que el mundo de antaño se ha acabado si hasta las serpientes se han pasado a la Luz.[45] Pero, dime, ¿tú sabes por qué ha muerto?

QUIRÓN Enodio, nunca más la veremos saltar feliz del Dídimo al Pelión, entre cañaverales y peñascos. Basta así. Las palabras son sangre.

HERMES Quirón, puedes creerme si te digo que la lloro como vosotros la lloráis. Te juro que no sé por qué el dios la ha matado. En mi Larisa se habla de encuentros bestiales en las grutas y en los bosques.[46]

QUIRÓN ¿Qué significa? Somos bestiales. ¿Tú, justo tú, Enodio, que en Larisa eras escroto de toro y en el alba de los tiempos te ayuntaste en el fango del pantano con cuanto de sanguíneo y todavía informe existía en el mundo, precisamente tú te asombras?

HERMES Queda lejos aquel tiempo, Quirón, y ahora vivo bajo tierra o en las encrucijadas. Os veo a veces descender de la montaña como pedruscos, y saltar las pozas y los barrancos: perseguiros, llamaros, jugar. Comprendo las pezuñas, vuestra naturaleza, pero no sois siempre así. Tus brazos y tu torso de hombre, por ejemplo, y vuestras risotadas humanas, y ella, la muerta, y los amores con el dios, las compañeras que ahora la plañen sois cosas diversas. Incluso tu madre, si no me equivoco, gustó a un dios.

QUIRÓN Otros tiempos, en verdad. El viejo dios, para amarla, se hizo semental; en la cima del monte.

Hermes Entonces, dime, ¿por qué la bella Corónide fue en cambio una mujer y paseaba entre viñedos y tanto jugó con Radioso que este la mató y quemó su cuerpo?

Quirón Enodio, desde tu Larisa, ¿cuántas veces has visto, tras una noche de viento, recortada la silueta del Olimpo?

Hermes No solo la veo, a veces la asciendo.

Quirón Un tiempo también nosotros galopábamos hasta la cima de ladera en ladera.

Hermes Bien, deberías volver.

Quirón Amigo, Corónide ha vuelto.

Hermes ¿Qué quieres decir?

Quirón Quiero decir que esa es la muerte. Allí están los patronos. No amos como Crono el viejo o su antiguo padre o nosotros mismos por los días en que nos daba por pensar en ello y nuestra alegría no conocía confines y saltábamos entre las cosas como cosas que éramos. En aquel tiempo la bestia y el pantano eran tierra de encuentro de hombres y dioses. La montaña el caballo la planta la nube el torrente, todo lo éramos bajo el sol. ¿Quién podía morir en aquel entonces? ¿Qué era lo bestial si la bestia habitaba en nosotros al igual que el dios?

Hermes Tú tienes hijas, Quirón, y son mujeres o potrillas a voluntad. ¿Por qué te lamentas? Tenéis el monte, la llanura y las estaciones. No faltan siquiera, para complaceros, las moradas humanas, cabañas y aldeas a las entradas de los valles, y los establos y lares donde los tristes mortales fabulan sobre vosotros, prontos siempre a hospedaros. ¿No crees que el mundo esté mejor regido por los nuevos patronos?[47]

Quirón Eres uno de ellos y los defiendes. Tú que un día fuiste cojón y furor, ahora guías las sombras exangües bajo tierra. ¿Qué son los hombres sino sombras prematuras? Gozo al pensar que la madre de esta criatura se arrojó voluntariamente: al menos se ha encontrado a sí misma muriendo.

HERMES Ahora sé por qué ha muerto, ella que escapó hasta las laderas del monte y fue mujer y amó al dios con un amor tal que dio en este hijo. Dices que el dios fue despiadado. Pero ¿puedes decir que ella, Corónide, haya dejado tras de sí, en el pantano, el deseo animal, el informe furor sanguíneo que la había engendrado?[48]

QUIRÓN Ciertamente no, ¿y?

HERMES Los nuevos dioses de Tesalia, que tanto sonríen, solo de una cosa no pueden reír: créeme, yo he visto el destino.[49] Cada vez que el caos desborda la luz, la luz de los dioses, deben apuñalar y destruir y rehacer. Por eso ha muerto Corónide.

QUIRÓN Pero no podrán crearla de nuevo. Por tanto, tenía yo razón: el Olimpo es la muerte.

HERMES Radioso, empero, la amaba. La hubiera llorado de no haber sido un dios.[50] Le ha arrebatado la criatura. Te lo confía con alegría. Sabe que solo tú podrás convertirlo en hombre verdadero.

QUIRÓN Te he hablado ya de la suerte que le espera en las casas mortales. Será Asclepio, el señor de los cuerpos, un hombre-dios. Vivirá entre la carne enferma y los lamentos. A él se confiarán los hombres para escapar del destino, para retrasar una noche, un instante, la agonía. Pasará esta criatura entre la vida y la muerte, como tú, que fuiste testículo de toro y no eres más que el guía de las sombras. Esta es la suerte que los dioses del Olimpo concederán a los vivos en la tierra.

HERMES ¿Y no será mejor para los mortales acabar así que no la antigua condena de implantarse en la bestia y en el árbol, y convertirse en buey que muge, serpiente que repta, piedra eterna, fuente que llora?

QUIRÓN Sí, mientras el Olimpo siga siendo el cielo. Pero todo pasará.

V. LA FLOR[51]

Que a este hecho dulce/atroz, que no consigue disgustarnos, de un dios primaveral como Apolo el Claro asistieron los leopardianos Eros y Tánato es de una evidencia incontestable.[52]

(Hablan Eros y Tánato).

EROS ¿Te lo esperabas, Tánato?

TÁNATO Todo me lo puedo esperar de un olímpico. Pero que acabase de este modo, no.

EROS Afortunadamente, los mortales lo llamarán desgracia.

TÁNATO No es la primera vez ni será la última.

EROS Entretanto Jacinto ha muerto. Sus hermanas ya lo lloran. La inútil flor rociada con su sangre constela el cielo de todos los valles del Eurotas. Es primavera, Tánato, y el muchacho no la verá.

TÁNATO Por donde ha pasado un inmortal crecen siempre flores como estas. Pero en las otras ocasiones, al menos, había una fuga, un pretexto, una ofensa. Eran reluctantes al dios o demostraban impiedad. Sucedió así con Dafne, con Elino, con Acteón.[53] Jacinto, por el contrario, no era más que un muchacho. Vivió sus días venerando a su señor. Jugó con él como juega el niño. Estaba excitado y asombrado. Tú, Eros, lo sabes.

EROS Ya los mortales se dicen que fue una tragedia. Nadie piensa que Radioso pueda ser falible en sus actos.[54]

TÁNATO Asistí solo a la sonrisa forzada con la que siguió el vuelo del disco y lo vio caer. Lo lanzó hacia el sol y Jacinto alzó los ojos y las manos, y lo esperó deslumbrado. Le golpeó en la frente. ¿Por qué, Eros? Sin duda lo sabes.

EROS ¿Qué quieres que te diga, Tánato? Yo no puedo enternecerme ante un capricho del destino. También tú lo sabes: cuando un dios se acerca a un mortal sucede al punto un hecho cruel. Tú mismo has hablado de Dafne y Acteón.

TÁNATO ¿Qué fue, pues, en esta ocasión?

EROS Ya te lo he dicho: un hecho fortuito.[55] Radioso pretendía jugar. Descendió hasta los hombres y vio a Jacinto. Durante seis días vivió en Amiclea, seis días que a Jacinto le cambiaron el corazón y renovaron la tierra. Después, cuando al señor le vinieron ganas de desaparecer, Jacinto lo miraba desconcertado. Entonces el disco le golpeó entre los ojos.

TÁNATO Quién sabe… Radioso no quería que llorase.

EROS No. Radioso no sabe qué es el llanto. Lo sabemos nosotros, dioses y demonios niños, que ya vivíamos cuando el Olimpo era apenas un monte yermo. Hemos visto muchas cosas: hemos visto llorar incluso a los árboles y a las piedras. El señor es distinto. Para él seis días o una existencia son lo mismo. Nadie supo esto tan bien como Jacinto.

TÁNATO ¿De verdad crees que Jacinto pudo haber comprendido estas cosas? ¿Que el señor fuera para él algo más que un modelo, un compañero adulto, un hermano fiel y venerado? Lo vi solo cuando tendió las manos para el juego, en su frente no había sino estupor y fe. Jacinto ignoraba quién fuese Radioso.

EROS Todo es posible, Tánato. Es posible que el muchacho no supiera de Elino ni de Dafne. Dónde acaba la desazón y comienza la fe es difícil afirmarlo. Verdad es que vivió seis días de ansiosa pasión.

TÁNATO ¿Tú qué crees que sucedió en su corazón?

EROS Lo que le sucede a todo joven. Pero esta vez el objeto de sus cuitas y de sus actos fue excesivo para un muchacho. En la palestra, en las estancias, a lo largo del curso del Eurotas hablaba con El Huésped, participaba de él, le prestaba atención. Escuchaba las historias de Delos y de Delfos, Tifón, Tesalia, del pueblo hiperbóreo. El dios hablaba con plácida sonrisa, como hace el viajero al que creían muerto y vuelve experimentado. Esto es cierto: el señor no mencionó nunca su Olimpo, a sus compañeros inmortales, los asuntos divinos. Habló de sí, de la hermana, de las Gracias, como se habla de la vida familiar, maravillosa y familiar. A veces escucharon juntos a algún poeta giróvago, acogido por la noche.

TÁNATO Nada tiene de malo todo eso.

EROS Nada malo. Es más, son palabras confortantes. Jacinto aprendió que el señor de Delos, con aquellos ojos indescriptibles y su hablar sosegado, había visto y tratado por el mundo muchas cosas, cosas que podían ocurrirle un día. El Huésped también hablaba de él, de su suerte. La mezquina vida de Amiclea le resultaba clara y familiar. Hacía planes. Trataba a Jacinto como igual y coetáneo y los nombres de Aglaya, Eurínome, Auxo —mujeres lejanas y sonrientes, mujeres jóvenes, ligadas a El

Huésped por una misteriosa intimidad— se mencionaban con descuidada tranquilidad, con un tono indolente que a Jacinto le provocaba escalofríos en el corazón. Así se sentía el muchacho. Delante del señor todo era fácil, transparente. Jacinto creía ser capaz de todo.

TÁNATO He conocido a otros mortales más experimentados, más sabios, más fuertes que Jacinto. A todos destruyó ese frenesí de creerse capaces de todo.

EROS Querido, en Jacinto no hubo sino esperanza, una ansiosa esperanza de asemejarse a El Huésped.[56] Ni Radioso advirtió el entusiasmo que leía en aquellos ojos —le bastó con provocarlo—; él adivinaba ya entonces en los ojos y en los encrespados cabellos la flor marchita que era la suerte de Jacinto. No tuvo en cuenta ni palabras ni lágrimas. Vino a ver una flor. Esta flor había de ser digna de él: maravillosa y familiar como el recuerdo de las Gracias. Y con calma indolencia creó esta flor.

TÁNATO Somos algo feroz nosotros, los inmortales. Me pregunto hasta cuándo los olímpicos escribirán el destino.[57] Tanta osadía es posible que acabe también con ellos.

EROS ¿Quién sabe? Desde los tiempos del caos solo se ha visto sangre. Sangre humana, sangre de monstruos y de dioses. Se nace y se muere con la sangre. ¿Cómo crees que naciste?

TÁNATO Que para nacer sea necesario morir lo saben hasta los hombres. No lo saben los dioses del Olimpo. Lo han olvidado. Ellos perduran en un mundo transitorio. No existen, son. Cada arbitrariedad suya resulta en una ley fatal. Para explicar una flor destruyen a un hombre.

EROS Sí, Tánato. Pero ¿no queremos valorar los ricos pensamientos que Jacinto encontró? La ansiosa esperanza que fue su muerte fue también su nacimiento. Era un joven inconsciente, un poco absorto, aneblado de infancia, el hijo de Amicleo, rey modesto de una tierra modesta; ¿qué hubiera sido sin el huésped de Delos?[58]

TÁNATO Un hombre entre los hombres, Eros.

EROS Lo sé. También sé que no se escapa del destino.[59] Pero no acostumbro a enternecerme ante un capricho. Jacinto vivió seis días a la sombra de una luz. No le faltó, en la perfecta felicidad, ni siquiera un final veloz y amargo. Ese que olímpicos e inmortales desconocen. ¿Qué más hubieras deseado, Tánato, para él?

TÁNATO Que Radioso lo llorase como hacemos nosotros.

EROS Pides demasiado, Tánato.

VI. LA FIERA[60]

Estamos convencidos de que los amores entre Ártemis y Endimión no fueron un asunto carnal.[61] Lo que por supuesto no excluye —al contrario— que el menos enérgico de los dos anhelase el derramamiento de sangre. Es conocido el carácter no dulce de la diosa virgen, señora de las fieras, llegada al mundo desde una selva de indescriptibles madres divinas del monstruoso Mediterráneo. No menos conocido es que uno, cuando no duerme, quisiera dormir y pasa a la historia como el eterno soñador.

(Hablan Endimión y un extranjero).

Endimión Escucha, caminante. Como extranjero puedo decirte todo esto. No te asustes por mis ojos de loco. Los jirones que te envuelven los pies son feos como mis ojos, pero pareces un hombre cabal que se detendrá a voluntad en el lugar elegido y que tendrá cobijo, un trabajo, una casa. Estoy convencido de que si ahora caminas es porque no tienes nada sino tu destino. Y vas por los caminos al alba: prefieres, pues, estar despierto entre las cosas apenas emergen de la oscuridad cuando nadie aún las ha tocado.[62] ¿Ves aquel monte? Es el Latmo. Lo he ascendido muchas veces de noche, cuando más negro era, y he esperado el alba entre sus hayas. Empero, creo no haberlo tocado nunca.

EXTRANJERO ¿Quién es capaz de afirmar que ha tocado aquellas cosas junto a las que pasa?[63]

ENDIMIÓN A veces pienso que somos como el viento que pasa impalpable. O como los sueños del que duerme. ¿Te gusta, extranjero, dormir de día?

EXTRANJERO Duermo de todos modos, cuando tengo sueño y caigo rendido.

ENDIMIÓN Y, en el sueño, ¿no te sucede —tú que vas por los caminos— que oyes el rumor del viento, los pájaros, los estanques, el zumbido, la voz del agua? ¿No te parece, cuando duermes, que no estás nunca solo?

EXTRANJERO Amigo, no sabría decirte. He vivido siempre solo.

ENDIMIÓN ¡Oh, extranjero! Ya no encuentro la paz en el sueño. Pienso que he dormido siempre, y sin embargo no es verdad.

EXTRANJERO Pareces hombre hecho y derecho.

ENDIMIÓN Lo soy, extranjero, lo soy. Conozco el sueño del vino y aquel pesado que se duerme al lado de una mujer, pero todo esto no me beneficia. En el lecho tengo siempre atento el oído, pronto a saltar, y tengo estos ojos, estos ojos como de quien mira en la oscuridad. Creo haber vivido siempre así.

EXTRANJERO ¿Has perdido a alguien?

ENDIMIÓN ¿A alguien? ¡Oh, extranjero! ¿Tú te crees que somos mortales?

EXTRANJERO ¿Se te ha muerto alguien?

Endimión. No un alguien. Extranjero, cuando asciendo el Latmo dejo de ser un mortal. No mires mis ojos, no cuentan. Sé que no estoy soñando; hace mucho que no duermo.[64] ¿Ves las sombras de aquellas hayas, sobre las peñas? Esta noche he estado allí y la he esperado.

Extranjero ¿Quién había de venir?

Endimión No digamos su nombre; no lo digamos. No tiene nombre. O ha muchos, lo sé. Compañero hombre, ¿tú sabes cuán horroroso es el bosque cuando se abre en él un claro nocturno? O no, ¿cuando recuerdas de noche la clara que has visto y atravesado de día, y allí hay una flor, una baya que reconoces, oscilante al viento, y esta baya, esta flor, es una cosa salvaje, intocable, mortal, entre todas las cosas salvajes? ¿Lo comprendes? ¿Una flor que es como una fiera? Compañero, ¿has mirado alguna vez con estupor y deseo la naturaleza de una loba, de una cierva, de una serpiente?

Extranjero ¿Quieres decir el sexo de una fiera viva?

Endimión Sí, pero no es suficiente. ¿Has conocido alguna vez persona que fuera muchas cosas en una, que las llevara consigo, que cada gesto suyo, cada pensamiento que le dedicas encerrase infinitas cosas de tu tierra y de tu cielo, y palabras, recuerdos, días pasados que no conocerás jamás, días por venir, certezas y otra tierra y otro cielo que no te es dado poseer?

Extranjero He oído hablar de ello.

Endimión ¡Oh, extranjero! ¿Y si esta persona es la fiera, la cosa salvaje, la naturaleza intocable, que no tiene nombre?

Extranjero Hablas de cosas terribles.

Endimión Pero no es suficiente. Me escuchas, como es justo. Y si vagas por los caminos sabes que la tierra está llena de lo divino y de lo terrible. Si te hablo es porque, como viandantes y desconocidos, también nosotros somos un poco divinos.

EXTRANJERO Cierto, he visto muchas cosas; y algunas terribles. Pero no es necesario irse lejos: si te sirve te diré que los inmortales reconocen el camino por las chimeneas de los hogares.

ENDIMIÓN Entonces, lo sabes y puedes creerme. Dormía yo una tarde en el Latmo —estaba oscuro—, me demoré en el vagabundear y, sentado, dormía apoyado en un tronco. Me desperté bajo la luna —en sueños me estremecí al pensar que estaba allí, en el claro— y la vi. Vi que me miraba con aquellos ojos un poco oblicuos, ojos fijos, trasparentes, hondos. No lo supe entonces, no lo sabría por la mañana, mas ya le pertenecía, preso en el círculo de sus ojos, del espacio que ocupaba, del claro, del monte. Me saludó con una sonrisa seca; yo le dije: «Señora», y fruncía el ceño como muchacha algo selvática, como si hubiera comprendido mi estupor y mi terror interior al llamarla señora. Aquella turbación nunca desapareció entre nosotros.

Oh, extranjero, dijo mi nombre, se me acercó —la túnica no le tapaba las rodillas—[65] y alargando la mano me acarició los cabellos. Me tocó con dudas y sonrió con una sonrisa increíble, mortal. Estuve a punto de caer postrado —pensé todos sus nombres—, pero ella me retuvo como se retiene a un niño, la mano bajo el mentón. Soy fuerte y robusto, me ves, ella era orgullosa y no tenía sino aquellos ojos —una delgada muchacha selvática—, pero me comporté como un niño. «No deberás despertarte jamás» —me dijo—. No deberás hacer un solo gesto. Vendré de nuevo a encontrarte». Y se fue por el claro.

Recorrí el Latmo aquella noche hasta el alba. Seguí a la luna por todos los barrancos, las espesuras y las cimas. Agucé el oído, que sentía todavía colmo, como de agua marina, de aquella voz un poco ronca, fría, maternal. Cualquier rumor y cualquier sombra me detenían. De las criaturas salvajes entreví solo las fugas. Cuando llegó la luz —una luz algo lívida, tapada— miré la llanura desde lo alto, este camino que hacemos, extranjero, y comprendí que nunca más viviría entre los hombres. Ya no era uno de ellos. Deseaba la noche.

EXTRANJERO Cosas increíbles relatas, Endimión. Increíbles por el hecho de que, aun habiendo vuelto al monte, vives y caminas todavía, y la salvaje, la señora de los nombres, aún no te haya hecho suyo.

ENDIMIÓN Soy suyo, extranjero.

EXTRANJERO Quiero decir… ¿No conoces la historia del pastor devorado por los perros, el indiscreto, el hombre ciervo…?[66]

ENDIMIÓN ¡Oh, extranjero! Lo sé todo de ella. Porque hemos hablado, hablado, y yo fingía dormir, siempre, todas las noches, y no tocaba su mano, como no se toca la leona o el agua verde del estanque o la cosa más nuestra y que llevamos en el corazón. Escucha. La tengo delante —una muchacha delgada, no sonríe, me mira—. Y los ojos grandes, trasparentes, han visto otras cosas. Las ven todavía. Son ellos esas cosas. En sus ojos están la baya y la fiera, el grito, la muerte, la imploración cruel. Conozco la sangre derramada, la carne desgarrada, la tierra voraz, la soledad. Para ella, la salvaje, es soledad. Para ella la fiera es soledad. Su caricia es la que se hace al perro o al tronco del árbol. Pero, extranjero, ella me mira, me mira, y bajo la túnica breve es una magra muchacha, como quizá tú habrás visto en tu tierra.

Extranjero ¿De tu vida de hombre, Endimión, no habéis hablado?

Endimión Extranjero, ¿tú sabes cosas terribles y no sabes que lo salvaje y lo divino anulan al hombre?

Extranjero Cuando subes al Latmo dejas de ser mortal, lo sé. Pero los inmortales saben estar solos.[67] Y tú no quieres la soledad. Tú buscas el sexo de las bestias. Tú con ella finges el sueño. ¿Qué es eso que le has pedido?

Endimión Que sonriera de nuevo. Y esta vez ser sangre derramada delante de ella, ser carne en la boca de su perro.

Extranjero ¿Y qué te ha dicho?

Endimión Nada dice. Me mira. Me deja solo, al alba. Y la busco entre las hayas. La luz del día me hiere los ojos. «No deberás despertarte jamás», me dijo.

Extranjero ¡Oh, mortal! El día que de verdad despiertes sabrás por qué te ha negado la sonrisa.

Endimión Lo sé desde este momento, oh, extranjero, oh, tú que hablas como un dios.

Extranjero Lo divino y lo terrible corren la tierra y nosotros andamos los caminos. Tú mismo lo has dicho.

Endimión ¡Oh, dios viandante! Su dulzura es como el alba: es cielo y tierra revelados. Y es divina. Pero para los otros, para las cosas y las fieras, la salvaje tiene una sonrisa breve, un mandato que aniquila. Y nunca nadie le ha tocado la rodilla.

Extranjero Endimión, resígnate en tu corazón de mortal. Ni dios ni hombre la han tocado. Su voz, que es ronca y maternal, es cuanto te puede dar la salvaje.

Endimión Y sin embargo.

Extranjero ¿Y sin embargo?

Endimión Mientras exista ese monte no habrá paz en mis sueños.

Extranjero Cada uno sueña su propio sueño, Endimión. Y tu sueño está lleno de voces y de griterío, y de tierra, de cielo, de días. Duérmelo con coraje, otro bien no tenéis. La soledad salvaje es tuya. Ámala como ella la ama. Y ahora, Endimión, te abandono. La verás esta noche.

Endimión ¡Oh, dios viandante! Te quedo agradecido.

Extranjero Adiós. Pero no deberás despertar nunca, recuérdalo.

VII. ESPUMA DE MAR[68]

De Britomartis, ninfa cretense y minoica, nos habla Calímaco.[69] Que Safo fuese lésbica de Lesbos es un hecho desagradable, pero nos parece más triste su descontento vital, aquel que la indujo a lanzarse al mar, en el mar de Grecia, un mar lleno de islas. Sobre la más occidental, Chipre, descendió Afrodita nacida de las olas.[70] Un mar que vio muchos amores y grandes desventuras. ¿Es necesario recordar los nombres de Ariadna, Fedra, Andrómaca, Hele, Escila, Io, Casandra, Medea? Todas lo atravesaron y más de una se quedó en él. Cabe pensar que esté todo bañado de esperma y de lágrimas.

(Hablan Safo y Britomartis).

SAFO Es monótono esto, Britomartis. El mar es monótono. Tú que estás aquí desde hace tanto tiempo, ¿no te aburres?

BRITOMARTIS Te gustaba más cuando eras mortal, lo sé. Convertiros en parte de una ola que rompe en espuma no os basta. Y con todo buscáis la muerte, esta muerte. ¿Tú, por qué la has deseado?

SAFO No sabía que fuese así. Creía que todo concluiría con el último salto.[71] Que el deseo, la inquietud, el tumulto se acabarían. El mar engulle, el mar aniquila, me decía.

BRITOMARTIS Todo muere en el mar, y revive. Ahora ya lo sabes.

SAFO ¿Y tú por qué has buscado el mar, Britomartis, tú que eras ninfa?

BRITOMARTIS No lo he buscado, el mar. Vivía aquí, en el monte. Y huía bajo la luna, perseguida por no sé qué mortal. Tú, Safo, no conoces nuestros bosques, altísimos, acantilados sobre el mar. Salté para salvarme.

SAFO ¿Para salvarte de qué?

BRITOMARTIS Para huir de él, para ser yo. Por obligación, Safo.

SAFO ¿Obligada? ¿Tanto te disgustaba aquel mortal?

BRITOMARTIS No lo sé, nunca lo vi. Yo solo sabía que debía huir.

SAFO ¿Y es posible esto? ¿Dejar los días, la montaña, los prados —dejar la tierra y convertirse en espuma de mar—, todo porque debías? ¿*Debías* qué? ¿No tenías deseos, no estabas hecha también de esto?

BRITOMARTIS No te entiendo, bella Safo. Los deseos y la inquietud te han hecho lo que eres; después te lamentas de que también yo haya huido.

SAFO Tú no eras mortal y sabías que de nada se escapa.

BRITOMARTIS No he renunciado a los deseos, Safo. Lo que deseo lo tengo. Antes fui ninfa de los montes; ahora, del mar. Estamos hechos de esto: nuestra vida es hoja y tronco, manantial, espuma de la ola. Jugamos a rozar las cosas, no huimos. Mutamos. Es este nuestro deseo y el destino. Nuestro único terror es que un hombre nos posea, nos aferre. Entonces sí que llegaría el final. ¿Conoces a Calipso?

SAFO Algo he oído.

BRITOMARTIS Calipso se dejó aferrar por un hombre. Desde entonces todo fue inútil. Años y años sin salir de la cueva. Vinieron todas: Leucótea, Calianira, Cimódoce, Oritía, Anfitrite y le hablaron, se la llevaron, la salvaron. Pero se necesitaron años y que aquel hombre partiera.

SAFO Yo entiendo a Calipso, pero no entiendo que os haya escuchado. ¿Qué es un deseo que claudica?

BRITOMARTIS ¡Oh, Safo, ola mortal! ¿No sabrás nunca qué significa sonreír?

SAFO Lo supe mientras viví. Y he deseado la muerte.

BRITOMARTIS ¡Oh, Safo! Sonreír no es eso. Sonreír es vivir como una ola o como una hoja, aceptando la suerte.[72] Es morir con una forma y renacer con otra. Es aceptarse a sí mismo y aceptar el destino.

SAFO Entonces, tú lo has aceptado.

BRITOMARTIS He huido, Safo. Para nosotras es más fácil.

SAFO También yo, Britomartis, en mis tiempos, sabía huir. Y mi fuga consistía en mirar en las cosas y en el tumulto y crear un canto, una palabra. Pero el destino es otra cosa muy distinta.

BRITOMARTIS Safo, ¿por qué? El destino es alegría, y cuando recitabas tu canto eras feliz.

SAFO Nunca fui feliz, Britomartis. El deseo no es un canto. El deseo golpea y abrasa, como la serpiente, como el viento.[73]

BRITOMARTIS ¿No conociste mujeres mortales que vivieran en paz en el deseo, en el tumulto?

SAFO Ninguna…, quizá sí… No las mortales como Safo. Tú eras todavía la ninfa de los montes, yo no había nacido aún. Una mujer cruzó este mar, una mortal que vivió siempre en el tumulto, acaso en paz. Una mujer que mató, destruyó, cegó, como una diosa, siempre igual a sí misma. Quizá ni siquiera necesitó sonreír. Era hermosa, no era estúpida, y a su alrededor todo moría y combatía. Britomartis, combatían y morían pidiendo apenas que su nombre se uniera por un instante al suyo, diera nombre a la vida y a la muerte de todos. Y sonreían por ella… Tú sabes quién es: Helena Tindáride, la hija de Leda.[74]

BRITOMARTIS ¿Y fue feliz?

SAFO No huyó, eso es cierto. Se bastaba a sí misma. No se preguntó cuál había de ser su destino. Quien quiso y fue lo bastante fuerte la tomó para sí. A los diez años siguió a un héroe, se la arrebataron y la desposaron a otro; este también la perdió, se la disputaron (ultramar) muchos otros, la retomó el segundo, vivió en paz con él, la enterraron e incluso en el Hades conoció a otros. No mintió a ninguno, no le sonrió a nadie. Quizá fue feliz.

BRITOMARTIS ¿Y la envidias?

SAFO A nadie envidio. Yo he deseado morir. Ser otra no me basta. Si no puedo ser Safo prefiero ser nada.

BRITOMARTIS Entonces, ¿aceptas el destino?

SAFO No lo acepto: lo soy. Nadie lo acepta.

BRITOMARTIS Excepto nosotras, las que sabemos sonreír.

SAFO ¡Vaya cosa! Está en vuestro destino. ¿Qué significa?

BRITOMARTIS Significa aceptarse y aceptar.

SAFO ¿Y qué quiere decir? ¿Se puede aceptar que una fuerza te rapte y que devengas deseo, deseo tembloroso que se debate alrededor de un cuerpo, de compañero o compañera, como la espuma en la escollera? Y este cuerpo te rechaza y te despedaza, y tú recaes y quisieras abrazar el escollo, aceptarlo. Otras veces eres escollo tú misma, y la espuma —el tumulto— se debate a tus pies. Nunca hay paz para nadie. ¿Se puede admitir todo esto?

Britomartis Es necesario aceptarlo. Quisiste huir y también tú eres espuma.

Safo ¿También tú sientes este tedio, este desasosiego marino? Aquí todo macera y bulle sin reposo. Incluso lo inerte se debate inquieto.

Britomartis El mar debería resultarte familiar. Tú también eres de una isla…

Safo ¡Oh, Britomartis, siendo niña ya me aterraba! Esta vida incesante es monótona y triste. No hay palabra que pueda describir tanto tedio.

Britomartis Antaño, en mi isla, veía llegar y partir a los mortales. Había mujeres como tú, mujeres de amor, Safo. No me parecieron nunca ni tristes ni cansadas.

Safo Lo sé, Britomartis, lo sé. ¿Pero conoces el camino que han recorrido? Hubo una que en tierra extranjera se ahorcó con sus propias manos de las vigas de su casa. Y otra que despertó una mañana sobre la escollera, abandonada. Y luego las otras, muchas otras, de todas las islas, de todas las tierras, que descendieron al mar; hay quien fue esclava, quien fue torturada, quien mató a sus propios hijos, quien fatigó día y noche, y quien no tocó jamás tierra firme y se convirtió en cosa, en fiera marina.

Britomartis Pero la tindáride, tú lo has dicho, salió ilesa.

Safo Sembrando incendio y muerte. A nadie sonrió. A nadie mintió. ¡Ah, fue digna del mar! Britomartis, recuerda quién nació aquí abajo.

Britomartis ¿A quién te refieres?

Safo Hay una isla que aún no has visto. Cuando amanece, es la primera que toca el sol.

Britomartis ¡Oh, Safo!

Safo Allí surgió de la espuma la que no tiene nombre, la inquieta angustiosa que sonríe sola.[75]

Britomartis Pero ella no sufre: es una gran diosa.

Safo Y todo aquello que macera y se debate en el mar es su sustancia y su aliento. ¿Tú la has visto, Britomartis?

Britomartis ¡Oh, Safo, no lo digas! Yo soy solo una ninfa insignificante.

Safo Comprendes ahora…

Britomartis Todas huimos ante ella. Ni nombrarla, nena.

VIII. LA MADRE[76]

La vida de Meleagro estaba ligada a un tizón que Altea retiró del fuego cuando le alumbró. Madre arrogante que cuando Meleagro mató a su tío, quien pretendía su parte de la piel del jabalí, en un ataque de ira tiró el tizón al fuego y lo dejó allí consumirse.

(Hablan Meleagro y Hermes).

MELEAGRO He ardido como una brasa, Hermes.

HERMES Pero no habrás sufrido mucho.

MELEAGRO Era peor la pena, la pasión de antes.

HERMES Y ahora escúchame, Meleagro. Estás muerto. La llama y la quemadura son cosas pasadas. No eres siquiera el humo que salía de aquel fuego. Eres casi la nada. Resígnate. Y para ti son nada las cosas del mundo: la mañana, la noche, los lugares. Mira ahora a tu alrededor.

MELEAGRO No veo nada. Y no me importa. Soy todavía brasas… ¿Qué has dicho de los lugares del mundo? Oh, Hermes, como dios que eres el mundo te resulta en verdad hermoso y diferente y siempre dulce. Tienes tus ojos, Hermes. Pero yo, Meleagro, fui solo cazador e hijo de cazadores, nunca salí de mis bosques, viví delante de un hogar y cuando nací mi destino estaba ya escrito en el tizón que retiró mi madre. Conocí apenas a algún compañero, a las fieras, y a mi madre.[77]

Hermes ¿Tú crees que el hombre, cualquier hombre, pudo haber conocido alguna vez algo más?

Meleagro No lo sé. Pero he oído decir que hay vidas libres más allá de los montes y los ríos, hay travesías, archipiélagos, encuentros con monstruos y con dioses; hombres incluso más fuertes que yo mismo, más jóvenes, marcados por extraños destinos.

Hermes Tenían todos una madre, Meleagro. Y trabajos que cumplir. Y una muerte los esperaba, por la pasión de alguien. Ninguno fue patrón de sí mismo ni conoció nunca otras cosas.

Meleagro Una madre…, nadie conoce a la mía. Nadie sabe qué significa saber que tu propia vida está en sus manos y sentirse arder, y esos ojos fijos en el fuego. ¿Por qué, el día que nací, retiró aquel tizón de la llama y no dejó que se consumiera? Y hube de crecer, ser Meleagro, llorar, jugar, ir de caza, ver el invierno, ver las estaciones, ser hombre; y también saber lo otro, llevar en el corazón esa carga, augurar en su semblante mi suerte cotidiana. He aquí el castigo. Un enemigo no es nada.

Hermes Qué extrañezas que sois los mortales. Os sorprendéis de lo que ya sabéis. Que un enemigo sea poco es evidente. Tanto como que todos tienen una madre. ¿Por qué, pues, es inaceptable saber que tu vida está en sus manos?

Meleagro Nosotros, los cazadores, Hermes, tenemos un pacto: cuando subimos a la montaña nos ayudamos mutuamente, cada uno tiene en su mano la vida del otro, pero no se traiciona al compañero.

Hermes Oh, ingenuo, no se traiciona sino al compañero… Pero no se trata de esto. Vuestra vida está siempre en un tizón, la madre os ha separado del fuego y vivís a medio arder. Y la pasión que os consume es siempre aquella de la madre. ¿Qué sois sino carne y sangre suyas?

Meleagro Hermes, es preciso haber visto sus ojos, hay que haberlos visto desde la infancia y saberlos familiares y cercanos, escudriñando cada paso y gesto durante días, años; y saber que envejecen, que mueren, y sufrirlo; dolerse, temer ofenderlos. Entonces, sí, es inaceptable que se fijen en el fuego cuando ven el tizón.

Hermes ¿Sabes también esto y te sorprendes, Meleagro? Que envejezcan y mueran quiere decir que tú, mientras tanto, te has hecho hombre y, sabiendo que los estás ofendiendo, los vas buscando vivos y ciertos en otra parte. Y, si encuentras estos ojos —siempre se encuentran, Meleagro—, quien los lleva es de nuevo la madre. Y entonces tú no sabes con quién estás tratando y estás cuasi feliz, pero ten por seguro que ambas —la vieja y las jóvenes— saben. Y nadie puede escapar del destino que le ha sido marcado a fuego desde el nacimiento.

Meleagro ¿Alguien más ha tenido mi destino, Hermes?

Hermes Todos, Meleagro, todos. A todos les espera una muerte por la pasión de alguien. En la carne y en la sangre de cada uno ruge la madre. Cierto es que muchos son viles, más que tú.

Meleagro Yo no fui vil, Hermes.

Hermes Te hablo como a sombra, no como a mortal. Mientras el hombre es ignorante, es corajoso.

Meleagro No soy vil si miro en rededor. Sé tantas cosas ahora. Pero no creo que ella —la joven— conociera aquellos ojos.

HERMES No los conocía: *era* aquellos ojos.

MELEAGRO ¡Oh, Atalanta, me pregunto si incluso tú serás madre, y capaz de mirar el fuego![78]

HERMES Intenta recordar las palabras que dijo aquella noche, la que degollaste el jabalí.

MELEAGRO Aquella noche, la noche del pacto, no la olvido, Hermes. Atalanta rebosaba furia porque había yo dejado escapar a la fiera en la nieve. Me golpeó la espalda con el hacha. Me sentí rozar apenas por el golpe, pero grité más furioso que ella: «Vuelve a casa. Vuelve con las mujeres, Atalanta, este no es lugar para rabietas de señoritas». Y por la noche, cuando el jabalí fue abatido, Atalanta caminó a mi lado y entre los compañeros, y me dio el hacha que había, sola, vuelto a buscar al nevero. Pactamos aquella noche que, en las cacerías, uno de los dos, por turno, estaría desarmado para que el otro no se dejara tentar por la ira.

HERMES ¿Y qué dijo Atalanta?

MELEAGRO No lo he olvidado, Hermes. «Oh, hijo de Altea —dijo— la piel del jabalí cubrirá nuestro lecho nupcial. Será como el precio de tu sangre, y de la mía». Y sonrió como queriendo hacerse perdonar.

HERMES Ningún mortal, Meleagro, consigue pensar en su madre joven. Pero ¿no te parece que quien dice estas cosas será capaz de mirar el fuego? También la vieja Altea te sacrificó por precio de sangre.[79]

MELEAGRO ¡Oh, Hermes, todo esto es mi destino! Pero hubo mortales que vivieron plenamente sin que nadie tuviera en su mano su existencia…

HERMES ¿Conoces a alguno, Meleagro? Serían dioses. Algún vil ha conseguido esconder la cabeza, pero también él era hijo de madre y entonces el odio, la pasión, la furia ardieron en su corazón solitario. También él se habrá sentido arder en alguna de las noches de su vida. No todos —es verdad— habéis muerto de esto. Todos, cuando conocéis, lleváis vida de muertos. Créeme, Meleagro, Fortuna te ha sonreído.

MELEAGRO Pero ni siquiera ver a mis hijos… conozco apenas mi cama…

HERMES Has tenido suerte. Tus hijos no nacerán. Tu cama está desierta. Tus compañeros salen de cacería como cuando no estabas. Eres una sombra y la nada.

MELEAGRO ¿Y Atalanta, Atalanta?

HERMES La casa está vacía como cuando anochecía y tardabais en regresar de la caza. Atalanta, que te indujo a la venganza, no ha muerto. Las dos mujeres conviven en silencio, miran la chimenea, donde cayó muerto el hermano de tu madre y donde tú te convertiste en ceniza. Quizá ni siquiera se odian. Se conocen demasiado. Sin el hombre, las mujeres son nada.

MELEAGRO Pero, entonces, ¿por qué nos han matado?

HERMES Pregunta por qué os han engendrado, Meleagro.

IX. LOS DOS[80]

Superfluo rehacer a Homero. Hemos querido simplemente referir un coloquio que tuvo lugar la vigilia de la muerte de Patroclo.[81]

(Hablan Aquiles y Patroclo).

AQUILES Patroclo, ¿por qué nosotros, los hombres, nos damos siempre ánimos diciendo: «He visto cosas peores», cuando deberíamos decir: «Lo peor está por venir. Llegará un día en que seremos cadáveres»?

PATROCLO Aquiles, no te reconozco.

AQUILES Pero yo sí te conozco. No basta un poco de vino para matar a Patroclo. Esta noche sé que, después de todo, no existe diferencia entre nosotros y los hombres cobardes. Para todos hay algo peor. Y lo peor llega al final, viene después de todas las cosas y te cierra la boca como lo hace un puñado de tierra. Siempre es bello recordarse: «He visto esto, he sufrido esto otro», pero, ¿no es inicuo saber que la cosa más cruel no la podremos recordar?

PATROCLO Al menos uno de los dos la recordará por el otro. Deseémoslo. Así burlaremos el destino.

AQUILES Por esto, por la noche se bebe. ¿Has pensado alguna vez que el niño no bebe porque para él la muerte no existe? Tú, Patroclo, ¿bebiste de joven?

PATROCLO Nunca he hecho nada que no fuera contigo y como tú.

AQUILES Quiero decir, cuando estábamos siempre juntos y jugábamos y cazábamos, y el día era breve pero los años no pasaban nunca, ¿tú sabías qué era la muerte, tu muerte? Porque cuando uno es joven mata, pero no se sabe qué es la muerte. Luego llega el día en que, de golpe, uno comprende y tiene la muerte dentro, y desde ese momento se es hombre del todo. Se combate y se juega, se bebe, pasamos la noche impacientes. Pero ¿has visto alguna vez a un muchacho borracho?

PATROCLO Me pregunto cuándo fue la primera vez. No lo sé, no lo recuerdo. Creo haber bebido siempre e ignorado la muerte.

AQUILES Eres como un muchacho, Patroclo.

PATROCLO Pregúntaselo a tus enemigos, Aquiles.

AQUILES Así lo haré. Pero la muerte para ti no existe. Y no es buen guerrero quien no teme la muerte.

PATROCLO Empero, esta noche bebo contigo.

AQUILES ¿Y no tienes recuerdos, Patroclo? ¿No dices nunca: «Esto he hecho, esto he visto», preguntándote qué has hecho en verdad, qué ha sido tu vida, qué ha quedado de ti en la tierra y en el mar? ¿De qué sirve pasar los días si luego no se recuerdan?

PATROCLO Cuando éramos dos jóvenes, Aquiles, nada recordábamos. Era suficiente estar siempre juntos.

AQUILES Me pregunto si alguien en Tesalia recuerda todavía aquel entonces. Y, cuando de esta guerra vuelvan allí los compañeros, ¿quién pasará por aquellas calles, quién sabrá que un tiempo estuvimos también nosotros, y que éramos dos jóvenes como sin duda ahora hay otros muchos? ¿Sabrán los jóvenes que ahora crecen qué les espera?

PATROCLO Eso, de joven, no se piensa.

AQUILES Hay días que deben todavía nacer y que nosotros no veremos.

PATROCLO ¿No hemos visto ya muchos?

AQUILES No, Patroclo, no muchos. Llegará el día en que seremos cadáveres. En que tendremos la boca cerrada bajo un puñado de tierra. Y ni siquiera sabremos aquello que hemos visto.

PATROCLO De nada sirve pensar en ello.

AQUILES No se puede no pensar en ello. De joven se es como inmortal: uno mira y ríe. No se conoce aquello que cuesta. No se conocen ni la fatiga ni el remordimiento. Las luchas son un juego y caemos como muertos a tierra. Después se ríe y se vuelve al juego.

PATROCLO Nosotros tenemos otros juegos: el lecho y el botín, los enemigos. Y el beber esta noche. Aquiles, ¿cuándo volveremos al combate?

AQUILES Volveremos, no lo dudes. Un destino nos espera. Cuando veas las naves en llamas será el momento.

PATROCLO ¿En ese instante?

AQUILES ¿Por qué? ¿Tienes miedo? ¿No has visto por caso cosas peores?

PATROCLO Es inquietud. Estamos aquí para darle un final. Ojalá mañana.

AQUILES No tengas prisa, Patroclo. Deja a los dioses decir «mañana». Solo para ellos lo que ha sido será.[82]

PATROCLO Ver cosas peores depende de nosotros. Hasta el final. Bebe, Aquiles: ¡por la lanza y el escudo! Lo que ha sido será de nuevo.[83] Volveremos a arriesgar.

Aquiles Bebo por los mortales y por los inmortales, Patroclo; por mi padre y por mi madre; por lo pasado, en el recuerdo, y por nosotros dos.

Patroclo ¿Tantas cosas recuerdas?

Aquiles No más de lo que recuerdan una pobre mujer o un vagabundo. También ellos fueron jóvenes.

Patroclo Eres rico, Aquiles, y para ti la riqueza es un harapo que se tira. Solo tú puedes afirmar ser como un vagabundo. Solo tú, que has tomado al asalto la escarpada Ténedos, que has sesgado la cintura de las Amazonas y luchado con los osos de la montaña. ¿Qué otro niño fue templado al fuego por su madre?[84] Eres espada y eres lanza, Aquiles.

Aquiles Excepto en el fuego, tú has estado siempre conmigo.

Patroclo Como la sombra sigue la nube. Como Teseo con Pírito, quizá te espera un día, Aquiles, en que tú también vendrás al Hades a liberarme.[85] Y veremos incluso esto.

Aquiles Mejor aquel tiempo en que no existía el Hades. Entonces corríamos por bosques y torrentes y, lavado el sudor, éramos muchachos. Entonces todo era juego: los gestos, cualquier ademán. Éramos recuerdo y nadie sabía. ¿Teníamos coraje? No lo sé; no importa. Sé que en la cima del monte del centauro era verano, era invierno, estaba toda la vida. Éramos inmortales.

Patroclo Luego vino lo peor. Vinieron el riesgo y la muerte. Y entonces fuimos guerreros.

Aquiles No se escapa del destino. Y no vi a mi hijo. También Deidamía ha muerto. ¿Oh, por qué no demoré en la isla entre las mujeres?

Patroclo Tendrías recuerdos pobres, Aquiles.[86] Serías un muchacho. Es mejor sufrir que no haber existido.

AQUILES Pero ¿quién te asegura que la vida fuese esto…? Oh Patroclo: es esto. Debíamos ver lo peor.

PATROCLO Yo mañana combato, a tu lado.

AQUILES No ha llegado aún mi día.[87]

PATROCLO Entonces iré solo. Y para avergonzarte usaré tu lanza.

AQUILES Yo no había nacido todavía cuando abatieron el fresno. Quisiera ver el claro que ha quedado.

PATROCLO Combate, y lo verás digno de ti. Tantos enemigos tantos tocones.

AQUILES Las naves no arden todavía.

PATROCLO Tomaré tus grebas y tu escudo. Estarás en mi brazo.[88] Nada me rozará siquiera. Creeré que estoy jugando.

AQUILES Eres en verdad el niño que bebe.

PATROCLO Cuando corrías con el centauro, Aquiles, no pensabas en los recuerdos. Y no eras más inmortal que esta noche.

AQUILES Solo los dioses viven conociendo el destino, pero tú juegas al destino.[89]

PATROCLO Bebe todavía a mi lado. Mañana, quizá en el Hades, contaremos también esta.

X. EL CAMINO[90]

Todos saben que Edipo, derrotada la esfinge y desposada Yocasta, descubrió quién era interrogando al pastor que le había salvado en el monte Citerón. Y entonces el oráculo que lo hacía asesino de su padre y esposo de su madre se confirmó, y Edipo se cegó horrorizado, huyó de Tebas y murió vagabundo.[91]

(Hablan Edipo y un mendigo).

EDIPO No soy un hombre como los demás, amigo.[92] Yo he sido condenado por el destino. Nací para reinar entre vosotros. He crecido en las montañas. Ver una montaña o una torre me estremecía, o una ciudad a lo lejos, caminando sobre el polvo. Y no sabía que estaba buscando mi suerte. Ahora no veo nada y las montañas son solo fatiga. Cada cosa que emprendo es destino,[93] ¿comprendes?

MENDIGO Soy viejo, Edipo, y no he visto sino destinos. ¿Pero no crees que los otros —también los siervos, también los jorobados y los lisiados— hubieran querido ser reyes de Tebas como tú?

EDIPO Entiéndeme, amigo. Mi destino no ha sido haber perdido algo. No me asustan ni los años ni los achaques. Me gustaría caer incluso más bajo, quisiera perderlo todo: es el destino común. Pero no ser Edipo, no ser el hombre que sin saberlo debía reinar.

MENDIGO No comprendo. Da gracias por que has sido señor y has comido, has bebido, has dormido en un lecho. Los muertos están peor.

EDIPO No se trata de esto, te digo. Me lamento de antes, de cuando no era todavía nada y hubiera podido ser un hombre como los demás. Y sin embargo, no, estaba el destino. Tuve que caminar y acabar precisamente en Tebas; hube de matar a aquel viejo, engendrar a aquellos hijos. ¿Merece la pena hacer algo que ya estaba iniciado cuando todavía no existías?

MENDIGO Merece la pena, Edipo. Nos incumbe y eso nos basta. Deja el resto a los dioses.

EDIPO No hay dioses en mi vida. Lo que me sucede es más cruel que los dioses. Quise, ignorante como todos, hacer el bien, encontrar en los días un bien desconocido que me proporcionara solaz por las noches, la esperanza de que al día siguiente haría más. Ni siquiera al impío se le niega esta alegría. Me acompañaban sospechas, voces vagas, amenazas. Al principio era solo un oráculo, una palabra aciaga, y esperé liberarme. Viví todos aquellos años como el fugitivo mira hacia atrás. Osé creer solo en mis pensamientos, en los momentos de tregua, en los despertares repentinos. Estuve siempre en alerta; no me liberé. En esos instantes era cuando se cumplía el destino.

MENDIGO Pero, Edipo, es igual para todos. Eso significa destino. Es cierto que tus casos han sido atroces.

EDIPO No lo comprendes, no lo comprendes; no se trata de esto. Quisiera que fueran más atroces todavía. Quisiera ser el hombre más vil y despreciable con tal de que todo lo cometido lo hubiera decidido yo; no someterme de este modo; no haberlo cometido queriendo haber obrado de otra manera.[94] ¿Qué es ahora Edipo, qué somos todos si incluso el deseo más íntimo de tu sangre existía antes de que tú nacieras y todo había sido ya escrito?

MENDIGO Quizá, Edipo, incluso tú has vivido un día de felicidad. Y no hablo de cuando venciste a Esfinge y toda Tebas te aclamaba o de cuando nació tu primer hijo y escuchabas al consejo sentado en palacio. De acuerdo, no puedes pensar en todas estas cosas. Pero has vivido la vida que viven todos: has sido joven y has visto el mundo; has reído y jugado y hablado, no sin sabiduría; has gozado las cosas, el despertar y el reposo, y frecuentado los caminos. De acuerdo, ahora eres ciego, pero en otros tiempos viste.

EDIPO Estaría loco si lo negara. Y mi vida ha sido larga. Pero te vuelvo a decir que nací para reinar entre vosotros. A quien está febril, la mejor fruta da solo desazón y náusea. Y mi fiebre es mi destino, el temor, el horror perenne de acometer solo lo previsto. He sabido —lo supe siempre— que hacía como la ardilla que cree trepar cuando en verdad solo hace girar la jaula. Y me pregunto: ¿quién fue Edipo?

MENDIGO Un grande, un verdadero señor, puedes afirmarlo. Oí hablar de ti por los caminos, también a las puertas de Tebas. Hubo quien dejó su casa y vagó por Beocia y vio el mar, y para conocer tu suerte viajó a Delfos a interrogar al oráculo. Observa cómo tu destino fue tan insólito que mudó el de otros. ¿Qué habrá de decir, por el contrario, un hombre siempre fijo en su aldea, en un trabajo, que día a día ejecuta un único gesto, y tiene los hijos que corresponde, las fiestas que corresponde y muere a la edad de su padre del mismo mal?

EDIPO No soy un hombre como los demás, lo sé. Pero sé que también el siervo, o el idiota, si conociese sus días, se asquearía incluso del pequeño placer que en ellos encuentra. Los desgraciados que han buscado mi destino ¿se han acaso librado del suyo?

MENDIGO La vida es grande, Edipo. Yo, que te hablo, he sido uno de estos. Abandoné la casa y recorrí Grecia. He visto Delfos y llegado hasta el mar. Deseaba el encuentro, la fortuna, Esfinge. Te sabía feliz rigiendo Tebas. Era yo hombre robusto en aquel entonces. Y, aunque no haya encontrado a Esfinge y ningún oráculo haya hablado por mí, me ha gustado la vida que he llevado. Tú has sido mi oráculo. Tú has cambiado mi destino. Mendigar o reinar, ¿qué más da? Ambos hemos vivido. Deja a los dioses todo lo demás.

EDIPO No sabrás nunca si cuanto has hecho lo has querido… Pero, es cierto, un camino franco tiene algo de humano, de únicamente humano. En su soledad tortuosa es como la imagen de aquel dolor que nos socava. Un dolor que es como un alivio, como la lluvia tras el bochorno: silencioso y sereno, parece que surge de las cosas, del fondo del corazón. Este cansancio y esta paz, después de los clamores del destino, son quizá lo único verdaderamente nuestro.

MENDIGO Un día no existíamos, Edipo. Así, los deseos del corazón, también la sangre, incluso los despertares, vienen de la nada. Estoy tentado de afirmar que incluso tu deseo de escapar del destino es destino en sí mismo. No somos nosotros quienes hemos creado nuestra sangre. Tanto es saberlo y vivir francos, según el oráculo.

EDIPO Mientras hay búsqueda, amigo; entonces sí. Tú has tenido la suerte de no llegar nunca. Pero sucede que un día vuelves al Citerón y ya no piensas, la montaña es para ti una nueva infancia: la ves todos los días y acaso la asciendes.[95] Después alguien te dice que has nacido allí y todo se desmorona.

MENDIGO Te comprendo, Edipo. Pero todos tenemos una montaña de la infancia. Y por lejos que se vagabundee, se caminan siempre sus senderos. Allí fuimos hechos lo que somos.

EDIPO Hablar es una cosa; sufrir es otra, amigo. Pero hablando, es cierto, algo se aplaca en el corazón. Hablar es como andar los caminos día y noche a nuestro aire y sin metas, no como los jóvenes que buscan fortuna. Y tú has mucho hablado y visto mucho. ¿De verdad querías reinar?

MENDIGO Quién sabe. Lo cierto es que debía cambiar. Uno busca una cosa y se encuentra todo lo contrario. También esto es destino. Pero hablar nos ayuda a encontrarnos a nosotros mismos.

EDIPO ¿Y tienes familia? ¿Tienes a alguien? No creo.

MENDIGO No sería lo que soy.

EDIPO Es extraño que para comprender al prójimo sea necesario alejarse de él. Y las conversaciones más sinceras son las que hacemos, casualmente, entre desconocidos. Oh, así debía vivir yo, Edipo, los caminos de Fócide y del Istmo, cuando mis ojos eran míos. Y no subir las montañas, no hacer caso de los oráculos.

Mendigo Estás olvidando, al menos, una de las conversaciones que has mantenido.
Edipo ¿Cuál, amigo?
Mendigo La de la encrucijada, con Esfinge.

XI. LA ROCA[96]

En la historia del mundo, la era llamada titánica estuvo poblada por hombres, monstruos y dioses todavía no organizados en el Olimpo. Hay quien piensa que no hubo sino monstruos, es decir, inteligencias encerradas en un cuerpo deforme y bestial. De aquí la sospecha de que muchos de los asesinos de monstruos —Heracles el primero— vertieran sangre fraterna.

(Hablan Heracles y Prometeo).

HERACLES Prometeo, he venido a liberarte.

PROMETEO Lo sé y te esperaba. Debo agradecértelo, Heracles. Has recorrido un camino terrible para subir hasta aquí. Pero tú no sabes qué es el miedo.

HERACLES Es más terrible tu situación, Prometeo.

PROMETEO ¿En verdad no sabes qué es el miedo? No lo creo.

HERACLES Si miedo es no hacer lo que debo, entonces no lo he experimentado nunca. Pero soy un hombre, Prometeo, no siempre sé qué debo hacer.

PROMETEO Piedad y miedo son el hombre, nada más.

HERACLES Prometeo, me entretienes con disquisiciones y a cada instante que pasa tu suplicio continúa. He venido a liberarte.

PROMETEO Lo sé, Heracles. Lo sabía ya cuando eras solo un niño en pañales, cuando aún no habías nacido. Pero me sucede como a un hombre que ha sufrido mucho —en la cárcel, en el exilio, ante un peligro— y cuando viene el momento de escapar no sabe determinarse para pasar ese instante y dejar tras de sí la vida sufrida.

HERACLES ¿No quieres dejar la piedra?

PROMETEO Debo dejarla, Heracles; te digo que te estaba esperando. Pero, como hombre, el momento se hace difícil. Sabes que aquí se sufre mucho.

HERACLES Es suficiente con mirarte, Prometeo.

PROMETEO Se sufre hasta el punto de desear la muerte. Un día tú también sabrás esto y subirás hasta una roca. Mas yo, Heracles, morir no puedo. Tampoco tú, por lo demás, morirás.

HERACLES ¿Qué quieres decir?

PROMETEO Te raptará un dios. Una diosa, de hecho.

HERACLES No lo sé, Prometeo. Deja que te desate.

PROMETEO Y serás como un niño lleno de cálida gratitud y olvidarás las iniquidades y las fatigas, y vivirás bajo el cielo, loando a los dioses, su sabiduría y bondad.

HERACLES ¿No es de ellos que todo lo recibimos?

PROMETEO ¡Oh, Heracles, hay una sabiduría más antigua! El mundo es viejo, más que este peñasco.[97] Y también ellos lo saben. Todo tiene un destino, pero los dioses son jóvenes, jóvenes casi como tú.

HERACLES ¿No eres tú uno de ellos?

PROMETEO Lo seguiré siendo: así lo quiere el destino. Pero en tiempos fui un titán y viví en un mundo sin dioses. También esto ha sucedido…, ¿no puedes imaginar un mundo semejante?

HERACLES ¿No es el mundo de los monstruos y del caos?

PROMETEO De los titanes y de los hombres, Heracles. De las fieras y de los bosques. Del mar y del cielo. Es el mundo de lucha y sangre el que te ha hecho quien eres. Hasta el último dios, el más inicuo, era entonces un titán. No hay cosa que merezca la pena, en el mundo presente o futuro, que no sea titánica.[98]

HERACLES Era un mundo rocoso.

PROMETEO Todos tenéis una peña, vosotros, los hombres. Por esto os amaba. Pero dioses son quienes no conocen la roca. No saben reír ni llorar. Sonríen ante el destino.[99]

HERACLES Son ellos quienes te han encadenado.

PROMETEO ¡Oh, Heracles! El victorioso es siempre un dios. Mientras el hombre-titán combate y resiste puede reír y llorar. Y, si te encadenan, si escalas el monte, he aquí la victoria que el destino te consiente. Debemos estar agradecidos. ¿Qué es una victoria sino piedad que se hace gesto, que salva a los otros a su costa? Bajo la ley del destino, cada cual trabaja para los otros. Yo mismo, Heracles, si hoy acabo siendo libre, se lo deberé a alguien.

HERACLES He visto cosas peores, y no te he liberado todavía.

PROMETEO Heracles, no hablo de ti. Tú eres piadoso y corajoso. Tu parte ya la has cumplido.

HERACLES Nada he hecho, Prometeo.

PROMETEO No serías un mortal si conocieses el destino. Pero vives en un mundo de dioses. Y los dioses os han quitado incluso esto: no sabes nada y has hecho ya todo. Recuerda al centauro.

HERACLES ¿Al hombre-bestia que maté esta mañana?

PROMETEO No se matan, los monstruos. No lo pueden ni siquiera los dioses. Llegará el día en que creerás haber matado a otro monstruo, y más bestial, y habrás apenas preparado tu roca. ¿Sabes a quién has golpeado esta mañana?

HERACLES Al centauro.

PROMETEO Has herido a Quirón el piadoso, el buen amigo de los titanes y de los mortales.[100]

HERACLES ¡Oh, Prometeo!

PROMETEO No te lamentes, Heracles. Todos somos consortes. Es ley del mundo que nadie se libere si no se vierte sangre por él. También por ti sucederá, sobre el Eta. Y Quirón lo sabía.

HERACLES ¿Quieres decir que se ha sacrificado?

PROMETEO Seguro. Como un tiempo yo supe que el robo del fuego iba a ser mi piedra.

HERACLES Prometeo, deja que te desate. Después, dime todo sobre Quirón y el Eta.

PROMETEO Ya estoy desatado, Heracles. Podía liberarme si alguien ocupaba mi lugar. Y Quirón se ha hecho acuchillar por ti, como mandaba el destino. Pero en este mundo surgido del caos reina una ley de justicia. La piedad, el miedo y el coraje son solo instrumentos. Nada se hace que no retorne. La sangre que tú has derramado, y la que derramarás, te impulsará hasta el monte Eta, donde morirás tu muerte. Será la sangre de los monstruos que te habitan la que verterás. Y te arrojarás a una hoguera hecha con el fuego que yo he robado.[101]

HERACLES Pero has dicho que no puedo morir.

PROMETEO La muerte llegó a este mundo con los dioses. Los mortales teméis la muerte porque, en cuanto dioses, los creéis inmortales. Pero cada uno tiene la muerte que se merece. También ellos tendrán un final.

HERACLES ¿Qué quieres decir?

PROMETEO No se puede decir todo, pero recuerda siempre que los monstruos no mueren. Muere solo el miedo que te infunden. Es así con los dioses. Cuando los mortales no tengan miedo, los dioses desaparecerán.

HERACLES ¿Volverán los titanes?

PROMETEO No volverán los pedregales ni los bosques: están aquí. Lo que ha sido será.

HERACLES Pero estuvisteis encadenados; tú también.

PROMETEO Somos un nombre, nada más. Entiéndeme, Heracles. Y el mundo tiene sus estaciones, como los campos y la tierra. Vuelve el invierno, vuelve el verano. ¿Quién puede afirmar que la selva perece o que sea ella misma que perdura? Dentro de poco vosotros seréis los titanes.[102]

HERACLES ¿Nosotros, los mortales?

PROMETEO Vosotros, mortales o inmortales, poco importa.

XII. EL INCONSOLABLE[103]

El sexo, la embriaguez y la sangre se relacionaron siempre con el mundo subterráneo y prometieron a más de uno bienaventuranzas telúricas. Pero nada pudieron contra el tracio Orfeo, cantor, vagabundo del Hades y víctima lacerada como el mismo Dioniso.

(Hablan Orfeo y una bacante).[104]

ORFEO Sucedió como sigue. Subíamos por el sendero entre el bosque de las sombras. Quedaban lejos el Cocito, la Estige, la barca, los lamentos. Se adivinaba entre las hojas el resplandor del cielo. A mis espaldas se oía el rumor de sus pasos. Pero yo estaba todavía allí abajo y me sentía aterido de frío. Pensaba que un día estaría obligado a volver, que lo que ha sido será para siempre. Pensaba en la vida junto a ella, como era al principio; que de nuevo volvería a acabarse. Lo que ha sido será. Pensaba en aquel hielo, en aquel vacío que había atravesado y que ella acarreaba en los huesos, en la médula, en la sangre. ¿Merecía la pena darle de nuevo la vida? Pensé en ello y adiviné la claridad del día. Entonces dije «basta» y me volví. Eurídice desapareció como se apaga una vela. Sentí solo un chillido, como el de un ratón que huye.[105]

BACANTE Extrañas palabras, Orfeo. Casi no puedo darles crédito. Por aquí se decía que los dioses y las musas te tenían en estima. Muchas de nosotras te siguen porque te saben enamorado e infeliz. Estabas tan enamorado que —solo entre los hombres— cruzaste las puertas de la nada. No, no lo creo, Orfeo. No ha sido culpa tuya si el destino te ha traicionado.

ORFEO ¿Qué pinta aquí el destino? Mi destino no traiciona. Es ridículo que, tras aquel viaje, después de haber visto el rostro de la nada, yo me girara por error o por capricho.[106]

BACANTE Por aquí se dice que fue por amor.

ORFEO No se ama a un muerto.

BACANTE Sin embargo, has llorado por montes y colinas —la has buscado y llamado—, has descendido hasta el Hades. Esto ¿qué era?

ORFEO Dices ser como un hombre. Que sepas pues que un hombre no sabe qué hacer con la muerte. La Eurídice que he llorado era como una estación de la vida. Allá abajo, yo buscaba algo muy distinto a su amor. Buscaba un pasado que Eurídice no conoce. Lo he comprendido entre los muertos, mientras cantaba mi canto. He visto las sombras enrigidecerse y mirar sin ver, cesar los lamentos; a Perséfone taparse el rostro, al mismo tenebroso-impasible —Hades— incorporarse como un mortal y escuchar. He comprendido que los muertos no son ya nada.

BACANTE El dolor te ha trastornado, Orfeo. ¿Quién no desearía tener de nuevo lo pasado? Eurídice estaba a punto de renacer.

ORFEO Para después volver a morir, bacante. Para llevarse en la sangre el terror del Hades y temblar conmigo día y noche. Tú no sabes qué es la nada.

BACANTE Y, así, tú, que cantando habías recuperado el pasado, lo has rechazado y destruido. No, no me lo puedo creer.

ORFEO Entiéndeme, bacante. Fue un verdadero pasado solo en los cantos. El Hades se vio a sí mismo escuchándome. Apenas comenzado el sendero, aquel pasado se desvanecía, se convertía en recuerdo, tenía el sabor de la muerte. Cuando me alcanzó la primera claridad del cielo me sobresalté como un muchacho, feliz e incrédulo; me estremecí por mí mismo, por el mundo de los vivos. La estación que había buscado estaba en aquel resplandor. Nada me importaba aquella que me seguía. Mi pasado fue la claridad, fueron el canto y la mañana. Y volví la mirada.

BACANTE ¿Cómo has podido resignarte, Orfeo? Quien te vio a tu vuelta sintió miedo. Eurídice había sido para ti una existencia.

ORFEO Tonterías. Eurídice, muriendo, se convirtió en otra cosa. Aquel Orfeo que bajó hasta el Hades no era ya ni el esposo ni el viudo. Mi llanto de entonces era como el lloro que se hace de joven y se sonríe al recordarlo. La estación ha pasado. Yo buscaba, llorando, no a ella sino a mí mismo. Un destino, si lo prefieres. Me escuchaba.

BACANTE Muchas de nosotras te acompañan porque creían tu llanto. ¿Nos has, pues, engañado?

ORFEO ¡Oh, bacante, bacante, no quieres comprender de ningún modo! Mi destino no traiciona. Me he buscado a mí mismo. No se busca otra cosa.

BACANTE Aquí nosotras somos más sencillas, Orfeo. Aquí creemos en el amor y en la muerte, y lloramos y reímos con todos. Las más alegres de nuestras fiestas son aquellas en las que corre la sangre. Nosotras, las mujeres de Tracia, no le tememos a todo esto.

ORFEO Visto del lado de la vida, todo es bello. Pero da crédito a quien ha estado al lado de los muertos…, no vale la pena.

BACANTE Antaño no eras así. No hablabas de la nada. Frecuentar la muerte nos hace símiles a los dioses. Tú mismo enseñabas que una ebriedad descompone la vida y la muerte, y nos hace algo más que humanos… Tú has visto la fiesta.[107]

ORFEO No es la sangre lo importante, jovencita. Ni la embriaguez ni la sangre me impresionan. Pero qué es un hombre es muy difícil de decir. Ni siquiera tú, bacante, lo sabes.

BACANTE Sin nosotras no serías nada, Orfeo.

ORFEO Lo dije y lo sé. Pero, a fin de cuentas, ¿qué importa? Sin vosotras descendí al Hades.

BACANTE Viniste a buscarnos.

ORFEO Pero no os encontré. Quería algo muy distinto que he encontrado volviendo a la luz.

BACANTE Un tiempo cantabas a Eurídice por las colinas…

ORFEO El tiempo pasa, bacante. Los montes permanecen, Eurídice ya no está. Estas cosas tienen un nombre, y se llaman hombre. Invocar a los dioses de la fiesta de nada sirve aquí.

BACANTE También tú los invocabas.

ORFEO Todo lo hace un hombre en la vida. En todo cree en sus días. Cree incluso que su sangre corre a veces por las venas de otros. O que lo que ha sido hecho se puede deshacer. Cree quebrar el destino con la ebriedad. Todo esto lo sé, y no es nada.

Bacante No sabes qué hacer con la muerte, Orfeo, y tu pensamiento es solo muerte. Hubo un tiempo en que la fiesta nos hacía inmortales.

Orfeo Pues gozad vosotras de la fiesta. Todo le está permitido a quien todavía ignora. Es necesario que cada cual descienda al menos una vez a su infierno. La orgía de mi destino ha acabado en el Hades, ha acabado cantando, según mi costumbre, la vida y la muerte.

Bacante ¿Y qué quiere decir que un destino no traiciona?

Orfeo Quiere decir que está dentro de ti, que es cosa tuya; más profundo que la sangre, más allá de toda embriaguez. Ningún dios puede alterarlo.

Bacante Puede ser, Orfeo. Pero nosotras no buscamos a ninguna Eurídice. ¿Por qué, pues, descendemos también al infierno?

Orfeo Siempre que se invoca a un dios se conoce la muerte. Y se desciende al Hades para arrebatar algo, para violar un destino. No se vence a la noche, y se pierde la luz. Nos debatimos como obsesos.

Bacante Dices cosas malvadas… Así, ¿también tú has perdido la luz?

Orfeo Estaba casi perdido y cantaba. Al comprender me he encontrado a mí mismo.

Bacante ¿Vale la pena encontrarse de este modo? Hay un camino más sencillo, de ignorancia y de alegría. El dios es como un señor entre la vida y la muerte.[108] Una se abandona a su ebriedad, se desgarra o es desgarrada. Se renace cada vez, y se despierta, como tú, con el día.

Orfeo No hables del día, del despertar. Pocos hombres conocen. Ninguna mujer como tú sabe qué es.

Bacante Quizá por eso te siguen las mujeres de Tracia. Tú eres para ellas semejante a un dios: vienes de las montañas, cantas versos de amor y de muerte.

Orfeo Simplona. Contigo se puede hablar, cuando menos. Quizá un día seas como un hombre.

Bacante Siempre que las mujeres de Tracia antes…

Orfeo Sigue.

Bacante Siempre que no devoren al dios.[109]

XIII. EL HOMBRE LOBO[110]

Licaón, señor de Arcadia, fue transformado por Zeus en lobo a causa de su inhumanidad.[111] Pero el mito no dice dónde ni cómo murió.

(Hablan dos cazadores).

PRIMER CAZADOR No es la primera vez que matamos a una bestia.

SEGUNDO CAZADOR Pero es la primera vez que matamos a un hombre.

PRIMER CAZADOR Pensar no es asunto nuestro. Son los perros los que lo han levantado. No nos corresponde preguntarnos quién era. Cuando lo hemos visto acosado entre las rocas, canoso y ensangrentado, revolcarse en el fango, con los dientes más rojos que los ojos, ¿quién pensaba en su nombre o en las historias pasadas? Murió mordiendo la jabalina como si fuera el pescuezo de un perro. Tenía corazón de bestia, no solo el pelo. Hacía tiempo que en estos bosques no se veía un lobo parecido, ni tan grande.

SEGUNDO CAZADOR Yo sí pienso en cómo se llamaba. Era yo un joven y ya se hablaba de él. Relataban cosas increíbles de cuando fue hombre, que intentó degollar al señor de los montes. Su pelo tenía el color de la nieve pisoteada —era viejo, un fantasma— y tenía los ojos como la sangre.

PRIMER CAZADOR Ya está hecho. Ahora toca despellejarlo y volver al llano. Piensa en la fiesta que nos espera.

SEGUNDO CAZADOR Nos moveremos al alba. ¿Qué otra cosa quieres hacer que calentarnos con esta leña? Los perros molosos velarán el cadáver.

PRIMER CAZADOR No es un cadáver, es solo una res muerta. Pero debemos desollarlo; si no, se pondrá duro como una piedra.

SEGUNDO CAZADOR Me pregunto si, despellejado, deberíamos enterrarlo. En otros tiempos fue un hombre. Su sangre feroz la ha esparcido entre el fango. Y quedará un desnudo amasijo de huesos y carne, como de viejo o de niño.

PRIMER CAZADOR No te equivocas al llamarlo viejo. Era ya lobo cuando las montañas aún estaban desiertas. Era más viejo que los troncos canosos y enmohecidos. ¿Quién recuerda que tuvo un nombre y que fue alguien? Si queremos ser sinceros, debería haber muerto hace mucho.

SEGUNDO CAZADOR Pero dejar su cuerpo insepulto… Fue Licaón, un cazador como nosotros.

PRIMER CAZADOR A todos nos puede alcanzar la muerte en el monte, y que nadie nos encuentre jamás salvo la lluvia o el buitre. Si de verdad fue un cazador, ha muerto mal.

SEGUNDO CAZADOR Se ha defendido como un viejo, con los ojos. Pero tú en el fondo no crees que haya sido tu semejante. No crees que tenga nombre. Si lo creyeras, no insultarías sus despojos, porque sabrías que él también despreciaba a los muertos, que también él vivió torvo e inhumano, no acaso el señor de los montes hizo de él una fiera.

PRIMER CAZADOR Se decía de él que hervía a sus semejantes.

SEGUNDO CAZADOR Conozco hombres que han hecho mucho menos, y son lobos: solo les falta el aullido y esconderse en los bosques. ¿Estás tan seguro de ti mismo que no te sientes nunca Licaón, como él? Todos tenemos días en que, si un dios nos tocase, aullaríamos y saltaríamos al cuello de quien se nos resiste. ¿Qué nos salva sino que al despertar nos vemos con estas manos y esta boca y esta voz? Pero él no tuvo escapatoria: dejó para siempre los ojos humanos y las casas. Al menos ahora, muerto, debería tener paz.

PRIMER CAZADOR No creo que tuviera necesidad de paz. ¿Quién más en paz que él cuando podía agazaparse entre las rocas y aullar a la luna? He vivido lo bastante en los bosques para saber que los troncos y las fieras no temen lo sagrado ni miran al cielo salvo para murmurar o bostezar. Hay algo que les iguala con los señores del cielo: hagan lo que hagan, no tienen remordimientos.

SEGUNDO CAZADOR Oyéndote parecería que el del lobo fuera un alto destino.

PRIMER CAZADOR No sé si alto o bajo, pero ¿has oído hablar de una bestia o de una planta que se convirtiera en ser humano? Por el contrario, estos lugares están llenos de hombres y mujeres tocados por la divinidad: hay quien devino arbusto, quien pájaro, quien lobo. Y, por impío que fuera, por muchos delitos que hubiera cometido, logró no tener las manos rojas, escapó al remordimiento y a la esperanza, se olvidó de que era hombre. ¿Sienten otra cosa los dioses?

SEGUNDO CAZADOR Un castigo es un castigo, y quien lo inflige al menos en esto demuestra compasión, pues quita al impío la incertidumbre y del remordimiento hace destino. Si incluso la bestia ha olvidado el pasado y vive solo para la presa y la muerte, queda su nombre, queda lo que fue. La vieja Calisto está sepulta en la colina. ¿Quién recuerda su crimen? Los señores del cielo la han castigado a modo. De una mujer —hermosa, se dice— hicieron una osa que ruge y que lagrima, que por la noche, con miedo, quiere volver a poblado. He aquí una fiera que no tuvo paz. Vino el hijo y la mató a lanzadas y los dioses no se inmutaron.[112] Hay quien dice que, arrepentidos, hicieron con ella un manojo de estrellas. Pero quedó el cadáver y está sepultado.

PRIMER CAZADOR ¿Qué quieres decir? Conozco las historias. Y que Calisto no supiera resignarse no es culpa de los dioses. Es como quien va melancólico a un banquete o se emborracha en un funeral. Si yo fuera lobo, sería lobo incluso durmiendo.

SEGUNDO CAZADOR No conoces la vía de la sangre. Los dioses no te agregan ni te quitan nada. Acaso, con un toque sutil, te clavan allí donde has llegado. Lo que antes era deseo, era elección, se te revela destino. Esto quiere decir volverse lobo. Pero sigues siendo aquel que ha huido del poblado, sigues siendo el antiguo Licaón.

PRIMER CAZADOR ¿Quieres decir pues que, mordido por los molosos, Licaón sufrió como un hombre al que se diese caza con perros?

SEGUNDO CAZADOR Era viejo, estaba agotado; tú mismo afirmaste que no supo defenderse. Mientras moría, ya sin voz, entre las rocas, yo pensaba en aquellos viejos andrajosos que se detienen en los corrales y a quienes los perros, estrangulándose con las cadenas, intentan morder. También esto sucede; allá abajo, en las casas. Aceptemos incluso que ha vivido como un lobo. Pero, al morir y al vernos, comprendió que era un hombre. Nos los dijo con los ojos.

PRIMER CAZADOR Amigo, ¿y crees que pueda importarle pudrirse bajo tierra como un hombre, él, que la última cosa que ha visto han sido hombres de caza?[113]

SEGUNDO CAZADOR Hay una paz más allá de la muerte, una suerte común. Les importa a los vivos, le importa al lobo que hay en todos nosotros. Nos ha tocado matarlo. Sigamos al menos la tradición y dejemos la injuria a los dioses. Volveremos al poblado con las manos limpias.

XIV. EL HUÉSPED[114]

Frigia y Lidia fueron tierras sobre las cuales a los griegos siempre les gustó relatar atrocidades.[115] Por supuesto, todo había sucedido en su propia casa, pero en tiempos remotos.

Inútil decir quién perdió en el combate de la siega.

(Hablan Litierses y Heracles).

LITIERSES Hete aquí el campo, extranjero. También nosotros somos hospitalarios, como vosotros lo sois en vuestra casa. De aquí no te será posible huir y, como has comido y bebido con nosotros, nuestra tierra se beberá tu sangre. El año que viene el Meandro verá espigas más tupidas y abundantes que este.

HERACLES ¿Habéis sacrificado a muchos otros, antes, en el campo?

LITIERSES A bastantes. Pero a ninguno que tuviese tu fuerza o bastara por sí solo. Y eres pelirrojo,[116] tienes las pupilas como flores, darás vigor a esta tierra.

HERACLES ¿Quién os ha enseñado esta tradición?

LITIERSES Siempre se ha hecho así. Si no alimentas la tierra, ¿cómo pretendes que te alimente a ti?

HERACLES Este año tu trigo me parece ya bastante frondoso. Le llega al hombro al segador. ¿A quién degollasteis?

LITIERSES No vino ningún forastero. Sacrificamos un viejo esclavo y un macho cabrío. Fue una sangre blanda que la tierra apenas sintió. Mira la espiga cuánto es hueca. El cuerpo que laceramos debe sudar primero, humear bajo el sol. Por esto te obligaremos a segar, a llevar las gavillas, a gotear la fatiga, y solo al final, cuando tu sangre hierva viva y franca, será el momento de degollarte. Eres joven y fuerte.

HERACLES ¿Y qué dicen vuestros dioses?

LITIERSES No hay dioses sobre el campo. Existe solo la tierra, la Madre, la Gruta siempre en espera y que se renueva con la sangre a borbotones. Esta noche, extranjero, serás tú quien entre en la gruta.

HERACLES ¿Vosotros, los frigios, no entráis en la gruta?

LITIERSES Nosotros salimos de ella al nacer, y no hay prisa por volver.

HERACLES Comprendo. Y así el abono con sangre es necesario para vuestros dioses.

LITIERSES No para los dioses, sino para la tierra, extranjero. ¿Vosotros no vivís sobre una tierra?

HERACLES Nuestros dioses no están en la tierra, pero gobiernan el mar y la tierra, la selva y la nube, como el pastor controla el rebaño y el patrón manda sobre los esclavos. Están alejados, en el monte, como los pensamientos dentro de los ojos de quien habla o como las nubes en el cielo. No tienen necesidad de sangre.

LITIERSES No te comprendo, huésped extranjero. La nube la gruta la peña tienen para nosotros el mismo nombre y no se apartan. La sangre que la Madre nos ha concedido se la devolvemos hecha sudor, estiércol, muerte. Es bien cierto que vienes de muy lejos. Aquellos dioses vuestros no son nada.

HERACLES Son de la estirpe de los inmortales. Han dominado la selva, la tierra y sus monstruos. Han arrojado a la gruta a todos los que, como tú, regaban con sangre la tierra.

LITIERSES ¿Ves? Tus dioses saben lo que se hacen. Incluso ellos debieron saciar la tierra. Por lo demás, tú eres demasiado robusto como para haber nacido en una tierra sin saciar.

HERACLES Venga, Litierses, ¿segamos?

LITIERSES Huésped, eres extraño. Nunca nadie dijo esto ante el campo. ¿No temes la muerte sobre la gavilla? ¿Esperas acaso poder huir entre los surcos como una codorniz o una ardilla?

HERACLES Si he entendido bien, no es morir, sino una vuelta a la Madre, como un don hospitalario. Todos estos campesinos que se afanan en el campo bendecirán con rezos y con cantos a quien dé su sangre por ellos. Es un gran honor.

LITIERSES Gracias, huésped. Te aseguro que el siervo que degollamos el año pasado no hablaba así. Era viejo y estaba seco, y aun así fue necesario atarlo con vencejos; se debatió tanto bajo las hoces que antes de caer ya se había desangrado.

HERACLES Esta vez, Litierses, irá mejor. Y dime: muerto el desdichado, ¿que hacéis de él?

LITIERSES Se le descuartiza todavía medio vivo y sus miembros son esparcidos por el campo para que abracen a la Madre. Conservamos la cabeza sangrante envolviéndola con espigas y flores, y entre cantos y fiestas la arrojamos al Meandro. Porque la Madre no es solo tierra, sino, como te he dicho, también nube y agua.[117]

HERACLES Sabes muchas cosas tú, Litierses, por algo eres el señor de los campos de Celenes. Y en Pesinunte, dime, ¿sacrifican a muchos?

LITIERSES Por doquier, extranjero, se mata bajo el sol. Nuestro trigo no germina sino de terrones trabajados. La tierra está viva y debe ser alimentada.

HERACLES Pero, ¿por qué el sacrificado debe ser extranjero? La tierra, la caverna que os ha hecho, deberá quizá preferir beberse las linfas que más se le asemejan. Tú, cuando comes, ¿no prefieres el pan y el vino de tu campo?

LITIERSES Me gustas, extranjero. Te tomas tan a pecho nuestro bien, como si fueras hijo nuestro. Pero reflexiona un momento sobre por qué soportamos la fatiga y el afán de estos trabajos. Para vivir, ¿no? Es, pues, justo que permanezcamos vivos para gozarnos las mieses y que mueran los otros. Tú no eres campesino.

HERACLES Pero ¿no sería más justo encontrar el modo de acabar con los sacrificios y que todos, extranjeros y lugareños, comieran el trigo? ¿Matar de una vez por todas a quien por sí solo fecundase para siempre la tierra y las nubes y la fuerza del sol sobre este llano?

LITIERSES No eres un campesino, se ve. No sabes siquiera que la tierra renace con cada solsticio y que el curso del año todo lo agosta.

HERACLES Pero habrá alguien en este llano que se haya alimentado, remontándose hasta sus ancestros, de todos los jugos de las estaciones, que sea tan rico y tan fuerte y de sangre tan generosa que bastaría de una vez por todas para revitalizar la tierra de todas las estaciones pasadas.

LITIERSES Me das risa, extranjero. Parece que estés hablando de mí. Solo yo en Celenes, descendiente de mis ancestros, ha vivido siempre aquí. Soy el señor, y lo sabes.

HERACLES Hablo, en efecto, de ti. Segaremos, Litierses. He venido desde Grecia para este ritual de la sangre. Segaremos. Y esta noche volverás a la gruta.[118]

LITIERSES ¿Quieres matarme, y sobre mi propio campo?

HERACLES Quiero combatir contigo un combate a muerte.

LITIERSES ¿Sabes al menos manejar la hoz, extranjero?

HERACLES No te preocupes, Litierses. En guardia.

LITIERSES Cierto es que tienes los brazos robustos.

HERACLES En guardia.

XV. LOS FUEGOS[119]

También los griegos celebraron sacrificios humanos. Todas las civilizaciones rurales lo han hecho. Y todas las civilizaciones han sido rurales.

(Hablan dos pastores).

HIJO Toda la montaña arde.

PADRE Se hace por hacer. Claro que esta noche el Citerón es diferente. Este año apacentamos demasiado arriba. ¿Has recogido el ganado?

HIJO Nuestra hoguera no la ve nadie.

PADRE Nosotros la hacemos; lo demás no importa.

HIJO Hay más fuegos que estrellas.

PADRE Azuza las brasas.

HIJO Hecho.

PADRE ¡Oh, Zeus! Recibe esta ofrenda de leche y miel dulce: somos pastores pobres y no podemos disponer del rebaño ajeno. Que este fuego que arde aleje los males y, como se cubre de espirales de humo, nos cubra de nubes… Baña y esparce el agua, zagal. Es suficiente que maten el ternero en los corrales grandes. Si llueve, llueve para todos.

Hijo Padre, ¿aquello son fuegos o estrellas?

Padre No mires allí. Debes rociar hacia el mar. Las lluvias vienen del mar.

Hijo Padre, ¿las lluvias llegan lejos? ¿Llueve de verdad para todos cuando llueve? ¿También en Tespias? ¿También en Tebas? Allí no tienen mar.

Padre Pero tienen pastos, simple. Necesitan pozos. Incluso ellos han encendido hogueras esta noche.

Hijo Pero ¿más allá de Tespias, más lejos, donde la gente que camina día y noche lo hace sin salir de la montaña? Me han dicho que allí arriba no llueve nunca.

Padre Esta noche hay hogueras por todas partes.

Hijo ¿Por qué no llueve ahora? Las hogueras están encendidas.

Padre Es la fiesta, muchacho. La lluvia las apagaría y no conviene a nadie. Lloverá mañana.

Hijo Y sobre las hogueras, cuando todavía arden, ¿no ha llovido nunca?

Padre Quién sabe. Tú no habías nacido, ni siquiera yo, y ya se encendían las hogueras. Siempre esta noche. Se dice que una vez llovió sobre las hogueras.

Hijo ¿Sí?

Padre Pero fue cuando los hombres vivían más justos que ahora e incluso los hijos de los reyes eran pastores. Toda esta tierra parecía una era, entonces, limpia y bien tenida, y obedecía al rey Atamante. Se trabajaba y se vivía, y no era necesario esconder los cabritos al ojo del patrón. Dicen que vino una tremenda canícula y que los pastos y los pozos se secaron y la gente moría. Las hogueras no servían para nada. Entonces Atamante pidió consejo. Era viejo y tenía en casa, desde hacía poco, una esposa joven que comandaba, y comenzó a llenarle la cabeza de ideas diciendo que no era el momento de mostrarse débil, de perder la reputación. ¿Habían orado y rociado? Sí. ¿Habían sacrificado el ternero y el toro, muchos toros? Sí. ¿Qué paso? Nada. Entonces ofrendaron los hijos, ¿comprendes? Pero no los de ella, que no tenía (solo faltaría); los dos hijos mayores de la primera mujer, dos jóvenes que trabajaban el campo todo el día. Y Atamante, estúpido, se decidió: los hace llamar. Ellos se dan cuenta, se sabe que los hijos del rey no son idiotas, ¡piernas! Y con ellos desaparecieron las primeras nubes, que apenas conocido el asunto un dios mandó sobre los campos. Y venga aquella bruja a gritar: «¿Habéis visto? La idea era buena, las nubes ya las teníamos, es necesario degollar a alguien». Y tanto insiste que la gente decide prender a Atamante y quemarlo. Preparan el fuego, lo encienden; llevan a Atamante atado y adornado con flores como un buey y cuando están a punto de arrojarlo al fuego el tiempo se estropea. Truena, relampaguea y llueve la de dios. El campo renace. El agua apaga la fogata y Atamante, hombre bueno, perdona a todos, incluso a la mujer. Cuídate, muchacho, de las mujeres. Es más fácil conocer un serpiente que una serpiente.

HIJO ¿Y los hijos del rey?

PADRE Nunca más se supo. Pero dos jóvenes como aquellos se habrán dado vida.[120]

HIJO Y si aquellos eran tiempos de bondad, ¿por qué querían quemar a dos muchachos?

PADRE Tonto. No sabes qué es la canícula. Yo las he visto, y tu abuelo las vio. El invierno no es nada. El invierno se sufre, pero se sabe que va bien para las cosechas. La canícula, no; la canícula quema. Todo muere, y la sed y el hambre cambian al hombre. Coge a uno que no haya comido: ya tienes un cuatrero. Piensa en aquella gente que vivía sin pendencias y cada uno tenía su tierra, acostumbrados a obrar bien y a estar a buenas. Se secan los pozos, se quema el trigo; tienen hambre y tienen sed. Y se convierten en bestias feroces.

HIJO Era gente malvada.

PADRE No peor que nosotros. Nuestra canícula son los amos. Y no hay lluvia que nos libre de ellos.

HIJO Ya no me gustan estos fuegos. ¿Por qué tienen necesidad los dioses? ¿Es verdad que antes siempre se quemaba a alguien?

PADRE Iban con cuidado. Quemaban lisiados, vagos e insensatos. Quemaban inútiles; a quien robaba en el campo. Total, los dioses se conformaban. Bien o mal, llovía.

HIJO No entiendo qué placer encontraban en esto los dioses. Llovía igual. También Atamante. Apagaron la pira.

PADRE ¿Ves? Los dioses son los patronos. Son como los patronos. ¿Querrías que aceptaran quemar a uno de ellos? Entre ellos se ayudan. A nosotros, en cambio, nadie nos ayuda. Llueva o haga sol, ¿qué les importa a los dioses? Ahora se encienden las hogueras y se dice que traen la lluvia. ¿Qué les importa a los patronos? ¿Los has visto jamás en el campo?

HIJO Yo no.

PADRE ¿Entonces? Si un tiempo bastaba encender una hoguera para hacer llover, quemar a un vagabundo para salvar una cosecha, ¿cuántas casas de los amos es necesario incendiar, a cuántos matar por las calles y las plazas antes de que el mundo se vuelva justo y nuestra opinión sea escuchada?

HIJO ¿Y los dioses?

PADRE ¿Qué tienen que ver con esto?

Hijo ¿No has dicho que dioses y patronos se ayudan entre ellos? Ellos son los amos.

Padre Sacrificaremos un cabrito. ¿Qué podemos hacer? Mataremos vagabundos y ladrones. Encenderemos una pira.

Hijo Quisiera que amaneciera ya. A mí los dioses me dan miedo.

Padre Y tienes razón. Es mejor tenerlos de nuestra parte. A tu edad no es bueno no pensar en ellos.

Hijo Yo no quiero pensar en eso. Son injustos los dioses. ¿Qué necesidad tienen de que se queme gente viva?

Padre Si no fuese así, no serían dioses. ¿Cómo quieres que pase el tiempo quien no trabaja? Cuando no había amos y se vivía con justicia era necesario matar de vez en cuando a alguien para darles gusto. Son así. Pero en nuestros tiempos no tienen ya necesidad. Somos tantos en la miseria que les basta mirarnos.

Hijo Vagabundos también ellos.

Padre Vagabundos. Has dicho una bien dicha.

Hijo ¿Qué decían en la pira los muchachos lisiados? ¿Gritaban mucho?

Padre No importa el grito; cuenta quién grita. Un lisiado o un malvado no hacen nada de provecho. Pero es peor cuando un padre de familia ve engordar a los vagos. Esto es injusto.

Hijo Yo no puedo quedarme quieto pensando en las hogueras de otros tiempos. Mira allá abajo cuántas hay encendidas.

Padre Pero no quemaban a un joven en cada fuego, ¡qué va! Es como ahora con el cabrito. Figúrate. Si uno hace llover, llueve para todos. Era suficiente un hombre por montaña, por lugar.

Hijo No quiero, ¿entiendes? No quiero. Hacen bien los patronos en comernos las entrañas si hemos sido tan injustos entre nosotros. Hacen bien los dioses en mirar cómo sufrimos. Somos todos malvados.

Padre Baña ahora las ramas y rocía. Eres todavía ignorante.[121] Precisamente tú sabrás opinar de lo justo y de lo injusto. Hacia el mar, cabezón… ¡Oh, Zeus! Recibe esta ofrenda…

XVI. LA ISLA[122]

Todos saben que Odiseo náufrago,[123] en el viaje de vuelta, se demoró nueve años en la isla Ogigia, donde solo vivía Calipso, antigua diosa.

(Hablan Calipso y Odiseo).

Calipso Odiseo, no hay nada nuevo. Incluso tú, como yo, quieres detenerte en una isla. Todo lo has visto y todo lo has sufrido. Quizá un día te diré lo que he sufrido. Ambos estamos cansados de un pesado destino. ¿Para qué seguir? ¿Qué importa que la isla no sea aquella que buscabas? Aquí nunca nada sucede: un poco de tierra y un horizonte. Aquí puedes vivir siempre.

Odiseo Una vida inmortal.

Calipso Inmortal es quien acepta el instante:[124] quien no conoce ya el mañana. Pero si te gusta la palabra, dila. ¿Has llegado en verdad a este punto?

Odiseo Creía inmortal a quien no teme la muerte.

Calipso Quien no espera vivir. Cierto, casi lo eres. Has padecido mucho también tú. Pero ¿por qué esta obsesión por volver a casa? Aún estás inquieto. ¿Por qué los discursos que, solo, vas haciendo en la escollera?

ODISEO Si partiera mañana, ¿te sentirías infeliz?

CALIPSO Quieres saber demasiado, querido. Digamos que soy inmortal. Pero si tú no renuncias a tus recuerdos ni a los sueños, si no renuncias a la inquietud y no aceptas el horizonte, no escaparás del destino que conoces.

ODISEO Se trata siempre de aceptar un horizonte. ¿Para conseguir qué?

CALIPSO Sentar la cabeza y callar, Odiseo. ¿Te has preguntado alguna vez por qué también nosotros buscamos el sueño? ¿Te has preguntado alguna vez adónde van los viejos dioses que el mundo ignora? ¿Por qué se hunden en el tiempo como las piedras en la tierra, ellos que empero son eternos? ¿Y quién soy yo, quién es Calipso?

ODISEO Te he preguntado si eres feliz.

CALIPSO No se trata de esto, Odiseo. El aire, también el aire de esta isla desierta, que ahora vibra solo con el rumor del mar y los chillidos de los pájaros, está demasiado vacío. En este vacío no hay nada que añorar. ¿No sientes también tú algunos días un silencio, una pausa, que parece la traza de una antigua tensión y una presencia perdidas?

ODISEO Así pues, ¿también tú le hablas a los escollos?

CALIPSO Es un silencio, te digo, un algo remoto y casi muerto. Lo que ha sido y ya no volverá a ser.[125] En el viejo mundo de los dioses, cuando un gesto mío era destino. Tuve nombres pavorosos, Odiseo. La tierra y el mar me obedecían. Después me cansé: pasó el tiempo, ya no me quise mover. Alguna de nosotras resistió a los nuevos dioses; dejé que los nombres se hundieran en el tiempo; todo mudó y todo permaneció igual; no merecía la pena disputarle el destino a los nuevos. Ya conocía mi horizonte y por qué los viejos no habían luchado con nosotros.

ODISEO Pero ¿no eras inmortal?

CALIPSO Y lo soy, Odiseo. No espero morir. Y no espero vivir. Acepto el instante. A vosotros, mortales, os aguarda algo semejante, la vejez y la nostalgia. ¿Por qué no quieres sentar la cabeza en esta isla, como yo?

ODISEO Lo haría si creyera que te has resignado. Pero incluso tú, que has sido señora de todas las cosas, me necesitas, necesitas un mortal que te ayude a soportar.

CALIPSO Es un bien recíproco, Odiseo. El único silencio verdadero es el silencio compartido.

ODISEO ¿No te basta con que esté hoy contigo?

CALIPSO No estás conmigo, Odiseo. No aceptas el horizonte de esta isla. Y no huyes de la añoranza.

ODISEO Lo que añoro es parte viva de mí mismo, como lo es para ti tu silencio. ¿Qué ha cambiado para ti desde aquel día en que tierra y mar te obedecían? Has sentido que estabas sola y que estabas cansada y olvidado tus nombres. Nada te ha sido sustraído. Lo que eres lo has querido ser.

CALIPSO Lo que soy es casi nada, querido: casi mortal, casi una sombra como tú. Es un largo sueño comenzado quién sabe cuándo, y tú has llegado a este sueño como un ensueño. Temo el alba, el despertar; si te vas, es el despertar.

ODISEO ¿Eres tú, la señora, quien habla?

CALIPSO Temo el despertar como tú temes la muerte. Eso es: antes estaba muerta, ahora lo sé. No quedaba de mí en esta isla sino la voz del mar y del viento. ¡Oh, no era padecer! Dormía. Pero desde que estás aquí has traído otra isla contigo.

Odiseo Hace demasiado tiempo que la busco. No sabes qué supone avistar una tierra y entornar los ojos cada vez para hacerse ilusiones. Yo no puedo aceptar y callar.

Calipso Y sin embargo, Odiseo, vosotros, los hombres, decís siempre que reencontrar lo que se ha perdido es siempre un mal. El pasado no vuelve. Nada resiste el paso del tiempo. Tú, que has visto a Océano, los monstruos y el Elíseo, ¿podrás reconocer todavía las casas, tus casas?

Odiseo Tú misma has dicho que llevo la isla conmigo.

Calipso ¡Oh, mutada, perdida, un silencio! El eco del mar en el acantilado o un poco de humo. Nadie podrá compartirla contigo. Las casas serán como el rostro de un anciano. Tus palabras tendrán un sentido diferente al que ellos les dan. Estarás más solo que en el mar.

Odiseo Sabré al menos que debo detenerme.

Calipso No merece la pena, Odiseo. Quien no se detiene ahora, súbito, no se detiene jamás. Lo que haces, lo harás siempre. Debes quebrar por una vez el destino, debes abandonar el camino y dejarte hundir en el tiempo…

Odiseo No soy inmortal.

Calipso Lo serás si me escuchas. ¿Qué es vida eterna sino aceptar el instante que viene y el instante que va? La embriaguez, el placer, la muerte no tienen otro escopo. ¿Qué ha sido hasta ahora tu inquieto errar?

Odiseo Si lo supiera, hubiera ya abandonado. Pero olvidas algo.

Calipso Dime.

Odiseo Lo que busco lo tengo en el corazón, como tú.[126]

XVII. EL LAGO[127]

Hipólito, cazador virgen de Trecén, murió de mala muerte por despecho de Afrodita, pero Diana, resucitándolo, lo escondió en Italia (Hesperia), en la cima del monte Albano, donde lo dedicó a su culto con el nombre de Virbio.[128] Virbio tuvo hijos con la ninfa Aricia.[129]

Para los antiguos, Occidente —véase la *Odisea*— era el país de los muertos.

(Hablan Virbio y Diana).

Virbio Debo decirte que nada más llegar me gustó. Este lago me pareció el mar antiguo. Y me alegró vivir tu vida, estar muerto para todos, estar a tu servicio en el bosque y en los montes. Aquí las fieras, las cumbres, los campesinos no saben nada, te conocen solo a ti. Es una tierra sin un pasado, el lugar de los muertos.

Diana Hipólito…

Virbio Hipólito está muerto. Me has renombrado Virbio.

Diana Hipólito, ¿ni siquiera muertos, vosotros, mortales, olvidáis la vida?

VIRBIO Escucha. Para todos estoy muerto y te sirvo. Cuando me arrancaste de las manos de Hades, devuelto a la luz, pedí solo poder moverme, respirar, venerarte. Me has colocado aquí, donde tierra y cielo resplandecen, donde todo es deleitable y vigoroso, todo es nuevo. Incluso la noche es aquí joven y profunda, más que en mi patria. Aquí el tiempo no pasa; no se crean recuerdos y tú sola reinas.

DIANA Estás lleno de recuerdos, Hipólito. Pero quiero admitir por un instante que esta tierra sea la tierra de los muertos; ¿qué se hace en el Hades sino recorrer de nuevo el pasado?

VIRBIO Hipólito ha muerto, te repito. Y este lago que se asemeja al cielo no sabe nada de Hipólito. Si yo no estuviera, esta tierra sería exactamente igual a como es. Parece un pueblo imaginario, visto desde más allá de las nubes. Una vez —era todavía un muchacho— pensé que tras los montes patrios, lejos, donde el sol se escondía —bastaba caminar, caminar siempre—, llegaría al país infantil de la mañana, de la caza, del juego perenne. Un esclavo me dijo: «Atento a tus deseos, pequeño. Los dioses los conceden siempre». Era esto. No sabía que deseaba la muerte.

DIANA Esto es otro recuerdo. ¿De qué te lamentas?

VIRBIO ¡Oh, salvaje! No lo sé. Parece que fue ayer cuando abrí los ojos aquí. Sé que ha pasado mucho tiempo y que estos montes, estas aguas, estos grandes árboles están inmóviles y silenciosos. ¿Quién es Virbio? ¿Soy algo más que un muchacho que cada mañana se despierta y vuelve al juego como si el tiempo no pasara?

DIANA Eres Hipólito, el joven que murió para seguirme. Y ahora vives más allá del tiempo. No necesitas recuerdos.

Conmigo se vive al día, como la liebre, como el ciervo, como el lobo. Y se huye, se persigue siempre. Esta no es tierra de muertos, sino el vivo crepúsculo de un amanecer perenne. No necesitas recuerdos porque esta vida la has conocido siempre.

VIRBIO Sin embargo, este sitio en verdad está más vivo que mi tierra. Todo tiene, también el sol, una luz radiante, como si viniese del interior, un vigor que podría decirse no corroído aún por los días. ¿Qué es para vosotros, dioses, esta tierra de Hesperia?

DIANA Nada diferente a cuanto son las otras, bajo el cielo. Nosotros no vivimos de pasado o porvenir. Cada día es para nosotros igual al primero. Lo que para ti parece ser un gran silencio es nuestro cielo.

VIRBIO Sin embargo, he vivido en lugares que te son más queridos. He cazado en el Dídimo, corrido las playas de Trecén, lugares pobres y salvajes como yo. Pero en este inhumano silencio, en esta vida más allá de la vida nunca contuve el aliento. ¿Qué la hace soledad?

DIANA ¡Joven eres! Una tierra en la que el hombre no había estado nunca será la tierra de los muertos siempre. Desde tu mar y desde tus islas vendrán otros y creerán atravesar el Hades. Y hay tierras aún más remotas.

VIRBIO Otros lagos, otras mañanas como estas. El agua es más azul que las endrinas entre el verde. Creo ser una sombra entre las sombras de los árboles. Cuanto más me caliento con este sol y más me nutro de esta tierra más creo disolverme en gotas y rumor, en la voz del lago, en el crujir del bosque. Hay algo remoto en los troncos, en las piedras, en mi propio sudor.

DIANA Estas son las angustias que tenías cuando eras joven.

Virbio Ya no soy un muchacho. Te conozco a ti y vengo del Hades. Mi tierra está lejos, como aquellas nubes. Eso, paso entre los troncos y las cosas como si fuera una nube.

Diana Eres feliz, Hipólito. Si al hombre le es dado ser feliz, tú lo eres.

Virbio Es feliz el joven que fui, aquel que murió. Tú lo has salvado, y te lo agradezco. Pero el renacido, tu siervo, el fugitivo que mira la encina y tus bosques, ese no es feliz porque ni siquiera sabe si existe. ¿Quién le responde? ¿Quién le habla? ¿El hoy añade algo a su ayer?

Diana Así pues, Virbio, ¿esto es todo? ¿Quieres compañía?[130]

Virbio Sabes lo que quiero.

Diana Los mortales acaban siempre pidiendo lo mismo. ¿Qué tenéis en la sangre?

Virbio ¿Y tú me preguntas qué es la sangre?

Diana Hay un sabor divino en la sangre derramada. Cuántas veces te he visto derribar el corzo o la loba y degollarlos y hundir en las entrañas las manos. Me gustabas por esto. Pero la otra sangre, la vuestra, la que os hincha las venas y os enciende los ojos, no la conozco demasiado bien. Sé que es para vosotros vida y destino.

Virbio La vertí una vez. Y sentirla inquieta y errante hoy me demuestra que estoy vivo. Ni el vigor de las plantas ni la luz del lago me contentan. Estas cosas son como las nubes, errantes eternas de la mañana y de la noche, guardianas del horizonte, las figuras del Hades. Solo otra sangre puede calmar la mía. Y que corra inquieta y, después, saciada.

Diana Si entiendo lo que dices, tú quisieras degollar.

Virbio No te equivocas, salvaje. Antes, cuando fui Hipólito, degollaba fieras. Era suficiente. Ahora aquí, en esta tierra de los muertos, incluso las fieras se me escapan de entre las manos como nubes. La culpa es mía, creo. Pero necesito estrechar contra mí una sangre cálida y fraternal.[131] Necesito tener una voz y un destino. ¡Oh, salvaje, concédemelo!

DIANA Piénsalo bien, Virbio-Hipólito. Tú has sido feliz.

VIRBIO No importa, señora. Me he visto reflejado demasiadas veces en el lago. Pido vivir, no ser feliz.[132]

XVIII. LAS MAGAS[133]

Odiseo llegó hasta Circe avisado del peligro e inmunizado mágicamente contra los encantamientos;[134] de aquí la inutilidad de la varita mágica. Pero la maga —antigua diosa mediterránea degradada— sabía desde hacía tiempo que en su destino iba a cruzarse un Odiseo. De ello no tuvo cuenta Homero tanto como hubiera sido necesario.

(Hablan Circe y Leucótea).

Circe Créeme, Leucó, a primera vista no comprendí. Sucede que a veces yerras la fórmula, te viene un olvido. Sin embargo, lo había tocado. Lo cierto es que lo esperaba desde hacía tanto tiempo que ya ni pensaba en él. Apenas comprendí todo —él se había incorporado y había echado mano a la espada— sonreí; tanta fue la alegría y tanta, a la vez, la desilusión. Pensé incluso poder prescindir de él y escapar del destino. «Después de todo es Odiseo —pensé—, uno que quiere volver a casa». Pensaba ya en embarcarlo, querida Leucó. Él blandía aquella espada —ridículo y bravío como solo un hombre sabe ser— y yo debía sonreír y recorrerlo con la mirada como hago con ellos y sorprenderme y apartarme. Me sentía como una muchacha, como cuando éramos jóvenes y nos decían cómo íbamos a comportarnos de mayores y nosotras venga a reír. Todo se desarrolló como en un baile. Él me apresó por las muñecas, levantó la voz, yo me puse de todos los colores —pero estaba pálida, Leucó—, le abracé las rodillas y comencé mi interpretación: «¿Quién eres tú? ¿Qué tierra te ha engendrado?…». Pobrete, pensaba yo, no sabe lo que le espera. Era grande, cabellos ensortijados, un hombre hermoso, Leucó. ¡Qué estupendo cerdo, qué lobo hubiera sido!

LEUCÓTEA Pero ¿todo esto se lo dijiste durante el año que pasasteis juntos?

CIRCE ¡Oh, muchacha, no hables de las cosas del destino con un hombre! Creen haber dicho ya todo llamándolo cadena de hierro, decreto fatal. A nosotras nos llaman mujeres fatales, lo sabes.

LEUCÓTEA No saben sonreír.[135]

CIRCE Sí, alguno de ellos sabe reír ante el destino, sabe reír después, pero en el durante es necesario que se lo tome en serio o que muera. No saben bromear con los asuntos divinos, no saben sentirse interpretar como nosotras. Su vida es tan breve que no pueden aceptar el hecho de ejecutar cosas ya hechas o sabidas. Incluso él, Odiseo el corajoso, si le decía una palabra de este tenor dejaba de comprenderme y pasaba a pensar en Penélope.

LEUCÓTEA ¡Qué aburrimiento!

CIRCE Sí, pero, ya ves, yo lo comprendo. Con Penélope no debía sonreír; con ella todo, incluso la comida de cada día, era serio e inédito; podían prepararse para la muerte. No sabes cuánto les atraiga la muerte. Morir, para ellos es, sí, un destino, una repetición, algo sabido, pero se ilusionan con que algo cambie.

LEUCÓTEA ¿Por qué entonces no aceptó convertirse en cerdo?[136]

CIRCE ¡Ah, Leucó! No quiso siquiera devenir un dios, y sabes cuánto se lo rogó Calipso, aquella simple.[137] Odiseo era así, ni cerdo ni dios, un hombre solo, inteligente en extremo y valiente ante el destino.

LEUCÓTEA Dime, querida, ¿te plugo mucho estar con él?

CIRCE Pienso una cosa, Leucó. Ninguna de nosotras, diosas, ha querido jamás hacerse mortal, ninguna lo ha deseado jamás. Sin embargo, aquí estaría la novedad que rompería la cadena.

LEUCÓTEA ¿Hubieras querido?

CIRCE Pero qué dices, Leucó... Odiseo no comprendía por qué yo sonreía. Muchas veces ni comprendía que sonriera. Una vez creí haberle explicado por qué la bestia se parece más a nosotros, los inmortales, que no el hombre inteligente y valiente; la bestia que come, que monta y no tiene memoria. Me respondió que en casa le esperaba un perro, un pobre perro que quizá ya había muerto, y me dijo su nombre. ¿Comprendes, Leucó? Aquel perro tenía un nombre.

LEUCÓTEA También a nosotras nos nombran los hombres.

CIRCE Muchos nombres me dio Odiseo mientras estábamos acostados. Un nombre cada vez. Al principio fue como el aullido de la bestia, de un cerdo o del lobo, pero poco a poco reparó en que se trataba de sílabas de una sola palabra. Me llamó con el nombre de todas las diosas, de nuestras hermanas, con los nombres de la madre, de las cosas de la vida. Era como una batalla conmigo, con la suerte. Quería nombrarme, tenerme, hacerme mortal.

Quería romper algo. Usó inteligencia y valor —los tenía—, pero no supo sonreír jamás. No supo nunca qué es la sonrisa de los dioses, de nosotros, que conocemos el destino.

Leucótea Ningún hombre nos comprende a nosotras ni a la bestia. He visto a tus hombres. Convertidos en lobos o cerdos, rugen todavía como verdaderos hombres. Es un suplicio. En su inteligencia son bien rudos. ¿Has jugado mucho con ellos?

Circe Los disfruto, Leucó. Los gozo como puedo. No me fue concedido tener un dios en mi lecho y de entre los hombres solo a Odiseo. Todos los otros a quienes toco se convierten en bestia y enfurecen y me buscan así, como bestias. Yo los recibo, Leucó: su furia no es mejor ni peor que el amor de un dios. Pero con ellos no debo siquiera sonreír: noto que me cubren y después corren de nuevo a su madriguera. No me sucede tener que bajar la mirada.

Leucótea Y Odiseo...

Circe No me pregunto quiénes son... ¿Quieres saber quién fue Odiseo?

Leucótea Dime, Circe.

Circe Una noche me describió su llegada a Ea, el miedo de sus compañeros, los centinelas apostados en las naves. Me dijo que toda la noche escucharon los gruñidos y los rugidos, acostados sobre sus capas en la playa. Y después que, llegada la mañana, vieron de la parte de la selva una columna de humo y que gritaron de alegría, reconociendo la patria y las casas. Estas cosas me las dijo sonriendo —como sonríen los hombres—, sentado a mi lado frente al hogar. Dijo que quería olvidar quién era yo y dónde estaba, y aquella noche me llamó Penélope.

Leucótea ¡Oh, Circe! ¿Tan estúpido fue?

Circe Leucina, también yo fui tonta y le dije que llorara.

Leucótea ¡Imagínate!

Circe No, que no lloró. Sabía que a Circe le gustan las bestias, que no lloran. Lloró más tarde, lloró el día que le dije cuán largo era el viaje que le esperaba y el descenso al Averno y la tremenda oscuridad de Océano. Este llanto que limpia la mirada y fortalece lo comprendo incluso yo, Circe. Pero aquella noche me habló —riendo con ambigüedad— de su infancia y del destino, y preguntó sobre mí. Hablaba riendo, ¿comprendes?

Leucótea No comprendo.

Circe Riendo. Con la boca y con la voz. Pero con los ojos llenos de recuerdos. Y luego me pidió que cantara. Y cantando me senté al telar e hice de mi voz ronca la voz de la casa y de la infancia, la endulcé, le fui Penélope. Escondió la cabeza entre las manos.[138]

Leucótea ¿Quién rio al final?

Circe Ninguno de los dos, Leucó. Aquella noche fui mortal también yo. Tuve un nombre: Penélope. Esta fue la única vez que sin reír miré a la cara a mi destino y bajé la vista.

Leucótea ¿Y este hombre amaba a un perro?

Circe A un perro, a una mujer, a un hijo y una nave con la que recorrer el mar. Y el regreso innumerable de los días nunca le pareció destino y se encaminaba hacia la muerte sabiendo qué era, y enriquecía la tierra con palabras y con hechos.

Leucótea ¡Oh, Circe! No tengo tus ojos, pero ahora quiero sonreír yo también. Fuiste ingenua. Si le hubieras dicho que el lobo y el cerdo te montaban como a una bestia se hubiera convertido; se hubiera vuelto bestia él también.

CIRCE Se lo dije. Torció apenas la boca. Poco después me dijo: «Mientras no sean mis compañeros».

LEUCÓTEA Conque celoso.

CIRCE No celoso: cuidaba de ellos. Lo comprendía todo, excepto la sonrisa de nosotros, los dioses. Aquel día que lloró en mi cama no lloró de miedo, sino porque el último viaje le había sido impuesto por el hado, era algo ya sabido. «¿Qué sentido tiene hacerlo, entonces?», me preguntó ciñéndose la espada y caminado hacia el mar. Yo le llevé la oveja negra y, mientras los compañeros lloraban, avistó una bandada de golondrinas sobre el techo y dijo: «Hasta ellas se van. Pero ellas no saben lo que hacen. Tú, señora, lo sabes».[139]

LEUCÓTEA ¿Nada más te dijo?

CIRCE Nada más.

LEUCÓTEA Circe, ¿por qué no lo mataste?

CIRCE Ah, soy una completa estúpida. A veces olvido que nosotras sabemos. Y entonces me divierto como si fuera una muchacha. Como si todas estas cosas les sucedieran a los grandes, a los olímpicos, y sucedieran así, inexorables pero hechas de absurdos, de imprevistos. Lo que nunca preveo es, de hecho, haber previsto, saber en cada ocasión qué haré y qué diré, y lo que hago y lo que digo se convierte así en algo nuevo, sorprendente, como un juego, como aquel juego de ajedrez que Odiseo me enseñó, lleno de reglas y normas pero tan bello e imprevisible, con sus piezas de marfil. Él decía siempre que ese juego es la vida. Me decía que es un modo de vencer al tiempo.

LEUCÓTEA Recuerdas demasiadas cosas de él. No lo has convertido en cerdo ni en lobo, y lo has hecho recuerdo.

CIRCE El hombre mortal, Leucó, solo tiene esto de inmortal. El recuerdo que lleva y el recuerdo que deja.

Nombres y palabras son esto. Ante el recuerdo sonríen también ellos, resignados.[140]

LEUCÓTEA Circe, también tú usas la palabra.

CIRCE Conozco mi destino, Leucó. No temas.

XIX. EL TORO[141]

Todos saben que Teseo, de vuelta de Creta, fingió haber olvidado quitar del palo mayor las velas negras en señal de duelo y así su padre, creyéndolo muerto, se arrojó al mar y le dejó el reino. Todo esto es muy griego, tan griego como la repugnancia por cualquier culto místico a los monstruos.

(Hablan Lélege y Teseo).

LÉLEGE Aquella colina es la patria, señor.

TESEO No hay tierra ultramar, avistada con la luz del crepúsculo, que no parezca la vieja colina.

LÉLEGE Viendo el sol ponerse tras el Ida, un tiempo también nosotros brindamos.

TESEO Hermoso es volver y hermoso partir, Lélege. Bebamos de nuevo. Bebamos por el pasado. Hermoso es todo lo abandonado y encontrado.

LÉLEGE Mientras estuvimos en la isla no hablabas de la patria. No rememorabas muchas cosas abandonadas. Vivías tú también al día. Y te he visto dejar aquella tierra como habías dejado las casas, sin volver la mirada atrás. ¿Esta noche piensas en el pasado?

TESEO Estamos vivos, Lélege, con este vino y en el mar de casa. En una noche así te vuelven a la memoria muchas cosas, aunque el vino y el mar no bastarán para darnos paz mañana.[142]

LÉLEGE ¿Qué temes? Parece que no creas en tu regreso. ¿Por qué no das orden de arriar las velas tenebrosas y de vestir de blanco el barco? Se lo prometiste a tu padre.

TESEO Tenemos tiempo, Lélege, tiempo mañana. Me gusta sentir sobre mí el chasquido de las mismas telas de cuando buscábamos el peligro y ninguno de vosotros sabía si íbamos a volver.

LÉLEGE ¿Tú lo sabías, Teseo?

TESEO Más o menos… Mi hacha no yerra.

LÉLEGE ¿Por qué titubeas?

TESEO No titubeo. Pienso en la gente que desconocía y en la gran montaña y en aquello que fuimos en la isla. Pienso en los últimos días en palacio, en aquella casa hecha de tantos patios, cuando los soldados me llamaban el rey-toro, ¿recuerdas? En la isla, uno se convierte en aquello que mata. Empezaba a saber cómo eran. Después nos dijeron que en los bosques de Ida estaban las grutas de los dioses, donde nacían y morían los dioses. ¿Comprendes, Lélege? En aquella isla se mata a los dioses como si fueran bestias. Y quien lo hace se convierte en dios. Entonces intentamos ascender el Ida…

LÉLEGE Se es valiente lejos de casa.

TESEO Y nos dijeron cosas increíbles. Sus mujeres, aquellas mujeres grandes y rubias que pasaban la mañana tendidas al sol en las terrazas de palacio, suben por las noches a los prados del Ida y abrazan árboles y bestias. A veces se quedaban allí.

LÉLEGE Solo las mujeres tienen coraje en la isla. Lo sabes, Teseo.

TESEO Una cosa sé. Prefiero a las mujeres que tejen.

LÉLEGE Pero en la isla no tienen telares. Compran todo en el mar. ¿Qué quieres que hagan las mujeres?

TESEO No pensar en los dioses madurándose al sol. No buscar la divinidad en los troncos y en el mar. No correr tras los toros. Antes pensaba que la culpa era de los padres, aquellos mercaderes ingeniosos que se visten como mujeres y gustan de ver a los jóvenes saltar los toros. Pero no se trata de esto; eso no es todo. Se trata de una sangre diferente. Hubo un tiempo en que el Ida solo conoció diosas, solo una diosa. Era el sol, era los troncos, era el mar. Y, ante la diosa, los dioses y los hombres empequeñecen. Cuando una mujer evita al hombre y se reencuentra dentro del sol y de la bestia, la culpa no es del hombre: es la sangre corrompida, es el caos.

LÉLEGE Lo puedes decir tú solo. ¿Hablas de la extranjera?

TESEO De ella también.

LÉLEGE Tú eres el señor y cuanto haces nos parece justo. Pero a nosotros nos parecía sumisa y dócil.

TESEO Demasiado dócil, Lélege. Dócil como la hierba o como el mar. La miras y comprendes que cede y ni tan siquiera te oye. Como los prados del Ida, donde uno se aventura con la mano en el hacha pero llega un momento en que el silencio te sofoca y debes detenerte. Era un resuello como de fiera agazapada. Incluso el sol parecía estar al acecho, también el aire. Con la Gran Diosa no se combate. No se combate con la tierra, con su silencio.

LÉLEGE Sé todo esto, como tú lo sabes. Pero la extranjera te ha hecho salir de la acequia. La extranjera ha dejado las casas y eso no se hace entre sangre viva y sangre corrompida. La extranjera, siguiéndote, había abandonado a sus propios dioses.

TESEO Pero los dioses no la han abandonado.

LÉLEGE Decías incluso que los degüellan en el Ida.

TESEO Y el matarife es un nuevo dios. ¡Oh, Lélege, se pueden degollar dioses y toros en la gruta, pero lo divino que tienes en la sangre no se mata! Incluso Ariadna era sangre de la isla. Yo la conocí como toro.

LÉLEGE Fuiste cruel, Teseo. ¿Qué habrá dicho, infeliz, al despertar?

TESEO ¡Oh, lo sé! Quizá habrá gritado, pero no importa; habrá invocado la patria, sus casas, sus dioses! La tierra y el sol no le faltan. Nosotros, extranjeros, para ella ya no somos nada.

LÉLEGE Era hermosa, señor. Estaba hecha de tierra y de sol.

TESEO Nosotros, por el contrario, somos solo hombres. Estoy convencido de que un dios, uno cualquiera dulce y ambiguo y doliente, uno de esos dioses que ha degustado ya la muerte y la Gran Diosa lleva en el regazo, le será enviado para que la consuele.[143] ¿Será un tronco, un caballo, un carnero?[144] ¿Será un lago o una nube? Todo puede suceder en su mar.

LÉLEGE No sé: a veces hablas como si fueras un muchacho entre juegos. Eres el señor y te escuchamos. Otras veces eres anciano y cruel. Diríase que la isla te ha dejado algo de sí misma.

TESEO Es posible. Se deviene lo que se ha matado, Lélege. Tú no piensas en ello, pero venimos de lejos.

LÉLEGE ¿Ni siquiera el vino patrio te conforta?

TESEO No hemos llegado todavía a la patria.

XX. EN FAMILIA[145]

Son conocidos los luctuosos incidentes que han funestado la casa de los atridas. Aquí bastará con recordar algunas sucesiones. De Tántalo nació Pélope; de Pélope, Tiestes y Atreo; de Atreo, Menelao y Agamenón; de este último Orestes que mató a su madre. Que Ártemis arcádica y marina gozase de un culto especial en esta familia (piénsese en el sacrificio de la atrida Ifigenia, intentado por su padre) es un convencimiento, y no reciente, de quien esto escribe.

(Hablan Cástor y Polideuces).[146]

CÁSTOR ¿Recuerdas, Poli, cuando se la quitamos de las manos a Teseo?

POLIDEUCES Mereció la pena.

CÁSTOR Entonces era una niña, y recuerdo que corriendo de noche pensaba yo en el pavor que debía de sentir en aquel bosque a lomos del caballo de Teseo, perseguida por nosotros... Éramos ingenuos.

POLIDEUCES Ahora está bien protegida.

CÁSTOR Ahora tiene la fuerza de los frigios y de los dárdanos. Ha puesto el mar entremedio.

Polideuces Atravesaremos también el mar.

Cástor Ya tengo suficiente, Polideuces. Ya no nos incumbe. Ahora es asunto de los atridas.

Polideuces Atravesaremos el mar.

Cástor Convéncete, Poli. No vale la pena. No seas ingenuo. Deja hacer a los atridas: el provenir les atañe.

Polideuces Pero es nuestra hermana.

Cástor Deberíamos haberlo sabido que en Esparta no iba a quedarse. No es mujer para vivir en el fondo de un palacio.

Polideuces ¿Y qué más quiere, Cástor?

Cástor No quiere nada. Se trata exactamente de eso. Es la niña que era entonces. Es incapaz de tomarse en serio un marido o una casa. De nada sirve presionarla. Verás que un día volverá con nosotros.

Polideuces Quién sabe qué harán ahora los atridas para vengar la afrenta. No es gente que soporte una injuria. Su honor es como el de los dioses.

Cástor Deja en paz a los dioses. En esa familia, en el pasado, se comían entre ellos. Comenzando por Tántalo, que maceró a su hijo…[147]

Polideuces A saber si son ciertas esas historias que cuentan.

Cástor Son dignas de ellos. Gente que vive en las rocas de Micenas y de Esparta, y se pone máscaras de oro, que es dueña del mar y lo mira solo por las troneras es capaz de todo. ¿Te has preguntado alguna vez, Polideuces, por qué sus mujeres —también nuestra hermana— tras un tiempo se enfurecen y deliran, vierten sangre y la hacen derramar? Las mejores no lo soportan. No hay un solo pelópida, uno solo, cuya esposa haya cerrado los ojos. Si esto es honor de dioses…

Polideuces Nuestra otra hermanita, Clitemnestra, resiste.

Cástor ...Esperemos hasta el final antes de cantar victoria.

Polideuces Si sabías todo eso, ¿cómo pudiste consentir esa boda?[148]

Cástor Yo no he consentido. Son cosas que pasan. Cada uno encuentra la mujer que merece.

Polideuces ¿Qué quieres decir, que las mujeres son dignas de ellos? ¿Tendrá culpa nuestra hermana?

Cástor ¡Basta, Polideuces! Nadie nos oye. Es evidente que los atridas y sus padres han desposado siempre la misma mujer. Quizá nosotros, sus hermanos, todavía no sepamos bien quién sea Helena. Fue necesario Teseo para darnos una prueba. Después de él, el atrida. Ahora, Paris el frigio. Yo me pregunto: ¿es posible que todo sea casualidad? ¿Debe siempre toparse con tipos así? Es evidente que está hecha para ellos, como ellos para ella.

Polideuces Deliras.

Cástor No hay locura en lo que digo. Si los pelópidas han perdido la cabeza —y alguno incluso el cuello—, es asunto suyo. Son estirpe de reyes marinos que no salen de casa y prefieren comandar desde las alturas. Quizá un día recorrieron el mundo. Tántalo el primero, es cierto. Pero después vivieron encerrados entre mujeres y montones de oro, suspicaces e infelices, incapaces de un gesto vigoroso, alimentados por el mar en tierra pobre, glotones y gordos. ¿Te sorprende que buscaran un algo fuerte, casi salvaje, con lo que encerrarse en el monte? Lo han encontrado siempre.

Polideuces No comprendo qué tiene que ver nuestra hermana ni por qué dices que estaba hecha para Paris y Teseo.

Cástor Para ellos o para otros, Poli, no importa. Estamos hablando del destino de los atridas. Ni la vieja Hipodamía ni las nueras tienen la culpa si todas se asemejan como una manada de yeguas.[149] Diríase que desde siempre en aquella familia el mismo hombre haya buscado siempre la misma criatura. De Hipodamía la de Enómao a nuestras hermanas, todas ellas han sido obligadas a luchar y a defenderse. Es evidente que esto place a los pelópidas. Quizá no lo saben, pero les gusta. Es gente de astucia y sangre. Son tiranos fofos. Tienen necesidad de una mujer que los fustigue.

Polideuces Dices siempre Hipodamía Hipodamía. Sé también yo que Hipodamía espoleaba a los caballos. Pero nuestras hermanas no tienen nada que ver. La mano de Helena es mano de niña que nunca ha empuñado la fusta. ¿Cómo puede parecérsele?

Cástor Nosotros, Polideuces, de las mujeres no sabemos gran cosa. Hemos crecido con ella; nos parece siempre la niña que jugaba con la pelota. Pero para sentirse salvajes y furiosas no es necesario espolear caballos. Es suficiente con gustar a un Menelao, a un rey del mar.

Polideuces Y, además, ¿qué cosa terrible ha hecho Hipodamía?

Cástor Trataba a los hombres como caballos. Convenció al auriga para que matase por ella a su padre. Hizo que Pélope matara al auriga. Parió a los hermanos homicidas. Hizo correr un río de sangre. No huyó de casa, esto es cierto.

Polideuces Pero ¿no decías que el culpable fue Pélope?

Cástor Dije que a Pélope y a los suyos les gustaban las mujeres así. Que estaban hechas para ellos.

Polideuces Helena no mata y no manda matar.

Cástor ¿Estás seguro, hermano? Recuerda cuando se la robamos a Teseo: tres caballos galopando por el bosque. Si no nos matamos fue porque, siendo jóvenes, nos parecía estar jugando. Y ahora tú mismo te preguntas cuánta sangre verterán los atridas.

Polideuces Pero ella no instiga a nadie…

Cástor ¿Tú crees que Hipodamía instigó al auriga? Ella sonrió a su esclavo y le dijo que el padre la quería para sí. Y ni tan solo dijo que le disgustara… Para matar basta una mirada. Luego, cuando Mírtilo se sintió engañado por el hijo de Tántalo y quiso gritar, bastó con que Hipodamía le dijese a su marido: «Lo sabe todo de Enómao, ten cuidado». Los pelópidas disfrutan con expresiones de este tipo.

Polideuces Así, ¿todas las mujeres matan?

Cástor No todas. Las hay que bajan la cabeza y a quienes la vida esclaviza. Pero la roca libera incluso a estas. Los pelópidas asesinan y son asesinados. Necesitan fustigar y ser fustigados.

Polideuces Nuestra hermana se contenta con huir.

Cástor ¿Estás seguro, hermano? Piensa en Aérope, la mujer de Atreo…

Polideuces Pero Aérope murió en el mar.

Cástor No sin antes haber instigado a su amante para que robara el tesoro. Aquí tienes a una mujer a quien la roca volvió loca. Una mujer que podía haber pasado el resto de sus días en una tranquila lujuria, engordando junto a su amante. Pero el amante era Tiestes y el marido era Atreo. Fue elegida. No la dejaron salvarse. La enfurecieron a ella también. Los pelópidas tienen sed de furia.

Polideuces ¿Quieres decir que matarán también a nuestra hermana por adúltera? ¿Que también ella es lujuriosa?

CÁSTOR Si lo fuera, Polideuces, si lo fuera. Pero no es lujurioso quien lo quiere. No quien desposa un atrida. ¿No comprendes, hermano, que estos sienten la lujuria en el abrazo violento, en la afrenta, en la sangre? Con una mujer dócil y cobarde no saben qué hacer. Necesitan encontrar ojos fríos y homicidas, ojos que aguanten una mirada, como las troneras. Como fueron los de Hipodamía.

POLIDEUCES Nuestra hermana tiene esta mirada…

CÁSTOR Tienen necesidad de la virgen cruel, de aquella que atraviesa las montañas. Cada mujer que desposan es esto, para ellos: les maceraban los hijos, les degollaban las hijas…

POLIDEUCES Son cosas del pasado.

CÁSTOR Las volverán a hacer, Polideuces.

XXI. LOS ARGONAUTAS[150]

El templo sobre el Acrocorinto, oficiado por hieródulos, nos lo trae a colación también Píndaro.[151] Que los jóvenes matadores de monstruos —incluido Teseo de Atenas— hayan tenido todos problemas con las mujeres se podría suponer si la tradición no lo sugiriera de manera unánime. De una de las más atroces, Medea —maga y celosa e infanticida— nos habla largo y tendido, y encendidamente, Eurípides en una apreciable tragedia.[152]

(Hablan Jasón y Mélite).

JASÓN Corre la cortina, Mélite; noto que la brisa la infla. En una mañana como esta también Jasón quiere ver el cielo. Dime cómo está el mar; dime qué pasa en aguas del puerto.

MÉLITE ¡Oh rey Jasón, qué hermoso es desde aquí arriba! Los muelles están llenos de gente: una nave se aleja entre las barcas. Está tan límpido que la refleja como un espejo. Si vieras las guirnaldas y las banderas, ¡cuánta gente! Se han subido incluso a las estatuas. Me da el sol en los ojos.

JASÓN Habrán venido a saludarlos también tus compañeras. ¿Las ves, Mélite?

MÉLITE No sé, veo tanta gente. Y los marineros que nos saludan, diminutos, agarrados a las jarcias.

JASÓN Saluda, Mélite, debe de ser la nave de Chipre. Pasarán por tus islas. Gracias a la fama de Corinto y de su templo hablarán también de ti.

MÉLITE ¿Qué quieres que digan de mí, señor? ¿Quién quieres que se acuerde de mí en las islas?

JASÓN Los jóvenes siempre tienen alguien que se acuerde de ellos. Se recuerda con agrado a quien es joven. ¿Y los dioses no son jóvenes? Por eso todos los recordamos y los envidiamos.

MÉLITE Los servimos, rey Jasón. Y también yo sirvo a la diosa.

JASÓN Sin embargo, habrá alguien, Mélite, quizá un huésped, un marinero, que suba hasta el templo para yacer contigo, no con otras. Alguno que parte de la ofrenda la deje para ti sola. Soy viejo, Mélite, y no puedo ir hasta allí, pero un tiempo en Yolco —tú no habías nacido todavía— hubiera ascendido algo más que un monte para estar contigo.

MÉLITE Tú mandas y nosotras obedecemos. Oh, la nave iza las velas, completamente blanca. Ven a verla, rey Jasón.

JASÓN Estate tú en la ventana, Mélite. Yo te miro mientras miras la nave. Es como si os viera prender viento juntas. Yo temblaría con la mañana: estoy viejo. Vería demasiado si mirara allá abajo.

MÉLITE La nave se inclina al sol. ¡Cómo vuela ahora, parece una paloma!

JASÓN Y va solo hasta Chipre. De Corinto, de las islas, zarpan ahora naves que surcan el mar. Hubo un tiempo en que este mar estaba desierto del todo. Nosotros fuimos los primeros en violarlo. Tú no habías nacido todavía. ¡Qué lejano parece!

MÉLITE Pero ¿es posible, señor, que nadie hubiera osado atravesarlo?

JASÓN Existe una virginidad de las cosas, Mélite, que atemoriza más que el riesgo. Piensa en el pavor a la cima de los montes, piensa en el eco.

MÉLITE No iré nunca a la montaña, pero no lo creo, no creo que el mar pudiera dar miedo a alguien.

JASÓN No nos lo dio, en efecto. Partimos de Yolco una mañana como esta, y éramos todos jóvenes y teníamos a los dioses de nuestra parte. Era hermoso navegar sin pensar en el mañana. Al poco comenzaron los prodigios. Era un mundo más joven, Mélite, los días como mañanas claras, las noches de densa tiniebla, donde todo podía suceder. De vez en cuando los prodigios eran fuentes, eran monstruos, eran hombres o peñascos. De entre los nuestros hay quien desapareció; alguno murió. Cada atraque era un luto. Cada nueva mañana el mar resultaba más hermoso, más virgen. La jornada pasaba en espera. Después llegaron las lluvias, aparecieron nieblas y espumas negras.

MÉLITE Esto es sabido.

JASÓN No estaba en el mar el riesgo. Habíamos comprendido, de amarre en amarre, que aquel largo camino nos había crecido. Éramos más fuertes y alejados de todo —éramos como dioses, Mélite— y de hecho esto nos inclinaba a hacer cosas de mortales. Desembarcamos en Fasis, sobre prados de cólquicos. ¡Ah, era joven entonces y me enfrentaba a la suerte!

MÉLITE En el templo, cuando se habla de vosotros, se baja la voz.

JASÓN A veces se ríe, lo sé, Mélite. Corinto es una ciudad alegre. Y se dice, lo sé: «¿Cuándo dejará ese viejo de hablar de sus dioses? De todos modos, están muertos como los demás». Y Corinto quiere vivir.

MÉLITE Hablamos de la maga, rey Jasón, de aquella mujer que alguien ha conocido. ¡Oh, dime cómo era!

JASÓN Todos conocen a una maga, Mélite, excepto en Corinto, donde el templo enseña a sonreír. Todos nosotros, viejos o muertos, hemos conocido a una maga.

MÉLITE ¿La tuya, rey Jasón?

JASÓN Violamos el mar, destruimos monstruos, pisamos los prados colquicáceos —una nube dorada centelleaba sobre la selva—[153] y no obstante morimos todos por arte de maga, cada uno por el encantamiento o la pasión de una maga. La cabeza de uno de los nuestros apareció cortada en un río. Y hay quien ahora es viejo —y te habla— y vio a sus hijos sacrificados por la madre furiosa.

MÉLITE Dicen que no ha muerto, señor, que sus encantos vencieron a la muerte.

JASÓN Es su destino, y no la envidio. Respiraba la muerte y la esparcía. Quizá ha vuelto a su poblado.

MÉLITE Pero ¿cómo pudo tocar a sus hijos? Debe de haber llorado mucho.

JASÓN No la he visto llorar nunca. Medea no lloraba.[154] Y sonrió solo el día en que dijo que me hubiera seguido.

MÉLITE No obstante, te siguió, rey Jasón, dejó la patria y las casas y aceptó la suerte. Fuiste cruel como un joven también tú.

JASÓN Era joven, Mélite. Y en aquel entonces nadie se reía de mí. Pero todavía no sabía que la sabiduría es la vuestra, la del templo, y pedía a la diosa las cosas increíbles. ¿Y qué era imposible para nosotros, aniquiladores del dragón, señores de la nube de oro?[155] Se hace el mal para ser grandes, para ser dioses.

MÉLITE ¿Y por qué vuestra víctima es siempre una mujer?

JASÓN Pequeña Mélite, tú perteneces al templo. ¿Y no sabéis que al templo —al vuestro— el hombre sube para ser dios al menos un día, al menos una hora, para yacer con vosotras como si lo hiciera con la diosa? El hombre pretende siempre yacer con ella; después repara en que estaba tratando con carne mortal, con la pobre mujer que sois y que son todas. Y entonces se enfurece: busca otro lugar en el que ser dios.

MÉLITE Y sin embargo hay quien se contenta, señor.

JASÓN Sí, el viejo prematuro o quien sube hasta vosotras. Mas no sin antes haberlo intentado todo. No quien ha visto otros días. Has oído hablar del hijo de Egeo, que descendió hasta el Hades para raptar a Perséfone, el rey de Atenas que murió arrojado al mar?[156]

MÉLITE Lo relatan los de Falero. Fue navegante como tú.

JASÓN Pequeña Mélite: fue casi un dios. Y encontró a su mujer ultramar, una mujer que —como la maga— le ayudó en la empresa mortal.[157] La abandonó en una isla, una mañana. Luego venció otras empresas y otros cielos y tuvo a Antíope la lunar,[158] una amazona indócil. Y después a Fedra, luz del día,[159] y esta también se mató. Y luego a Helena, hija de Leda.[160] Y aun a otras. Hasta que intentó rescatar a Perséfone de las fauces del Hades: a una sola rechazó, la que huyó de Corinto —la asesina de hijos— la maga, lo sabes.[161]

MÉLITE Pero tú, señor, la recuerdas. Tú eres más bueno que aquel rey. Tú desde entonces no has hecho llorar a nadie.

JASÓN He aprendido en Corinto a no ser un dios. Y te tengo a ti, Mélite.

MÉLITE ¡Oh Jasón! ¿Qué soy yo?

JASÓN Una mujercita marina que desciende del templo cuando el viejo la requiere. E incluso tú eres la diosa.

MÉLITE Yo soy su sierva.

JASÓN La isla que lleva tu nombre, en occidente,[162] es un gran santuario de la diosa, ¿lo sabes?

MÉLITE Es un nombre pequeño, señor, que me han dado como en un juego. A veces pienso en los bellos nombres de las magas, de las mujeres desdichadas que han llorado por vosotros…

JASÓN Mégara Íole Augías Hipólita Ónfale Deyanira… ¿Sabes a quién hicieron llorar?[163]

MÉLITE ¡Oh, pero aquel era un dios y ahora vive entre los dioses!

JASÓN Eso se dice. Pobre Heracles. También él estuvo con nosotros. No le envidio.

XXII. LA VIÑA[164]

Ariadna, abandonada por Teseo después de la aventura del laberinto, fue recogida en la isla de Naxos por Dioniso de regreso de la India y acabó en el cielo entre las constelaciones.

(Hablan Leucótea y Ariadna).

LEUCÓTEA ¿Llorarás mucho tiempo aún, Ariadna?
ARIADNA ¿Y tú de dónde vienes?
LEUCÓTEA Del mar, como tú. Así pues, ¿has dejado de llorar?
ARIADNA Ya no estoy sola.
LEUCÓTEA Creía que vosotras, las mujeres mortales, llorabais solo cuando alguien os ve.
ARIADNA Para ser una ninfa eres malvada.
LEUCÓTEA Así, ¿también él se ha ido? ¿Por qué crees que puede haberte dejado?
ARIADNA No me has dicho quién eres.
LEUCÓTEA Una mujer que hizo algo que tú no has hecho. He intentado suicidarme en el mar. Me llamaban Ino. Una diosa me salvó. Ahora soy la ninfa de la isla.

ARIADNA ¿Qué quieres de mí?

LEUCÓTEA Si me hablas así, ya lo sabes. Vengo a decirte que tu amigo, el muchacho de las bellas palabras y de los rizos violáceos, se ha ido para siempre. Te ha dejado. La vela negra que ha desaparecido será el único recuerdo que te deje. Corre, grita, gesticula: está hecho.

ARIADNA ¿Te han dejado también a ti, que has intentado el suicidio?

LEUCÓTEA No se trata de mí. No mereces que te hable. Eres simple y testaruda.

ARIADNA Escucha, ninfa del mar, no sé si tú deberías hablarme. Lo que dices va de poco a demasiado. Si querré matarme sabré hacerlo yo sola.

LEUCÓTEA Créeme, tontuela, tu dolor no es nada.

ARIADNA ¿Y por qué has de decírmelo?

LEUCÓTEA ¿Por qué crees que él te ha dejado?

ARIADNA ¡Oh, ninfa, basta!

LEUCÓTEA De acuerdo, llora. Así al menos es más sencillo. No hables, no ayuda. Así se alejan necedad y soberbia. Así tu dolor aparece por lo que es. Pero hasta que el corazón no te explote, hasta que no ladres como una perra y quieras apagarte en el mar como una brasa, no podrás decir que conoces el dolor.

ARIADNA Ya me ha explotado... el corazón.

LEUCÓTEA Llora, no hables... No sabes nada. Te esperan más cosas.

ARIADNA ¿Cómo te llamas ahora, ninfa?

LEUCÓTEA Leucótea. Créeme, Ariadna. La vela negra ha partido para siempre. Esta historia se ha acabado.

ARIADNA Es mi vida lo que se acaba.

LEUCÓTEA Otras cosas te esperan. Eres tonta. ¿No venerabas a ningún dios en tu tierra?

ARIADNA ¿Aquel dios puede devolverme la nave?

LEUCÓTEA Te he preguntado a qué dios venerabas.

ARIADNA Hay un monte en la patria que infundía temor incluso a los de la nave. Allí nacieron grandes dioses. Los adoramos. He invocado ya a todos, pero ninguno me ayuda. ¿Qué debo hacer? Dímelo.

LEUCÓTEA ¿Qué esperas de los dioses?

ARIADNA Ya no espero nada.

LEUCÓTEA Entonces escucha: uno se ha interesado.

ARIADNA ¿Qué quieres decir?

LEUCÓTEA Si te hablo es porque uno ha mostrado interés.

ARIADNA Tú eres solo una ninfa.

LEUCÓTEA Es posible que una ninfa sea heraldo de un gran dios.

ARIADNA ¿Quién, Leucótea, quién es?

LEUCÓTEA ¿Piensas en el dios o en el hermoso muchacho?

ARIADNA No lo sé. ¿Qué quieres decir? Yo me postro ante los dioses.

LEUCÓTEA Así pues, has comprendido. Es un nuevo dios. Y el más joven de todos los dioses. Te ha visto y le gustas. Lo llaman Dioniso.

ARIADNA No lo conozco.

LEUCÓTEA Ha nacido en Tebas y recorre el mundo. Es un dios de alegría. Todos lo siguen y lo aclaman.

ARIADNA ¿Es poderoso?

LEUCÓTEA Mata riendo. Se hace acompañar de toros y tigres. Su vida es una fiesta y tú le gustas.

ARIADNA ¿Dónde me ha visto?

LEUCÓTEA Quién sabe. ¿Has estado alguna vez en un viñedo a los pies de una colina cerca del mar, a la hora lenta en que la tierra ofrece su olor? ¿Un olor rasposo y tenaz, entre de higuera o pino? ¿Cuando la uva madura y el aire se espesa de mosto? ¿Has mirado alguna vez el fruto y la flor de granado? Aquí reina Dioniso: en el frescor de la hiedra, en los pinares, en las eras.[165]

ARIADNA ¿No hay lugar que quede lo bastante apartado de la mirada de los dioses?

LEUCÓTEA Querida mía: pero si los dioses son el lugar, son la soledad, son el tiempo que pasa. Vendrá Dioniso y creerás ser raptada por un vendaval, algo como esos tornados que sobrevuelan las eras y los viñedos.

ARIADNA ¿Cuándo vendrá?

LEUCÓTEA Querida, yo lo anticipo. Por eso ha huido la nave.

ARIADNA ¿Y a ti quién te lo ha dicho?

LEUCÓTEA Soy de Tebas, Ariadna. Soy la hermana de su madre.

ARIADNA En mi tierra se cuenta que en el Ida nacían dioses. Ningún mortal ha ascendido nunca más allá de los últimos bosques. Tememos incluso la sombra que deja el monte. ¿Cómo puedo aceptar las cosas que dices?

LEUCÓTEA Has osado mucho, pequeña. ¿No era para ti como un dios el muchacho de los rizos violáceos?

ARIADNA Le he salvado la vida a ese dios. ¿Qué he conseguido?

LEUCÓTEA Muchas cosas. Has temblado y sufrido. Has pensado en morir. Has aprendido qué es un despertar. Ahora estás sola y esperas a un dios.

ARIADNA ¿Y cómo es él? ¿Muy cruel?

LEUCÓTEA Todos los dioses son crueles. ¿Qué quiere decir? Todo lo divino es cruel. Destruye al ser caduco que se le resiste. Para despertarte más fuerte debes claudicar ante el sueño. Ningún dios conoce la añoranza.

ARIADNA El dios tebano…, este dios tuyo… ¿has dicho que mata sonriendo?

LEUCÓTEA A quien se le resiste. Quien le resiste se aniquila. Pero no es más despiadado que los otros. Para él, sonreír es como respirar.

ARIADNA No es muy diferente de un mortal.

LEUCÓTEA Incluso esto es un despertar, nena. Será como amar un lugar, un torrente, una hora del día. No hay hombre que valga tanto. Los dioses duran cuanto duran las cosas que los crean. Mientras las cabras salten entre los pinos y los viñedos, te gustará y le gustarás.

ARIADNA Moriré como mueren todas las cabras.

LEUCÓTEA En la viña, de noche, se ven también las estrellas. Te espera un dios nocturno. No temas.

XXIII. LOS HOMBRES[166]

De Crato y Bía —el poder y la violencia— dice Hesíodo que «la casa no está lejos de Zeus», como premio por la ayuda que le prestaron en la lucha contra los titanes. Todos conocen la fuga de Zeus y sus muchos asuntos.

(Hablan Crato y Bía).

CRATO Se ha ido y camina entre los hombres.[167] Anda por los valles y se detiene entre las viñas o a la orilla del mar. A veces se aventura hasta las puertas de una ciudad. Nadie diría que es padre y señor. Me pregunto a veces qué quiere, qué busca. Después de todo lo que se ha luchado para ponerle en las manos el mundo —el campo, las cimas y las nubes—. Podría sentarse aquí arriba sin que nadie le molestara. No señor: camina.

BÍA ¿Qué tiene de extraño? Es propio de señor satisfacerse los caprichos.

CRATO Lejos del monte y de nosotros, ¿comprendes? Y debe a nosotros, sus siervos, ser señor. Le sea suficiente que el mundo le tema y le rece. ¿Qué le dan esos pequeños hombres?

Bía Son parte del mundo ellos también, querido.

Crato No sé. Hay algo que no es como era antes. Lo dijo nuestra madre: «Vendrá como un vendaval y las estaciones cambiarán». Este hijo del monte que comanda con un gesto no es como los viejos señores, la Noche, la Tierra, el viejo Cielo o el Caos. Se diría que el mundo está dividido. Un tiempo las cosas sucedían. Todo tenía un fin y había un todo que vivía. Ahora, por el contrario, existe una ley y existe una mente. Él se ha convertido en inmortal y con él nosotros, sus siervos. También los hombrecitos piensan en nosotros, saben que han de morir y nos observan. Y hasta aquí los comprendo; por eso combatimos con los titanes. Pero que él, el celeste que sobre el monte nos prometió estos dones, deje las cumbres y vaya a satisfacer sus caprichos a cada momento y a hacerse hombre entre los hombres, a mí no me gusta. ¿Y a ti, hermana?

Bía No sería señor si no pudiera quebrar la ley que ha dictado. Pero, al fin y al cabo, ¿la quiebra?

Crato No lo comprendo, es solo eso. Cuando nos lanzamos al monte él sonreía como si ya hubiese vencido. Combatía con gestos y con pocas palabras. Nunca dijo estar indignado: su enemigo yacía ya en tierra y él todavía sonreía. Aplastó así titanes y hombres. Entonces lo aprecié: no tuvo piedad. Y sonrió así en otra ocasión: cuando tuvo la idea de ofrecer a los hombres aquella mujer, Pandora, para castigarles por haber robado el fuego. ¿Cómo es posible que ahora se complazca entre viñas y ciudades?

Bía Quizá la mujer, Pandora, no es solo una calamidad.[168] ¿Por qué no quieres que se complazca con ellos si fue un don suyo?

CRATO Pero ¿tú sabes qué son los hombres? Cosas miserables que deberán morir, más miserables que los gusanos o que las hojas del año pasado, que han muerto ignorándolo. Ellos, por el contrario, lo saben y lo dicen, y no cejarán nunca de invocarnos, de querer obtener un favor o una mirada de nosotros, de encendernos fuegos, justo ese fuego que han robado dentro de una cañaheja.[169] Y con las mujeres, con las ofrendas, con cantos y bellas palabras han conseguido que nosotros, los inmortales, que alguno de nosotros descendiera hasta ellos, los mirara con benevolencia, les diera hijos. ¿Entiendes la premeditación, la astucia miserable y desvergonzada? ¿Te persuades ahora de por qué me enciendo?

BÍA Lo dijo la madre, y lo dices tú mismo, que el mundo ha cambiado. No es la primera vez que el señor de los montes habita entre los hombres. ¿Olvidas acaso que antaño vivió fugitivo en una isla, en el mar, y allí murió y allí recibió sepultura, como entonces correspondía a los dioses?

CRATO Son cosas sabidas.

BÍA Pero esto no significa que su mando no tenga valor. Son ineficaces, por el contrario, los señores del Caos, aquellos que antaño reinaron sin ley. Antes el hombre, la fiera y también la piedra eran dios. Todo sucedía sin nombre y sin ley. Era necesaria la huida del dios, la enorme impiedad de su confinamiento entre los hombres cuando era todavía un niño y mamaba de la cabra, y luego crecer en las selvas de la montaña, las palabras de los hombres y las leyes de los pueblos, y el dolor la muerte y el remordimiento, para hacer del hijo de Crono el buen juez,[170] la mente inmortal e inquieta. ¿Tú crees haberle ayudado a aplastar a los titanes? Si lo has dicho tú mismo: combatía como si hubiera ya vencido. El niño renacido devino señor viviendo entre los hombres.[171]

CRATO Así sea. La ley merecía la pena. Pero ¿por qué insiste en volver ahora que es el rey de todos nosotros?

BÍA Hermano, hermano, ¿quieres comprender que el mundo, aun cuando no es ya divino, es justo por esto siempre nuevo y siempre rico para quien desciende del monte? La palabra del hombre que sabe estar sufriendo y se afana y posee la tierra, revela maravillas a quien la escucha. Los dioses jóvenes, sobrepuestos a los señores del Caos, todos caminan la tierra entre los hombres. Y, si bien alguno conserva el amor por los lugares montaraces, las cuevas, los cielos salvajes, lo hace porque ahora los hombres han llegado también allá y su voz gusta de violar aquellos silencios.

CRATO Si el hijo de Crono solo pasease, escuchase y sentenciase de acuerdo con la ley. ¿Pero qué le lleva a gozar y a dejarse gozar, por qué les roba mujeres e hijos a aquellos mortales?

BÍA Si hubieras conocido alguno lo sabrías. Son pobres gusanos, pero todo entre ellos es imprevisto y descubrimiento.[172] Es posible conocer la bestia, es posible conocer al dios, pero nadie, ni siquiera nosotros, conocemos el fondo de esos corazones. Hay, entre ellos, quien incluso osa rebelarse contra el destino. Solo viviendo con ellos y por ellos se disfruta el sabor del mundo.

CRATO ¿O el de las mujeres, las hijas de Pandora, aquellas bestias?

BÍA Mujeres o bestias, es lo mismo. ¿Qué crees estar diciendo? Son el fruto más rico de la vida mortal.

CRATO Pero ¿Zeus las toma como bestia o como dios?

BÍA Tonto, las toma como hombre. Esa es la razón.[173]

XXIV. EL MISTERIO[174]

Que los misterios eleusinos presentaran a los iniciados un modelo divino de la inmortalidad en las figuras de Dioniso y Deméter (y Core y Plutón)[175] a todos les gusta oírlo. Lo que agrada menos es oír recordar que Deméter es la espiga —el pan— y Dioniso la uva —el vino—. «Tomad y comed...».

(Hablan Dioniso y Deméter).

DIONISO Estos mortales son divertidos de verdad. Nosotros sabemos las cosas y ellos las hacen. Sin ellos, me pregunto qué serían los días, qué seríamos nosotros, los olímpicos. Nos llaman con sus vocecitas y nos ponen nombres.

DEMÉTER Yo fui antes de que ellos fueran, y puedo decirte que se estaba solo. La tierra era selva, serpientes, tortugas. Éramos la tierra, el aire, el agua. ¿Qué podíamos hacer? Fue entonces cuando adquirimos la costumbre de ser eternos.

DIONISO Esto con los hombres no ocurre.

DEMÉTER Cierto. Todo lo que tocan se convierte en tiempo, deviene acción; espera y esperanza. Incluso su morir tiene un significado.[176]

DIONISO Tienen un modo de nombrarse a sí mismos, de nombrar las cosas y a nosotros, los dioses, que enriquece la vida. Como la viña que han sabido plantar sobre estas colinas. Cuando llevé el sarmiento a Eleusis no creí que en laderas yermas y pedregosas pudieran crear una tierra tan agradable:[177] lo mismo digo del grano y de los jardines. Allí donde usan la fatiga y las palabras nace un ritmo, un sentido, un sosiego.

DEMÉTER ¿Y las historias que saben narrar sobre nosotros? Me pregunto a veces si yo soy en verdad aquellas Gea, Rea, Cibeles, Gran Madre que me intitulan. Saben ponernos nombres que nos descubren a nosotros mismos, Iaco, y que nos sustraen de la densa eternidad del destino para adornarnos en los días y en los lugares en los que estamos.

DIONISO Para nosotros tú eres siempre Deó.

DEMÉTER ¿Quién diría que, en su miseria, poseen tanta riqueza? Para ellos yo soy un monte boscoso y feroz, soy nube y gruta, soy la señora de los leones, del cereal y de los toros, de las rocas muradas, la cuna y la tumba, la madre de Core. Todo se lo debo a ellos.

DIONISO También de mí hablan siempre.

DEMÉTER ¿Y no deberíamos, Iaco, ayudarles más, compensarles de alguna manera, estar cerca de ellos en la breve jornada que gozan?

DIONISO Tú les has dado el cereal; yo la vid, Deó. Déjales hacer. ¿Hace falta más?

DEMÉTER No sé por qué, pero cuanto emanamos es siempre ambiguo. Es un hacha de doble filo. Mi Triptólemo por poco no se hace degollar por el hospedero escita al que llevaba el trigo.[178] También tú, oigo, haces correr sangre inocente.

DIONISO No serían hombres si no fuesen tristes. Su vida debe morir. Toda su riqueza es la muerte, que los constriñe a ser industriosos, a recordar y prever. No creas, Deó, que su sangre valga más que el trigo o el vino con los que la nutrimos. La sangre es vil, sucia, mezquina.

DEMÉTER Tú eres joven, Iaco, y no sabes que es en la sangre donde nos han encontrado. Tú corres el mundo inquieto y la muerte para ti es como vino exaltador. Pero no piensas que todos los mortales han sufrido todo lo que cuentan de nosotros. Cuántas madres mortales han perdido a su Core y no la han recuperado nunca más.[179] Todavía hoy el homenaje más valioso que saben rendirnos consiste en verter sangre.

DIONISO ¿Homenaje, Deó? Sabes mejor que yo que, antaño, sacrificando a la víctima creían estar matándonos.

DEMÉTER ¿Y puedes reprochárselo? Por eso te digo que nos han hallado en la sangre. Si para ellos la muerte es el fin y es el principio, debían matarnos para vernos renacer. Son muy desdichados, Iaco.

DIONISO ¿Así lo crees? A mí me parecen tardos. O quizá no. Visto que a la postre son mortales, dan un sentido a la vida dándose muerte. Ellos las historias deben vivirlas y morirlas. Toma el caso de Icario…

DEMÉTER La pobre Erígone…

DIONISO Sí, pero Icario se hizo ejecutar voluntariamente. Quizá pensó que su sangre fuese vino. Vendimiaba, pisaba y trasegaba como un loco. Era la primera vez que en una era veían espumar el mosto. Rociaron los setos, los muros, las azadas. Incluso Erígone sumergió las manos. Así, ¿por qué aquel viejo necio va al campo, con los pastores, y les da de beber? Estos, borrachos, envenenados, enfurecidos, lo han descuartizado en el seto, como a un cabrón, y después lo han enterrado para que diera nuevo vino. Él lo sabía y lo ha querido. ¿Debía sorprenderse la hija, que había gustado de aquel vino? Ella también lo sabía. ¿Qué más podía hacer, para dar fin a la historia, que colgarse al sol, como un racimo de uva? No hay nada triste en ello. Los mortales cuentan las historias con la sangre.[180]

DEMÉTER ¿Y tú crees que esto sea digno de nosotros? Te has preguntado qué seríamos sin ellos, sabes que un día podrían cansarse de nosotros dioses. Ves pues que la sangre, esta sangre mezquina, te importa.

DIONISO ¿Qué quieres que les demos? De todo harán sangre.

DEMÉTER Solo hay una manera, y tú lo sabes.

DIONISO Dime.

DEMÉTER Darle un sentido a su morir.

DIONISO ¿Qué quieres decir?

DEMÉTER Enseñarles la vida eterna.[181]

DIONISO Pero eso es tentar al destino, Deó. Son mortales.

DEMÉTER Escúchame. Llegará un día en que lo tentarán por sí solos. Y lo harán sin nosotros, con una fábula. Hablarán de hombres que han vencido a la muerte. A alguno de ellos lo han colocado ya en el cielo; otro desciende al infierno cada seis meses. Uno de ellos ha combatido con la muerte y le ha arrebatado una criatura…[182] Entiéndeme, Iaco. Se bastarán por sí solos. Y entonces nosotros volveremos a ser lo que fuimos: aire, agua y tierra.

DIONISO Esto no les hará vivir más tiempo.

DEMÉTER Simple muchacho, ¿qué te crees? Morir tendrá entonces un sentido. También ellos morirán para renacer y no nos necesitarán.

DIONISO ¿Qué quieres hacer, Deó?

Deméter Enseñarles que nos pueden semejar más allá del dolor y de la muerte. Pero decírselo nosotros. Como el trigo y la vid se esconden en el Hades para nacer, enseñarles que la muerte incluso para ellos es vida nueva. Contarles esta fábula.[183] Guiarlos con esta fábula. Enseñarles un destino que se entrelace con el nuestro.

Dioniso Morirán igualmente.

Deméter Morirán y habrán vencido la muerte. Verán algo más que sangre, nos verán a nosotros dos. Ya no temerán la muerte y no necesitarán aplacarla derramando más sangre.

Dioniso Puede hacerse, Deó, se puede hacer. Será la fábula de la vida eterna.[184] Casi casi los envidio. No conocerán el destino y serán inmortales. Pero no esperes que se detenga la sangre.

Deméter Pensarán solo en la eternidad. Como mucho, existe el peligro de que dejen descuidadas estas fértiles campiñas.

Dioniso Quién sabe. Pero, una vez que el trigo y la viña tengan el sentido de la vida eterna, ¿sabes qué verán los hombres en el pan y en el vino? Carne y sangre, como ahora, como siempre. Y carne y sangre borbotarán, ya no para aplacar la muerte, sino para alcanzar la eternidad que les espera.

Deméter Parece que veas el futuro. ¿Cómo lo sabes?

Dioniso Basta haber visto el pasado, Deó. Cree en mí. Pero te doy la razón. Será siempre una fábula.

XXV. EL DILUVIO[185]

El diluvio griego fue también un castigo para un género humano que había perdido el respeto a los dioses. Se sabe que la tierra fue después repoblada lanzando algunas piedras.[186]

(Hablan un sátiro y una hamadríade).[187]

Hamadríade Me pregunto qué dicen de toda esta agua los mortales.

Sátiro ¿Y qué saben ellos? La reciben. Alguno quizá espera con ella una cosecha mejor.

Hamadríade A esta hora la crecida de los ríos está ya arrancando de raíz las plantas. Por doquier llueve sobre mojado.

Sátiro Se refugian en las cuevas y en los tugurios de las montañas. Oyen llover. Piensan en quienes en los valles luchan contra el agua; y se ilusionan.

Hamadríade Mientras dura la noche se ilusionan. Pero mañana, con la pavorosa luz, cuando vean solo mar hasta el cielo y las montañas empequeñecidas, no volverán a las grutas. Mirarán. Se echarán un saco encima y mirarán.

SÁTIRO Los confundes con animales salvajes. Ningún mortal sabe comprender que muere y mirar la muerte. Es necesario que corra, que piense, que diga; que les hable a los que se salvan.

HAMADRÍADE Pero esta vez no se salva nadie. ¿Qué harán en este caso?

SÁTIRO Aquí los quiero ver. Cuando sepan que están todos condenados, todos se darán a la fiesta, verás. Acaso vengan a buscarnos.

HAMADRÍADE ¿A nosotros? ¿Qué tenemos que ver?

SÁTIRO Tenemos que ver, sí. Somos la fiesta, para ellos somos vida. Con nosotros buscarán la vida hasta el final.

HAMADRÍADE No comprendo qué vida les podemos dar. Ni siquiera sabemos morir. Todo lo que sabemos hacer es mirar. Mirar y saber. Pero tú dices que ellos no miran ni saben resignarse. ¿Qué más nos pueden pedir?

SÁTIRO Muchas cosas, cabrita. Para ellos somos como bestias salvajes. Las bestias nacen y mueren como las hojas. Nos entrevén desaparecer entre el follaje y entonces creen que tenemos un no sé qué de divino —que cuando escapamos para escondernos somos la vida que perdura en el bosque—, una vida como la suya pero perenne, más rica. Nos buscarán, te digo. Será la última esperanza que tendrán.

HAMADRÍADE ¿Con esta agua? ¿Y qué harán?

SÁTIRO ¿No sabes qué es tener una esperanza? Creerán que un bosque en el que estamos también nosotros no podrá quedar sumergido. Se responderán que todos los hombres, justo todos, no pueden desaparecer; si no, ¿qué sentido tiene haber nacido y habernos conocido? Sabrán que los grandes, los olímpicos, los quieren muertos, pero que nosotros, como ellos, como las bestias menores, somos, en definitiva, la vida la tierra la cosa verdadera la que importa. Sus estaciones se reducen a fiestas, y nosotros somos las fiestas.

HAMADRÍADE Es cómodo: para ellos, la esperanza; para nosotros, el destino. Pero es estúpido.

SÁTIRO No demasiado. Algo salvarán.

HAMADRÍADE Sí, pero ¿quién ha provocado a los dioses grandes? ¿Quién ha creado todo este desorden, que incluso el sol se tapaba la cara? Es su turno, me parece. Se lo merecen.

SÁTIRO Vamos, cabrita, ¿de verdad crees en estas cosas? ¿No piensas que si de verdad hubieran violado la vida esta se hubiera bastado para castigarles sin necesidad de que el Olimpo se inmiscuyera con el diluvio? Si alguien ha violado algo, créeme, no son ellos.

HAMADRÍADE Sea como fuere, les toca morir. ¿Cómo estarán mañana cuando hayan comprendido qué está sucediendo?

SÁTIRO ¿Oyes el torrente, pequeña? Mañana estaremos bajo el agua también nosotros. Verás cosas terribles, tú a quien tanto gusta mirar. Menos mal que no podemos morir.

HAMADRÍADE A veces, no sé, me pregunto cómo sería morir. Esta es en verdad la única cosa que nos falta. Lo sabemos todo y no conocemos algo tan simple. Me gustaría probar, y después despertar, se entiende.

SÁTIRO ¡Mírala! Pero morir es exactamente eso: no saber que estás ya muerta. Y esto es el diluvio: morir tantos que no quede nadie para saberlo. Por eso vendrán a buscarnos y nos pedirán que les salvemos y querrán ser semejantes a nosotros, a las plantas, a las piedras, a las cosas insensibles que son mero destino. Se salvarán en ellas.

Retirada el agua, reemergerán piedras y troncos, como antes. Y los mortales no piden sino ese «como antes».

HAMADRÍADE Extraña gente. Tratan el destino y el porvenir como si fuesen un pasado.

SÁTIRO Eso significa la esperanza: ponerle un nombre de recuerdo al destino.[188]

HAMADRÍADE ¿Y de verdad crees que se convertirán en piedras y troncos?

SÁTIRO Saben fabular los mortales. Vivirán en el porvenir dependiendo de cuanto el terror de esta noche y de mañana les haya hecho fantasear. Serán bestias salvajes y rocas y plantas. Serán dioses. Osarán asesinar a los dioses para verlos renacer. Se otorgarán un pasado para escapar de la muerte. Existen solo estas dos cosas: la esperanza o el destino.

HAMADRÍADE Siendo así no sé compadecerles. Debe de ser hermoso crearse a sí mismo de este modo, a su antojo.

SÁTIRO Es bello, sí. Pero no esperes que lo sepan hacer por propia determinación. Las salvaciones más extraordinarias las encuentran a ciegas, cuando ya están apresados y oprimidos por el destino. No tienen tiempo de gozarse el capricho. Saben solo que están pagando con su vida; esto sí.

HAMADRÍADE Si al menos este diluvio sirviese para enseñarles qué son el juego y la fiesta. El capricho que a nosotros, inmortales, nos viene impuesto por el destino y lo sabemos ¿por qué no aprenden a vivirlo, en su miseria, como un instante eterno? ¿Por qué no comprenden que es su propia labilidad lo que los hace valiosos?

SÁTIRO No se puede tener todo, pequeña. Nosotros, que sabemos, no tenemos prioridades. Y ellos, que viven instantes imprevistos, únicos, no conocen el valor que tienen. Quisieran nuestra eternidad. Así es el mundo.

Hamadríade Mañana sabrán algo ellos también. Y las piedras y las tierras que un día volverán a la luz no vivirán de esperanza sola o de angustia. Verás cómo el mundo nuevo tiene un algo divino en sus aún más caducos mortales.

Sátiro Dios lo quiera, cabrita. También a mí me gustaría.

XXVI. LAS MUSAS[189]

Tema inmenso. Quien esto escribe es consciente de haber osado no poco avistando un solo numen en las nueve (o tres por tres, o solo tres, o incluso dos) Musas y Gracias. Pero está convencido de esto, como de muchas otras cosas. En el mundo del que hablamos las madres son con frecuencia las hijas, y viceversa. Podría incluso demostrarse. ¿Es necesario? Preferimos invitar a quien esto lee a gozar del hecho de que, según los griegos, las fiestas de la fantasía y de la memoria tuvieron lugar casi siempre en los montes o, mejor dicho, en las colinas, y eran renovadas a medida que este pueblo descendía en la península.

(Hablan Mnemósine y Hesíodo).

MNEMÓSINE En definitiva, no estás contento.

HESÍODO Te diré que, si pienso en lo pasado, en las estaciones ya concluidas, creo haberlo estado. Pero en lo cotidiano es diferente. Siento un fastidio en las cosas y en los trabajos como el que siente un borracho.[190] Entonces lo dejo todo y subo hasta la montaña. Pero hete aquí que, si me pongo a pensar, creo de nuevo haber estado contento.

MNEMÓSINE Así será siempre.

HESÍODO Tú, que sabes todos los nombres, ¿cómo definirías mi estado?

MNEMÓSINE Puedes nombrarlo con el mío, o con el tuyo.

HESÍODO Mi nombre de hombre, Mélete, no significa nada. Pero ¿tú cómo quieres ser llamada? Cada vez es diferente la palabra que te invoca. Eres como una madre cuyo nombre se pierde con los años. En las casas y en los senderos desde donde se divisa la montaña se habla mucho de ti. Se dice que un tiempo estabas en las montañas más inaccesibles, donde hay nieves, árboles negros y monstruos, en Tracia o en Tesalia, y te llamaban La Musa. Otros dicen que Calíope o Clío. ¿Cuál es tu verdadero nombre?

MNEMÓSINE De hecho, vengo de allí. Y tengo muchos nombres. Otros muchos tendré a medida que vaya descendiendo. Aglaya, Hegémone, Faena, según como se quiera en cada lugar.[191]

HESÍODO ¿También a ti el tedio te hace vagar el mundo? ¿No eras una diosa?

MNEMÓSINE Ni tedio ni diosa, querido. Hoy me gusta este monte, el Helicón, quizá porque tú lo frecuentas. Me gusta estar donde están los hombres, pero un poco apartada. No busco a nadie y converso con quien sabe hablar.

HESÍODO ¡Oh, Mélete, yo no sé hablar! Y creo saber algo solo cuando estoy contigo. En tu voz y en tus nombres está el pasado, todas las estaciones que recuerdo.

MNEMÓSINE En Tesalia mi nombre era Mneme.

HESÍODO Uno que habla de ti te define vieja como una tortuga, decrépita y dura. Otros te hacen ninfa aún por crecer, como el brote o la nube.

MNEMÓSINE ¿Y tú qué dices?

HESÍODO No lo sé. Eres Calíope y eres Mneme. Tienes la voz y la mirada inmortales. Eres como una colina o un torrente, a los que no se les pregunta si son jóvenes o viejos, porque para ellos no existe el tiempo. Son. No se sabe nada más.

MNEMÓSINE Pero tú también existes, querido; y para ti la existencia significa tedio y descontento. ¿Cómo te imaginas la vida de nosotros, los inmortales?

HESÍODO No la imagino, Mélete, la venero como puedo, con un corazón puro.

MNEMÓSINE Sigue, me gustas.

HESÍODO Nada más que decir.

MNEMÓSINE Os conozco, hombres: habláis a regañadientes.

HESÍODO Ante los dioses no podemos sino arrodillarnos.

MNEMÓSINE Deja en paz a los dioses. Yo existía ya y ellos no habían aparecido. Puedes hablar conmigo. Los hombres me lo cuentan todo. Si quieres adóranos, pero dime cómo crees que vivo.

HESÍODO ¿Cómo puedo saberlo? Ninguna diosa me ha dignado con su lecho.

MNEMÓSINE Bobo, el mundo tiene sus épocas, y aquel tiempo ha pasado.

HESÍODO Yo conozco solo la campiña que he trabajado.

MNEMÓSINE Eres soberbio, pastor.[192] Tienes la soberbia del mortal. Pero tu destino será conocer otras cosas. Dime, ¿por qué cuando me hablas crees estar contento?

HESÍODO A esto puedo responder. Lo que dices no lleva dentro el tedio de lo que sucede cada día. Tú das nombres a las cosas y eso las hace distintas, inauditas, y sin embargo queridas y familiares como una voz callada desde hacía tiempo.[193] O como reflejarse de improviso en el agua, que nos hace exclamar: «¿Quién es este hombre?».

MNEMÓSINE Querido mío: ¿te ha sucedido alguna vez ver una planta, una piedra, un gesto y sentir la misma pasión?

HESÍODO Me ha sucedido.

MNEMÓSINE ¿Y has encontrado el motivo?

HESÍODO Es apenas un instante, Mélete, ¿cómo puedo apresarlo?

MNEMÓSINE ¿No te has preguntado por qué un instante, semejante a tantos del pasado, deba hacerte feliz de golpe, feliz como un dios? Tú mirabas el olivo, el olivo en el sendero que has recorrido a diario durante años, y llega el día en que el tedio te abandona y acaricias el viejo tronco con la mirada, como si fuese un amigo reencontrado y te dijese exactamente la única palabra que tu corazón estaba esperando. En ocasiones es la mirada de un pasante cualquiera. Otras veces, la lluvia que insiste desde hace días. O el chillido estrepitoso de un pájaro. O una nube que dirías haber visto antes. Por un instante el tiempo se detiene y ese hecho banal lo sientes en tu corazón como si el antes y el después ya no existieran.[194] ¿No te has preguntado la razón?

HESÍODO Tú misma la has dicho. Aquel instante ha convertido el hecho en recuerdo, en modelo.

MNEMÓSINE ¿No puedes imaginar una existencia hecha toda de estos instantes?

HESÍODO Puedo imaginarla, sí.

MNEMÓSINE Así pues, sabes cómo vivo.

HESÍODO Yo te creo, Mélete, porque lo llevas todo en los ojos. Y el nombre de Euterpe, que muchos te han dado, ya no puede sorprenderme.[195] Pero los instantes mortales no hacen una vida. Si yo quisiera repetirlos perderían la frescura. Vuelve siempre el tedio.

MNEMÓSINE Sin embargo, has dicho que ese instante es un recuerdo. ¿Y qué es el recuerdo sino pasión repetida? Entiéndeme bien.

HESÍODO ¿Qué quieres decir?

MNEMÓSINE Quiero decir que tú sabes qué es vida inmortal.

HESÍODO Cuando hablo contigo me resulta difícil resistirte. Tú has visto las cosas desde el inicio. Eres el olivo, la mirada y la nube. Dices un nombre y la cosa es para siempre.[196]

MNEMÓSINE Hesíodo, te encuentro aquí arriba todos los días. A otros antes que a ti encontré en estos montes, en los cauces secos de Tracia y Pieria. Tú me gustas más que ellos. Tú sabes que las cosas inmortales las tenéis a pocos metros.

HESÍODO No es difícil saberlo. Tocarlas es difícil.

MNEMÓSINE Es necesario vivir por ellas, Hesíodo. Esto significa el corazón puro.

HESÍODO Escuchándote, cierto. Pero la vida del hombre pasa allá abajo en las casas, en los campos; delante del fuego y en una cama. Y cada día que amanece te pone delante la misma fatiga y las mismas carencias. Es el tedio, a fin de cuentas, Mélete. Hay una borrasca que renueva los campos: ni la muerte ni los grandes sufrimientos desalientan. Pero la fatiga interminable, el esfuerzo por estar vivos cada hora, la noticia del mal ajeno, del mal mezquino, fastidioso como moscas en verano, este es el vivir que te inmoviliza, Mélete.

MNEMÓSINE Yo vengo de lugares más yermos, de barrancos brumosos e inhumanos donde, sin embargo, hay vida. Entre estos olivos y bajo el cielo vosotros no conocéis ese destino. ¿Nunca has oído hablar del pantano de Bebeide?[197]

HESÍODO No.

MNEMÓSINE Una landa brumosa llena de fango y de cañas, como era al principio de los tiempos, entre un silencio burbujeante. Generó monstruos y dioses del estiércol y de la sangre. Todavía hoy los tesalios apenas la mencionan. No la transforman ni tiempo ni estaciones. Ninguna voz la alcanza.

HESÍODO Pero mientras tanto la mencionas, Mélete, y le has concedido un aire divino. Tu voz ha llegado hasta allí. Ahora es un lugar terrible y sacro. Los olivos y el cielo del Helicón no son toda la vida.

MNEMÓSINE Pero tampoco el tedio, tampoco la vuelta a casa. ¿No comprendes que el hombre, todos los hombres, nacen en aquel pantano de sangre, y que lo sacro y lo divino os acompaña también a vosotros, en la cama, en el campo, delante del fuego? Cada gesto que hacéis repite un modelo divino. Día y noche, no tenéis un instante, ni siquiera el más fútil, que no surja del silencio de los orígenes.

HESÍODO Hablas, Mélete, y no puedo resistirte. Si al menos fuera suficiente con venerarte.

MNEMÓSINE Hay otra posibilidad, querido mío.

HESÍODO ¿Cuál?

MNEMÓSINE Prueba a explicarles a los mortales las cosas que sabes.

XXVII. LOS DIOSES[198]

—El monte está yermo, amigo. Sobre la hierba roja del último invierno hay clapas de nieve; parece la capa del centauro. Estas alturas son todas así. Basta una nonada y la campiña vuelve a ser la misma que era cuando estas cosas acaecían.

—Me pregunto si es verdad que los han visto.

—¿Quién sabe? Pero, sí, los han visto. Han dicho sus nombres y nada más. (He aquí toda la diferencia entre la fábula y la verdad). «Era un tal o un tal otro», «hizo esto, dijo aquello». Quien es sincero se contenta. No sospecha siquiera que podrán no creerle. Los mentirosos somos nosotros, que no hemos visto nunca estas cosas y, sin embargo, sabemos con pelos y señales cómo era la piel del centauro o el color de los racimos de uva en la era de Icario.

—Es suficiente un cerro, una cima, una ladera. Que fuera un lugar solitario y que tus ojos, al recorrerlo, se detuvieran en el cielo. El relieve increíble de las cosas en el aire todavía hoy nos llega al corazón. Tengo para mí que un árbol, una piedra cuyo perfil se dibuja en el cielo fuesen dioses desde el inicio.

—No siempre estas cosas han estado sobre las montañas.

—Comprensible. Fueron antes las voces de la tierra (las fuentes, las raíces, las serpientes). Si el demonio reúne cielo y tierra, debe salir a la luz de la oscuridad terrena.

—No sé. Aquella gente sabía demasiadas cosas. Con un solo, simple nombre, designaban la nube, el bosque, los destinos. Vieron claramente lo que ahora nosotros apenas conocemos. No tenían ni tiempo ni encontraban placer en perderse en sueños. Vieron cosas terribles, increíbles, y ni siquiera se asombraban. Se sabía qué cosa era. Si mintieron ellos, entonces incluso tú cuando dices «es por la mañana» o «quiere llover» has perdido la cabeza.

—Dijeron nombres, eso sí. Tanto que a veces me pregunto si fueron antes las cosas o los nombres.

—Fueron a la vez, créeme. Y sucedió aquí, en estos lugares yermos y solitarios. ¿Sorprende que vinieran hasta aquí arriba? ¿Qué podía estar buscando aquella gente que no fuera el encuentro con los dioses?

—¿Quién puede afirmar por qué se detuvieron aquí? En cada lugar abandonado queda un vacío, una espera.

—No es posible pensar en otras cosas aquí arriba. Estos lugares tienen un nombre para siempre. No queda más que la hierba bajo el cielo y sin embargo un ligero soplo de viento deja en el recuerdo más fragor que un vendaval dentro del bosque. No hay vacío ni espera. Lo que ha sido lo será siempre.

—Pero están muertos y enterrados. Ahora los lugares son como eran antes de ellos. Quiero concederte que aquello que dijeron era cierto. ¿Qué más queda? Admitirás que en el sendero ya no se encuentran dioses. Cuando digo «es por la mañana» o «quiere llover» no hablo de ellos.

—Esta noche hemos hablado de ellos. Ayer hablabas del verano y del deseo que tienes de respirar el aire tibio del atardecer. Otras veces razonas sobre el hombre, sobre la gente que ha estado contigo, sobre tus gustos de antaño, sobre encuentros inesperados. Todo cosas que fueron un tiempo. Yo, te lo aseguro, te he escuchado, como vuelvo a escuchar dentro de mí, aquellos nombres antiguos. Cuando relatas lo que sabes no te respondo «cuánto queda» o si fueron antes las palabras o las cosas. Vivo contigo y me siento vivo.

—No es fácil vivir como si cuanto acaecía en otros tiempos fuese verdad. Cuando ayer nos sorprendió la niebla entre los yermos y unas piedras rodaron colina abajo hasta nuestros pies, no pensamos en las cosas divinas ni en un encuentro increíble, sino apenas en la noche y en liebres que escapaban. Quiénes somos y en qué creemos nos lo planteamos ante la adversidad, en el momento de arriesgar.

—De esta noche y de las liebres será hermoso hablar con los amigos cuando estemos en poblado. Y también de este miedo hemos de reírnos si pensamos en la angustia de la gente de otros tiempos, para quienes todo lo que sucedía era mortal. Gente para la que el aire rebosaba de sobresaltos nocturnos, de arcanas amenazas, de recuerdos pavorosos. Piensa solo en la intemperie o en los terremotos. Y si esta adversidad existía en verdad, como es indiscutible, fueron también reales el coraje, la esperanza, el descubrimiento feliz de poderes de promesas de encuentros. Yo, por mi parte, no me canso de oírles hablar de sus terrores nocturnos y de las cosas en las que pusieron esperanzas.

—¿Y crees en los monstruos, en los cuerpos bestializados, en las piedras con vida, en las risas divinas, en las palabras aniquiladoras?

—Creo en todo aquello que un hombre ha esperado y ha sufrido. Si un tiempo subieron estas alturas pedregosas o buscaron paludes mortales bajo el cielo fue porque veían en ellos cosas que nosotros no conocemos. No era el pan ni el placer ni la deseada salud. Estas cosas se sabe dónde se encuentran; no aquí. Y nosotros, que vivimos lejos, en la orilla del mar o en los campos, la otra cosa la hemos perdido.

—Dila, al final, la cosa.

—Ya lo sabes, aquellos sus encuentros.

Nota del traductor

Para completar esta traducción he utilizado el texto de la primera edición (18 de octubre de 1947) publicada como número 58 de la colección *Saggi* de la turinesa Einaudi, editorial en la que el autor ejercía de factótum y bajo cuya supervisión es más que presumible que se imprimiera el libro, uno al que se sentía tan cercano como para —dicen— interesarse a diario incluso por el número de ejemplares vendidos.[a] No es descabellado pensar que el autor se ocupara también de todas las correcciones y procurase un remate

a Lo escribe un biógrafo peculiar, Lajolo [1960:315-316]: «Es el único libro, de todos los que escribió, por el que a diario se dirigía a la oficina de ventas para conocer cómo procedía la venta. Cuando le daban buenas noticias se alegraba visiblemente; cuando, algunas semanas después, se veían obligados a decirle que el libro se estaba vendiendo lentamente reaccionaba huraño, como si se tratara de una afrenta personal». Para la fiabilidad científica de lo expresado por Lajolo, véase Catalano [1991:9] y Wlassics. En el muy interesante libro de Ferretti [2017:152-153] se dan cifras de venta de los *Diálogos con Leucó:* de la primera edición, que constó de tres reimpresiones [1947, 1953, 1960, 1961, ver la Bibliografía] se vendieron 9406 ejemplares. Se estima que entre 1947 y 2000 la cifra alcanzó (¿solo en Italia?) los cien mil ejemplares. Traduzco todas las citas italianas que aparecen en las notas.

impecable del texto.[b] Todas las reimpresiones son póstumas, por lo que mientras un estudio de crítica textual hecho, también, con los manuscritos y notas conservados no diga lo contrario, parece aconsejable basarse en la primera edición.[c] Y más aún una vez comprobado que todas las publicadas por Einaudi y posteriores a la llamada segunda (la publicada el 16 de febrero de 1965) y que de ella parten, contienen, al menos, lo que parece un error textual hijo de la remodelación gráfica del texto. Helo aquí, en el segundo diálogo «Quimera». En la tercera entrada de Sarpedón, se dice:

b Uno de los ejemplares que consulto está dedicado por el autor a «Raffaele Pettazzoni historiador *(storico)* de Cesare Pavese fabulador *(fantastico)* con estima y cordialidad el mes de abril de 1950 en Roma». Es de suponer que un editor tan puntilloso como el autor, y un hombre tan enamorado de su obra como Pavese, corrigiera a mano los errores encontrados en la impresión antes de regalar el ejemplar. El ejemplar del profesor Pettazzoni (1883-1959), uno de los etnólogos y antropólogos italianos más reconocidos de su tiempo y futuro autor en la «Collezione di studi religiosi, etnologici e psicologici», iniciada por Pavese y de Martino, no lleva ni una corrección manuscrita. Los libros del profesor Pettazzoni pasaron, por donación, a la hoy Biblioteca Comunale de San Giovanni in Persiceto (Bolonia). Otros volúmenes de la citada donación (así los de de Martino o Philippson) llevan las muchas y minuciosas anotaciones a lapicero del profesor: que el ejemplar de Pavese esté tan limpio invita a pensar que no fue leído y que el dedicatario fue uno de los muchos que no se pronunció públicamente sobre el libro, para desesperación del autor, que ironizaba ante la falta de respuestas con un «todos están todavía leyéndolo», ese «libro maldito», *Lettere,* 11 de diciembre de 1947, casi tres meses después de la aparición. Para la relación, fría, entre ambos véase Gandini [2006:71]; Pavese consideraba a Pettazzoni «un inútil» y este comunicó a Pavese, en privado, una ristra de lugares comunes: «He empezado a leer Leucó y he sentido la alegría de ver todavía viva la voz de estas figuras que por lo general sirven solo de material para la construcción de nuestros esquemas teoréticos».

c Comparini [2017] insta a los estudiosos de la obra a enfrentarse con la mucha información que se guarda en los archivos pavesianos para renovar la tradición editorial de los *Diálogos.* Suscribimos la invitación, pero el objetivo de esta edición y de esta colección no es presentar una edición crítica del texto.

> Non ricorda né noi né le case. Quando incontra qualcuno, gli parla dei Sòlimi, e di Glauco, di Sisifo, della Chimera. Vedendomi ha detto: «Ragazzo, s'io avessi i tuoi anni, mi sarei già buttato a mare». Ma non minaccia anima viva. «Ragazzo», mi ha detto, «tu sei giusto e pietoso. *Siamo uomini giusti e pietosi. Se vuoi vivere giusto e pietoso,* smetti di vivere».

La segunda edición y las posteriores han omitido las palabras marcadas arriba en cursiva;[d] error que la crítica textual denomina «salto de igual a igual».

Una primera lectura del texto invita a pensar que los *Diálogos con Leucó* son un hermoso ejercicio literario, un bello ejercicio de escritura destilada con voluntad de estilo.[e] De hecho, todo Pavese puede verse hoy como un mundo creado a partir de la voluntad de crear un estilo literario propio que representara un mundo propio y apenas inventado. Fue Italo Calvino uno de los primeros en ponderar la consistencia de la «técnica creativa» que rezuman estos diálogos. El profesor Carlos García Gual ha examinado recientemente la dimensión mitológica del libro y ha resumido el tono de esotérica personalidad del texto y la voluntad de un escritor que se acerca al mito «desde una perspectiva subjetiva y enormemente original».[f] Por todo

d El error no aparece en la publicada por Mondadori en 1972 dentro de la colección Oscar.

e Un estilo que debía ser creado ex profeso y a medida de las nuevas exigencias temáticas que imponía la lectura de las fuentes: «Madurado todo el mundo mito-etnológico, he aquí que vuelvo a Roma e invento un nuevo estilo para los diálogos, y los escribo», *Il mestiere di vivere,* 8 de mayo de 1946.

f Respectivamente: García Gual, [2011b:177 y 184]; Contarini [1964]; Vitigliano [2015]; Mariani [1988]. Mutterle [1977] escribió toda una monografía sobre la lengua y el estilo de Pavese y en [2001:54] definió los diálogos como «epifanía lírica». Zangrilli [2017:72] ha añadido un nuevo parecer:

ello, he querido tener presentes algunas de las muchas reflexiones que, a cuenta del estilo de Pavese, han apuntado sus críticos y sus comentaristas. Hay quien opina que están creados «con una [gran] carga rítmica», que huyen de la «retórica escolar y de la acartonada erudición clasicista» yendo más allá de «cualquier retórica». Modernamente se juzga esta obra por la abundancia de «sentencias enigmáticas, altura lírica, vuelos pindáricos de difícil interpretación»; mientras que para otros críticos ofrece una «prosa de varios niveles semánticos en la que el ritmo, la cadencia, los idiotismos evocan seguramente la lengua oral».

El propio autor ironizaba sobre su obra y sobre sus procedimientos creativos.[g] Por su parte, Calvino afirmaba que con estos diálogos algún lector podría quedar «desorientado», y que en ellos se aprecia «cuánta fatiga, cuánta rebusca incluso erudita cuesta su técnica creativa».[h] He pretendido hacer más llevadera esa fatiga sin quitarle un punto a la intensidad y añadiendo alguna coma a la desorientación, alguna pausa que hiciera el texto más exotérico sin que

«Incorpora su mitología personal con un estilo elevado semejante al de la prosa artística».

g Véase el texto escrito por el autor para la solapa de la sobrecubierta que acompaña la primera edición: «No hay escritor auténtico que no tenga su lado oscuro, sus caprichos, una musa escondida...». Y en 1949, dándole vueltas todavía a los mitos dos años después de su publicación escribe: «Todo en la narrativa es estilo —¿como en la natación? Evidentemente, cuando por estilo se entiende toda la composición—, palabras, pasajes, cortes de la escena, caracteres, cadencias y enfoques», en «Raccontare è monotono», en *Saggi letterari* [1968:305-306].

h Así en la presentación de los *Dialoghi con Leucò* dentro del *Bollettino di Informazioni Culturali di Einaudi* 10, del 10 de noviembre de 1947, pág. 2. «Habrá quien, cuando lea los *Diálogos con Leucó,* quedará desorientado: esta de Pavese no se la esperaba. Quien lo conoce, no». El texto de Calvino es de difícil acceso, por eso Comparini [2017:56-57] lo copia; y es de agradecer.

perdiera por ello su intensidad creativa, todo esto advertido por el definitivo juicio de Muñiz y por su asiento sobre la «rusticidad» del lenguaje de Pavese,[i] y porque cuando no se cuentan las peripecias de los dioses sino su telurismo, sus raíces, quizá convenga hablarles con las palabras que usan para decir qué son o qué idea tienen de lo que quieren ser. Una de las fuentes en las que bebió Pavese, y fueron muchas, explicaba en 1929 que los dioses prehistóricos «gustaban de mostrarse en forma de animales, se percibían como inmediatamente divinos también los árboles, las fuentes, los ríos, las cimas de las montañas».[j]

Las notas no pretenden entresacar toda la cultura clásica en la que se basaba la escritura de Pavese, tampoco desmenuzar sus lecturas. Incluso en esto los estudiosos no se ponen de acuerdo: para algunos esas lecturas son de una riqueza inabarcable, para otros no van más allá de las que se podían esperar de un bachiller (de aquellos años). Sea como fuera, las referencias clásicas que, de manera fragmentaria, he incorporado a las notas pretenden solo ser una guía para que el lector se pueda acercar de manera relajada a los mitos, héroes y personajes tratados:[k] en ningún caso

i Véase Muñiz [1992:129]: «El mayor obstáculo con el que se enfrentó la fortuna del libro fue sin duda la ambigüedad de su estilo que, situándose a medio camino entre símbolo y alegoría, es a la vez aforístico oracular [...] y secamente argumentativo». El lenguaje rústico con calidad literaria puede ser entendido como los «universales naturalístico-simbólicos» que Pavese estudió en 1950; «La poetica del destino», en *Saggi letterari,* [1968:311]. Sichera [2015:295] dice sentir una «sincera admiración por la genial trama mítica de una serie de afirmaciones filosóficas de gusto contemporáneo».

j Kerényi [2016:287-288].

k Cuestiones de ortología. Ante la falta de unanimidad entre los helenistas y los mitólogos sobre la pronunciación, y por ende sobre la acentuación en correcto castellano, de los nombres griegos, he optado por seguir uno solo de los muchos manuales que tratan del asunto. He consultado todos los nombres se trata ni de demostrar ni de reivindicar «la erudición de pacotilla» o la *«cultura classica* [...] *soltanto illusoria»* manejada con la «ingenuidad propia del neófito» que a veces está en la base de algunos escritos apoyados en la mitología clásica. Reconocida esa base, es posible que con ella le sea más fácil al lector interpretar la versión o desviación o función preferida por el autor para presentarnos sus reflexiones. Leídas esas bases, el traductor se atreve a aventurar que a) las páginas de Pavese son algo más que una reunión de tópicos mitológicos (o etnológicos) entreverados en un amasijo de angustias modernas; b) que el autor tuvo el buen gusto de no acorralar al lector con dictámenes morales y dejó los diálogos libres de prejuicios o de consejos. Quiero dedicar esta traducción a Josune García, ejemplo de *amicizia ventennale.*

en los estudios de Conti, Falcón García *et alii,* Fernández Galiano, García Gual, Graves, Grimal y Ruiz de Elvira citados en la bibliografía. Tras ello, he creído oportuno escribir y acentuar los nombres griegos tal y como los escribe Ruiz de Elvira en su *Mitología clásica,* salvo en un par de ocasiones, que señalaré en su momento. Así, el egregio helenista aconsejaba escribir Ixíon como trisílabo, pero Fernández Galiano, p. 78, ofrece una larga lista de transcripciones en -ón porque «se han impuesto por analogía incluso en los casos en que el ac. lat. no daba -ōnem, sino -onem».

Notas al texto

Prefacio a los dialoguillos

[1] Cuando Pavese escribió estas líneas el auge de la mitología no era solo popular, y un gran interés erudito se había plasmado en libros que el autor conocía, había leído, reconocido como influyentes y más tarde iba a editar en Einaudi: así los de Eliade, Frazer, Jung, Kerényi, Philippson; sin olvidar los textos de Otto y Untersteiner. Por comodidad bibliotecaria (estas notas se redactaron mayormente en Italia), y por cercanía a las fuentes consultadas por el autor, he utilizado siempre que ha sido posible ediciones en italiano de tales fuentes.

[2] Esta *«Prefazione ai dialoghetti»* fue redactada el 20 de febrero de 1946, apenas dos meses después de escribir el primero, «Las magas» (XVIII), y se incluyó en *Il mestiere di vivere.*

I. La nube

[3] Pavese inicia el diálogo con Ixión redimido de unas culpas de las que nada se nos dice: haber sido el primer asesino conocido y haber quebrado el sagrado rito de la hospitalidad *(xenía).* Ixión es el autor de un crimen que no había sido legislado antes, por lo que su culpa no es cuantificable a través de una codificación precedente, por ello lleva consigo una pena que lo condena a vagar sin rumbo y escondido del trato con la gente. Es, pues, ejemplo de hombre misántropo, sin destino y sin aparente posibilidad de redención.

El perdón concedido por un dios máximo, Zeus en versión piadosa, permitirá a Ixión tener trato con los dioses. Limpiada la infamia y sentado a la mesa de estos, un Ixión incorregible reincide y vuelve a quebrar el orden y la ley de la hospitalidad intentando seducir a la esposa de su salvador (Hera) y, a través de su comercio con ella, desea alcanzar una posición y una sabiduría que por nacimiento y destino no le corresponden. Hay versiones que hablan de una Hera-Néfele indignada. Por el contrario, la de Pavese es consintiente y ejerce de oráculo ante el destino ya escrito del misántropo ambicioso. Néfele insiste en que quebrar la ley de los dioses tiene consecuencias para el destino de los hombres. Desafiar la consigna implícita en el «no te envanezcas» es un acto de soberbia que hará de los hombres sombras mortales, sufridos ocupantes de una tierra que no señorearán, seres con un destino *(sorte)* escrito por los dioses y por tanto casi inmutable.

Algunos autores clásicos en los que aparece explicado el mito: Apolodoro, *Biblioteca. Epítome,* 1.20; Higino, *Fábulas,* 62; 79; Ovidio, *Metamorfosis,* 12.210ss; Píndaro, *Píticas,* 2.25-48, como ejemplo de coitos extravagantes. Estudios recientes y pormenorizados en Lanzillotta [2014] y Mutterle [2015]. Muñiz [1992:124] apunta que Pavese interpreta la leyenda de Ixión «como principio de individuación y punto de partida de la civilización» y Lanzillotta [2014b:156] insiste en la teoría de Muñiz.

Escrito entre el 21 y el 27 de marzo de 1946, Pavese lo clasificó entre los que trataban «las iniquidades divinas» queriendo describir la «audacia y la derrota». Más tarde lo encuadró entre los que hablan del «mundo titánico x injusticias divinas» y de «salvaciones humanas y dioses avergonzados». Estas notas cronológicas y estos calificativos se encuentran en un apéndice titulado «Notas al texto» extraídas de los autógrafos del autor. Se imprimieron por primera vez en la edición italiana publicada por Einaudi en 1965 y fueron reimpresas en las posteriores.

[4] Píndaro, *Píticas,* 2, 44-48: Centauro, hijo de Ixión, se apareó con yeguas de Magnesia para crear la raza de los centauros. Pavese afirma que existían, en cuanto monstruos propios de la edad titánica, ya antes

de este connubio. Sirve esto para anunciar los párrafos de más abajo que hacen referencia a Hipodamía, a sus actitudes medio equinas y a la crueldad de su estirpe en el diálogo xx «En familia». Ovidio, *Metamorfosis,* 12.210ss es de una riqueza expresiva recomendable. Un circunstanciado recorrido por la historia de los Centauros y su «feroz violencia» en Lanzillotta [2014b:159].

[5] Es la ley impuesta por los dioses del Olimpo, que han instaurado el nuevo orden tras derrotar a los titanes, señores de una época en la que todo tipo de seres se mezclaban y conocían sin ningún concierto. La nueva ley impide que Ixión se relacione con «las ninfas de los estanques y los montes, con las hijas del viento, con las diosas de la tierra».

[6] Quizá esta mano es la de Zeus, que concede el destino *(moira)* a cada uno de los hombres y que no puede ser alterado porque hacerlo supondría una quiebra de la ley universal *(diké):* Ixión acabará encadenado a la rueda de su destino por haberla quebrado. Según Kerényi [2015:138], para explicar la presencia de Zeus, «es fácil reconocer en toda la historia el castigo de un antiguo salvaje dios del Sol que bajo la soberanía de Zeus debía ser sometido».

[7] Apolodoro, *Biblioteca,* 1.7.4. El Pelión era el refugio del centauro Quirón. Los gigantes Oto y Efialtes amontonaron el Pelión y el Osa para que la altura resultante les permitiera escalar hasta el Olimpo.

[8] Recuérdese esta carta del 12 de enero de 1948 a Mario Untersteiner: «En verdad, el sentido de esta maraña que son, incluso para mí, los *Diálogos,* está en la búsqueda de la autonomía humana». Para una nueva lectura de la relación entre Pavese y Untersteiner ver Bernabò [2009:269-295].

[9] «El destino [...] es lo que se hace sin saberlo, abandonándose [...], es el hecho instintivo, desconocido todavía y no previsto, [...] es una forma de estar vivos», *Il mestiere di vivere,* 2 de enero de 1950. En «La poetica del destino», *Saggi letterari* [1968:312], se afirma: «Una vida se convierte en destino cuando inesperadamente se revela ejemplar y fijada desde siempre».

[10] Recuérdese que la *Ilíada,* 14.317-318 apunta la relación entre Zeus y la mujer de Ixión y que Lanzillotta [2014b:162] se ha hecho eco de ella citando a Devereux: «Ixión, que parece haber sido el único marido traicionado *(cornificato)* por Zeus, osó a su vez engañar *(cornificare)* al poderoso seductor de su esposa».

[11] Así se expresó Pavese sobre los dioses mientras se gestaban los *Diálogos:* «Los dioses para ti son los otros, los individuos autosuficientes y soberanos, vistos desde fuera», *Il mestiere di vivere,* 6 de enero de 1946.

[12] Una suerte de fantasma, un ser sin conciencia, no humano, que pena eternamente en el infierno como pálido reflejo de lo que fue en vida. Son las famosas *psychai,* y aparecen ya en Homero, *Odisea,* 10.495, 11.207, 11.222. Ver García Gual [1991] y Vernant [1983].

[13] Descalzo corre Centauro, a la sazón hijo de ambos interlocutores según algunos mitógrafos.

[14] Los dioses se diferencian de los hombres en que aquellos hablan sin miedo.

[15] A pesar de la aparición del sueño épico, según Comparini [2017:38]: «Ixión supera la dimensión precaria de la existencia [...] gracias a la fuerza de la razón y de la memoria».

[16] Acaso la diosa más cercana a Zeus, Hera. La *quercia,* nombre genérico para roble *(quercus robur)* y otras fagáceas como la encina *(quercus ilex),* puede significar cualquiera de los árboles oraculares, relacionados quizá y también con Dione, otra de las aventuras adúlteras de Zeus. Se suele afirmar que el susurro de las hojas de la encina movidas por el viento trae la voz del dios. Sobre la encina como punto de eterno recuerdo y encuentro, Hesíodo, *Teogonía,* 30-35, ha hecho escribir muchísimo: «¿A qué me detengo con esto en torno a la encina o la roca?». Hamadríade quiere decir, en griego, «ninfa de la encina». Frazer [1950] dedicó un capítulo al culto de la encina en las sociedades mediterráneas.

[17] Recuérdese que Néfele es solo una imagen falsa de la diosa Hera, por lo que su socorro puede ser entendido, en una lectura

en clave positivista, como de poca ayuda, toda la que pueda dar una nube. Esta confesión de Néfele contrasta con la reflexión de Comparini [2017:143]: «Su severidad le impide mostrar piedad y compasión hacia el pobre descarriado Ixión, superado por la llegada inesperada de un nuevo amo». Como colofón, el brillante análisis de Premuda [1957:239]: «Que Ixión hable con la nube no es solo una bella metáfora, es también la representación mítica de un problemático modo de ser, que continuamente aflora en nuestra experiencia».

II. Quimera

[18] Pavese utiliza dos fragmentos marginales del canto sexto de la *Ilíada* para enmarcar los hechos y dichos de Belerofontes. El exterminio de Quimera, monstruo devastador, podría considerarse el símbolo que pone fin a los tiempos titánicos y carentes de justicia y piedad: Belerofontes es el héroe que acomete tal empresa, por lo que puede ser leído como el encargado de traerlas al mundo, y como más abajo hará Heracles en el diálogo XIV «El huésped», el encargado de instaurar la nueva ley y el nuevo orden. En este nuevo mundo, el tiempo es inexorable y lleva inherentes la decrepitud y el olvido.

Sarpedón relata a Hipóloco, hijo de Belerofontes, los lamentos de este último, que lloran la pérdida del vigor juvenil y, débil y melancólico el héroe, denuncian el olvido al que le someten unos dioses a quienes fue útil mientras fue fuerte.

El fin de la edad titánica deja al descubierto la iniquidad divina y esta deja desvalidos a los protagonistas no olímpicos de aquellos días: Ixión y Belerofontes.

Como Ixión, aunque por motivos diversos, Belerofontes es héroe condenado a un vagar misántropo. En la *Ilíada,* 6.200-202 aparece así: «Pero cuando también aquel se hizo odioso a todos los dioses, por la llanura Aleya iba solo vagando, devorando su ánimo y eludiendo las huellas de las gentes».

El héroe había caído en desgracia ante los dioses, quizá, por haber dado fin a los tiempos del caos y por su arrogancia al creer que sus heroicidades debían franquearle las puertas del Olimpo, a donde quiso llegar a lomos de Pegaso. Ixión se vio apartado de las relaciones con hombres y dioses por haber quebrado leyes instauradas por estos y por soberbio y, también, arrogante. Píndaro relata que Belerofontes fue descabalgado de Pegaso cuando, insistente en su altivez, intentó llegar a la cima del Olimpo con la intención de pedir explicaciones a los dioses; Pavese no menciona esta reincidencia pero abunda en el carácter melancólico del héroe, en el lamento por el vigor perdido y por el *tedium vitae* ligado a la decadencia.

Escrito entre el 12 y el 16 de febrero de 1946. Pavese lo clasificó entre los diálogos que trataban «las iniquidades divinas» queriendo describir la «derrota humana». Más tarde lo encuadró entre los que hablan del «mundo titánico x injusticias divinas». Algunos autores clásicos en los que aparece explicado el mito: Píndaro, *Olímpicas,* 13.87-90; 7.44; Apolodoro, *Biblioteca,* 2.3.1-2; Homero, *Ilíada,* 6.155–203; Higino, *Fábulas,* 57.

[19] Quimera murió a manos del héroe Belerofontes, ya en Hesíodo, *Teogonía,* 325. Sarpedón era hijo de Zeus y Laodamía, una de las hijas de Belerofontes, por lo que este es abuelo (a veces aparece citado como tío) del Sarpedón licio que relata la *Ilíada,* 2.876. Hipóloco era hermano de Laodamía, por eso Sarpedón lo llama tío unas líneas más abajo; ver Homero, *Ilíada,* 6.183-199. Aquí se escribe, 16.433-520: «Sarpedón, el más caro para mí de los hombres, decreta el destino que sucumba a manos de Patroclo Menecíada» y se relata por extenso el cuerpo a cuerpo y la dejadez de Zeus, «que ni siquiera a su hijo protege», 16.522. Sépase que ningún parentesco es definitivo, pues como dice Apolodoro, *Biblioteca,* 3.1.2, Zeus permitió a Sarpedón vivir durante tres generaciones. La misma filiación hace Kerényi [2015:303].

[20] Sobre la importancia de la *palude,* el pantano o las landas en los *Diálogos* y de cuánto suponen como «lugar de origen y de continuidad,

siendo el lugar de donde provienen hombres, monstruos y dioses» ha reflexionado en un artículo Bazzocchi, [2011:49-60]. El asunto aparece de manera recurrente en casi todos los diálogos y se cierra en el último, «Las musas», con estas palabras sobre el lago Bebeide: «Una landa brumosa llena de fango y de cañas, como era al principio de los tiempos, entre un silencio burbujeante. Generó monstruos y dioses del estiércol y de la sangre». Bazzocchi argumenta con precisión que las ideas sobre la *palude* las leyó Pavese en Jung-Kerényi [1948].

[21] Esto es: mantiene vivo el recuerdo de sus hazañas (también la derrota infringida a los sólimos) y el de sus antecesores como reyes de Corinto, sea Sísifo sea Glauco, de quien Belerofontes es hijo. Los antiguos anotadores de las *Geórgicas* (3.267) de Virgilio suelen explicar por qué Glauco alimentaba con carne humana a sus yeguas: «Otro Glauco hubo, hijo de Sísifo y Merope, en el pueblo de Potno, en la provincia de Magnesia, el cual sustentaba unas yeguas, que tenía, con carne humana para que con mayor ímpetu fuesen llevadas contra el enemigo, saliendo a las batallas. Y no teniendo carne humana que darle, se volvieron contra el mismo Glauco y se lo comieron», en *Las Geórgicas de Publio Virgilio Marón [...] con muchas notaciones que sirven en lugar de comento,* por Juan de Guzmán, II, Valencia, Oficina de los hermanos de Orga, 1795, p. 126.

[22] Trátase del mito de Marsia, sileno cantor que luchó con Apolo en Cilene. Kerényi exculpa a Apolo del cargo de crueldad [2015:154], pues Marsia fue «estúpido hasta el punto de rivalizar con Apolo en destreza musical, fue vencido y despojado de su piel hirsuta: ninguna crueldad particular del dios, porque la apariencia animalesca [del sátiro] se entiende como un disfraz».

[23] Se trata de Níobe. Véase Ovidio, *Metamorfosis,* 6.146. Sobre los variados hijos de Níobe, véase Hesíodo, fragmento 183.

[24] Ovidio, *Metamorfosis,* 6.1-145. Los tres casos relatados tienen en común desafíos con los dioses: como cantores, como madres, como tejedoras.

[25] Esto es, el pasado se le aparece siempre en forma de pesadilla, en forma de deuda con el tiempo y con los hechos.

[26] Recuérdese la expresión de García Gual [2011:184] acerca del estilo dialogado: «El destino resulta absurdo e inevitable, y las preguntas se estrellan contra un muro».

[27] Zangrilli [2017:118-119] hace la siguiente reflexión: «En el imaginario pavesiano el suicidio es un instrumento con el cual el hombre desafía el destino, da un sentido a la propia muerte [...] se presenta como un morir que vence la muerte». En los *Diálogos* abundan los presuicidas y los suicidas: Britomartis y Safo en «Espuma de mar», Ariadna en «La viña».

III. Los ciegos

[28] Inútil parafrasear a Sófocles. Edipo, sin más connotaciones modernas, habla de sexo con el adivino, cegado por envidias y manías varias de los dioses (cambian según las fuentes) y llamado Tiresias. Adivino y sabio, este tiene la facultad de explicar el sexo como hombre y como mujer, pues vivió siete años femeninos. Pavese no podía encontrar mejor fuente para enmarcar expresiones sobre la vileza del sexo (su ubicuidad y su omnipresencia), lo imponderable del deseo y cuán poco gobiernan los dioses en lo fortuito. En el mundo de Tiresias queda la duda de saber para qué sirve la voluntad si cuanto se rechaza con el entendimiento viene impuesto luego por la lujuria o la violencia. Pavese tuvo el buen gusto de no incluir las cuitas de Edipo en el diálogo, quien se limita a un escueto «aquel día fui marido y fui padre», y a quien Tiresias le cierra la posibilidad de continuar por ese camino lanzando una enigmática pregunta sobre la ceguera, la vejez y la desdicha. Tiresias el adivino, con esta cuestión, volverá a acertar y a anticipar las tres cualidades del viejo Edipo. Pero esa es otra tragedia. Hay quien opina que en este diálogo ideal, Edipo es solo sabio en apariencia mientras que Tiresias lo es verdadera y profundamente.

Escrito entre el 5 y el 8 de julio de 1946. Lo encuadró entre los que hablan del «mundo titánico x injusticias divinas». Existe un estudio reciente en Marchese [2014]. Sichera [2015:295] utiliza la figura de Tiresias para reflexionar sobre la venida tardía de los dioses y que el «único ser divino es el mundo, que vive, goza y se reproduce eternamente, atemporalmente». Algunos autores clásicos en los que aparece explicado el mito: Apolodoro, *Biblioteca,* 3.6.7, Higino, *Fábulas,* 75.

[29] Una idea sobre esto se expone en Sófocles, *Edipo rey,* 1366 pero en boca del Corifeo que se dirige a Edipo: «Sería preferible que ya no existieras a vivir ciego».

[30] Esto es, antes incluso de que apareciera Crono (tiempo), el titán primordial.

[31] No debe sorprender al lector la utilización, repetida, de un término a primera vista tan poco literario y tan abstracto como «cosas» *(cose)* para nombrar conceptos concretos y elevados. Forma parte del deliberado deseo del autor de crear un lenguaje con más de un registro. Sobre la «rusticidad» del lenguaje de Pavese reflexionó Muñiz [1992:109-110, con referencias a Vico y a la relación entre «palabra» y «cosa» en la página 105]. Así, del mismo modo que todos los «fragmentos de este vocabulario terrestre confluyen en el macrobjeto "tierra"», el mar, la colina, la viña, la roca, la nube, la mujer, la sangre y el bosque en tanto que elementos prehumanos se reúnen en las «cosas» que gobernaban el mundo. En esta y en las entradas siguientes aparece una de las referencias más claras al concepto que está en la base de muchos estudios antropológicos: el paso del mito al logos. «Ahora, por gracia de los dioses, todo se ha hecho palabras…».

[32] Esta afirmación con la que Pavese concede a los dioses la facultad de «nombrar» las cosas ha de ser contrastada con las muchas veces en las que, en los diálogos siguientes, los dioses se lamentan de que los hombres son superiores a ellos por la posibilidad de nombrar cosas y recuerdos. Véase también un contrapunto en *Il mestiere di vivere,* 2 de abril de 1947: «Los dioses saben | ven mágico | racionalmente y con

desapego. Los hombres hacen, no mágicamente, sino con dolor. Nombran, esto es, resuelven creando».

[33] Zangrilli [2017:92] advierte que Tiresias representa «el ansia angustiosa del autor por indagar más allá de los límites, en la esencia de la infinita absurdidad, y de confiar a su palabra poética el destino de iluminar lo no iluminable».

[34] La historia en Apolodoro, *Biblioteca,* 3.4.8, Hesíodo, *Fragmentos,* 275 e Higino, *Fábulas,* 75. Apenas muerta la serpiente hembra, Tiresias se convirtió en serpiente y por siete años conoció amor de macho. De aquí la enigmática expresión «es más fácil conocer un serpiente que una serpiente», con la que sentencia el padre el diálogo XV «Los fuegos». Además de la nota siguiente sobre la vileza del sexo femenino, véase Apolodoro, 3.6.7.

[35] Esta expresión viene a cuento tras conocerse el veredicto de Tiresias. Preguntado sobre quién gozaba más del acto sexual, este, que había sido hombre y mujer, sentenció que la mujer. Toda la historia en Ovidio, *Metamorfosis,* 3.315-338.

[36] Pierangeli [2001:91] afirma: «La roca *(roccia)* es símbolo del drama de la incompatibilidad de los sexos».

[37] Esta es la interpretación que hace Cavallini [2010:112]: «Los inmortales vuelven la vista atrás, al primordial, salvaje estado de la naturaleza, a los monstruos y a las fieras (que no son sino los propios dioses antes de devenir antropomorfos)».

[38] La imagen de la serpiente camuflada *(appiattata)* entre la hierba es un lugar muy común que se puede leer en Virgilio, *Bucólicas,* 3.93; para identificarla con la astucia primigenia es suficiente recordar la *Biblia: Génesis,* 3.1.

[39] Referencia al enigma que, propuesto por Esfinge, descifró Edipo. Aquella preguntó «¿qué ser provisto de voz es de cuatro patas, de dos y de tres?», Apolodoro, *Biblioteca,* 3.5.8. A lo que el ciego respondió que el hombre de la infancia a la muerte, «que de niño es cuadrúpedo, pues anda a gatas, en la madurez bípedo y en la vejez usa como tercer sostén

el bastón». Una versión más poética en los preliminares de Sófocles, *Edipo rey.*

[40] La frase de Tiresias sirve de anticipo adivinatorio a la tristeza y ceguera de Edipo. Véanse los motivos y la premonición del sabio en la discusión que tienen ambos en Sófocles, *Edipo rey,* 300-462, cuando Tiresias le anuncia el parricidio y el incesto.

IV. Las yeguas

[41] La tradición más conocida dice que Corónide, seducida por el incansable Zeus, tuvo con el dios un hijo, Asclepio. Por varios caminos, o por adivinación (como sugiere Píndaro) o por espías mandados por Zeus, llegó a sus oídos la historia (quizá inventada) de que Corónide se había enamorado de un extranjero, un arcadio llamado Isquis (Píndaro, *Píticas,* 3.24-37). Enfadado el dios por la infidelidad, envió a Ártemis, la implacable diosa que aparece en VI «La fiera» para que matara a Corónide. La tradición griega (Pausanias, *Descripción de Grecia,* 2.26.6) quiere que fuera Hermes el salvador del bebé Asclepio mientras su madre ardía en la hoguera. Lo entregó luego a Quirón, el buen centauro, que enseñó al niño el arte de la medicina. En Píndaro, *Píticas,* 3.8 y Apolodoro, *Biblioteca,* 3.10.3, se afirma que fue el propio Zeus quien se lo arrebató, con manos inmortales, a la madre, por lo que Pavese parece preferir esta senda. Todo lo demás, esto es, las reflexiones sobre la reencarnación madre-hijo, la violencia, la sangre que engendra sangre, los caprichos divinos, el hombre consciente de su carne enferma necesitada de las curas que ofrece un ser entre caótico y humano (Asclepio), es reinvención lírica y obsesiva de Pavese, que utiliza la figura del bueno de Quirón, ser sin pasión conocida, para contrarrestar el furor de un Hermes decididamente telúrico y convencido. A primera vista, Pavese da por enterado al lector de la «contradicción insoluble» entre el «carácter sabio y sosegado», «el arte beneficioso» del centauro Quirón, a quien los dioses confían la educación de sus hijos. Philippson [1949:232-267] explica

con detalle todo lo relativo a Quirón. Nuestro autor reconoció en una carta al prestigioso helenista Mario Untersteiner fechada el 7 de mayo de 1948 que el diálogo se hallaba impregnado de las reflexiones de la profesora alemana, cuyas opiniones sobre la continuidad entre el mundo titánico y el olímpico influyeron en Pavese. Philippson [1949:69-70]: «El poeta [Hesíodo] recurre a todas sus artes para ilustrar la indisolubilidad de la fusión entre dioses "nuevos" y "antiguos" la indisolubilidad de la conexión entre ordenamiento universal constituido en el tiempo y el originario mundo del ser, a pesar de la lucha con los titanes desarrollada entre ambas fases».

Escrito entre el 25 y el 26 de febrero de 1947. Lo encuadró entre los que hablan del «mundo titánico x injusticias divinas». En *Il mestiere di vivere* escribió el día 24 de febrero de 1947: «Crono era monstruoso pero reinaba en la edad de oro. Fue vencido y nació el Hades (Tártaro), la isla de la Bienaventuranza y el Olimpo: felicidad e infelicidad contrapuestas e institucionales. La edad titánica (monstruosa y áurea) es aquella de los hombres-monstruos-dioses indiferenciados. Tú consideras la realidad como siempre titánica, es decir, como caos humano-divino (= monstruoso), que es la forma perenne de la vida. Presentas a los dioses olímpicos como superiores, felices, lejanos, aguafiestas de la humanidad que, no obstante, conceden favores nacidos de la nostalgia titánica, del antojo, de la piedad radicada en aquel tiempo (para los *Diálogos*)». Para la derrota de Crono y los titanes, Homero, *Ilíada,* 14.203ss, 279; 8.479ss. Algunos autores clásicos en los que aparece explicado el mito: Píndaro, *Píticas,* 3.14-98; Hesíodo, *Fragmentos,* 50, 53, 58, 60; Apolodoro, *Biblioteca,* 3.10; Higino, *Fábulas,* 202. Algunos autores afirman que la fuente principal para la historia del nacimiento de Asclepio es Ovidio, *Metamorfosis,* 2.541-632, pero no conviene olvidar que Pavese tuvo muy a la mano los *Himnos homéricos* [16, a Asclepio], cuya traducción parcial del griego se publicó en 1981 junto a Hesíodo, *Teogonía.*

[42] Jung y Kerényi [1948:83-92] hablaron con profundidad del Hermes niño y de su relación con Eros y con otros estados primitivos y ambiguos. Angelo Brelich editó los extensos ensayos sobre Hermes de Kerényi [1950:49-127]. Sichera [2015:294 y 298] interpreta a) el paso de la edad titánica a la olímpica como un espejo del paso de la infancia desordenada a la adultez preocupante y b) la figura de un Hermes que pasa de ser el sexo bestial *(coglia di toro)* a conductor de almas (*psicopompo* [*sic*]).

[43] Uno de los epítetos con los que era conocido Zeus, gran dios solar, padre de Asclepio, nacido de la ninfa Corónide. Véase más abajo todo el diálogo siguiente, v «La flor».

[44] Una concesión de Pavese a los símbolos: recuérdese la hoy famosa vara de Asclepio/Esculapio, en la que aparece una serpiente enroscada. El templo de Asclepio en Epidauro las tenía grabadas (Pausanias, *Descripción de Grecia,* 2.27.2).

[45] Las serpientes, en la edad titánica, eran símbolo de lo salvaje, del sexo al asalto y de algunas maldades. Que en el nuevo orden olímpico se hayan convertido en símbolo que acompaña a la salud certifica que la época anterior se ha acabado definitivamente.

[46] Para el valor arcaico y primitivo y de mito escarpado de Larisa ver Homero, *Ilíada,* 2.840 y el comentario de Philippson [1949:98]: «Es el único nombre de ciudad prehelénico que ha conservado su conexión con el nombre de los pelasgos».

[47] Reflexión que opone el mundo regido bajo las leyes del Olimpo al caos de los titanes.

[48] El del nacimiento sanguíneo es un tema recurrente en los diálogos, sea asociado a lo aquí dicho sea asociado a la muerte que trae la vida. Véase más abajo, v «La flor», la expresión de Eros: «Se nace y se muere con sangre» y la respuesta de Tánato: «Que para nacer sea necesario morir lo saben hasta los hombres». Dioniso en XXIV «El misterio», exclama: «La sangre es vil, sucia, mezquina». En XXVI «Las musas», se reúnen ambas tradiciones cuando Mnemósine exclama:

«¿No comprendes que el hombre, todos los hombres, nacen en aquel pantano de sangre, y que lo sacro y lo divino os acompañan también a vosotros, en la cama, en el campo, delante del fuego?». Para que no falte de nada, el papa Inocencio III (1195) opinaba que el hombre es ser engendrado de sangre corrupta y menstrual femenina [*sic*], sangre abominable e inmunda; ver *De miseria humanae conditionis* [1955].

[49] Es tradición divulgada por Platón, *Leyes,* 5.741a que ante las decisiones del destino o de la necesidad incluso el poder de los dioses fracasa; estudiada por Otto [2016:260].

[50] También Ártemis dice que no «está permitido a mis ojos derramar lágrimas», Eurípides, *Tragedias. Hipólito,* 1396.

V. La flor

[51] Poco hay del dilema freudiano en este diálogo entre Eros y Tánato. La conversación gira en torno a la relación entre Apolo, aquí llamado Apolo el Claro, (Radioso o Huésped de Delos) y el joven Jacinto, cuyo fulgor y muerte dependen en última instancia de un capricho, o acto fortuito, del dios solar. El propio autor sentenció cuál era el papel de Apolo en este diálogo y en el anterior: «Apolo es quien manda las desgracias». Véase *Il mestiere di vivere,* 28 de julio de 1947: «Apollo è il mandamalanni». Una curiosidad: la traducción inglesa de esta frase que propone Mariani [1988:53] es *«Apollo is a vicious bastard».*

El mito de la flor llamada Jacinto, bella, fugaz y deslumbrada, sirve para descifrar «la crueldad de Zeus que [...] mata al muchacho para convertirlo en flor y poder así gozar eternamente del sueño de lo imprevisto y del descubrimiento que esconde en sus ojos»; Muñiz [1992:122]. Del mismo modo, Cavallini, [2010:108] reafirma la intencionalidad y la crueldad de Apolo a la hora de relacionar caso, fortuna y capricho y cómo Pavese quiso con este diálogo glosar la cruel arbitrariedad de los dioses. Premuda [1957:240-241] invita al lector a revisar los detalles de este rito primaveral en Frazer [1950] y señala que la historia de Jacinto aparece también en un autor muy conocido por Pavese, Herodoto, *Historia,* 9.7.

En el diálogo de Leopardi citado por Pavese, Eros y Moda son hermanas, hijas de la Caducidad, y dialogan sobre la memoria, sobre la renuncia a ser inmortal y sobre la arbitrariedad horaria (destino) con la que se rige la muerte. Ver el «Diálogo de la moda y de la muerte» en Giacomo Leopardi, *Poesía y prosa,* Antonio Colinas (ed. y tr.), Madrid, Alfaguara, 1990[2], pp. 297-300.

Algunos críticos ven una referencia al *carpe diem* en la loa que parece hacer Pavese de la intensa vida de Jacinto, vivida durante solo seis días: fue breve, pero eso sí gozada a la sombra de todo un dios solar. El autor invita a pensar que son mejor seis días de intensidad y la gloria de una muerte veloz y a manos de un dios que cien años de inventarse recuerdos para llenar una vida vacía y al final vencida por el destino. Gracias a una larga tradición literaria se puede afirmar que la suerte de Jacinto estaba escrita: «A quien los dioses aman, muere joven». Ver un posible origen en Menandro, *El doble engaño* [1986:142] con referencias a Plauto y a Byron.

Escrito entre el 28 de febrero y el 2 de marzo de 1946. Pavese lo clasificó entre los que trataban «las iniquidades divinas» queriendo describir «aplastamiento y poesía». Más tarde lo encuadró entre los que hablan del «mundo titánico x injusticias divinas». Recuérdese cómo definía Pavese la poesía una semana después de comenzar la redacción de este diálogo, y que se puede relacionar con la «poética» del XXVII «Los dioses»: «La poesía no explica un sentimiento, es un estado; no es un comprender sino un ser», *Il mestiere di vivere,* 20 de febrero de 1946.

[52] Musumeci [1980:85] argumenta con inteligencia que este tipo de expresiones *(es evidente, todos saben, inútil rehacer)* que se repiten en las presentaciones «subrayan constantemente la universalidad del patrimonio elaborado por el autor».

[53] Para la metamorfosis de Dafne por encargo divino véase Ovidio, *Metamorfosis,* 1.452ss. Para el castigo de Acteón, devorado por sus propios perros por osar mirar el baño de la diosa, véase Ovidio,

Metamorfosis, 3.155ss; Higino, *Fábulas,* 181; Calímaco, *Himno a Palas,* 110ss: «Sus propios perros se lo cenarán».

[54] En algunas tradiciones se dice que fue Céfiro el causante del hecho fortuito porque también estaba enamorado de Jacinto; Luciano, *Diálogos de los dioses,* 16.

[55] Brelich [2010:66] hace un extenso elenco para mostrar la «inmensa frecuencia» con la que la fatalidad interviene en la muerte casual de un personaje a manos, involuntarias, de otro.

[56] De nuevo la dignidad del hombre, que le permite cambiar su condición gracias a su voluntad de querer ser semejante al dios.

[57] Los dioses se diferencian de los hombres en que aquellos conocen qué depara el destino. Ver Otto [2016:261].

[58] *Cfr.* con la reflexión sobre la infancia, que sirve para todas las veces en que esta aparece como repositorio de ingenuidad y despreocupación, apuntada en «Mal di mestiere», en *Feria d'agosto. Tutti i racconti* [2006:142]: «En verdad, durante la infancia éramos otra cosa. Pequeños brutos inconscientes, lo real nos acogía como acoge semillas o piedras». Sobre la presencia de la infancia, de la memoria como eterno presente y como semilla del destino de un hombre en las últimas obras de Pavese *(La luna e i falò),* puede verse Albertocchi [2011].

[59] Recuérdese la expresión de Homero, *Odisea,* 3.236: «Ni pueden los dioses evitarla al amado varón una vez que le toma el destino fatal *(moira)* del morir y el yacer perdurable».

VI. La fiera

[60] Un diálogo poblado por una salvaje recurrente escondida pero presente por doquier, Ártemis, «la que siempre está lejos, como Luna o como señora de las cosas salvajes». Todo, incluida esa «flor, es una cosa salvaje, intocable, mortal, entre todas las cosas salvajes». Recuérdese la opinión del 13 de julio de 1944: «La naturaleza retorna salvaje cuando en ella acaece lo prohibido: sangre o sexo». No conviene olvidar la palinodia que, escribiendo sobre el asunto, resumió el autor el 10 de julio

de 1947 en una nota de *El oficio de vivir:* «Lo salvaje te interesa como misterio, no como brutalidad histórica». Se trata aquí de relacionar al Endimión seducido por Selene (Luna o Ártemis) con el deseo de sueño eterno como fuente de eterna juventud y de eterna compañía. Kerényi [2015:167] hace una interpretación esotérica del nombre de Endimión: «como uno que "se encuentra dentro", pegado a su amante como en un solo vestido común».

Pavese relata el mito sustituyendo a Selene por Ártemis, que tiene una connotación de diosa madre siempre virgen y siempre inalcanzable [Manieri 2017:200]. Sin embargo, añade el deseo como imponderable, el encuentro diario con la Luna en el bosque, la nostalgia del ser mortal que puede apreciar, despierto, el devenir de las cosas y de la vida.

Se dice que el fornido pastor dio cincuenta hijos a Selene (Pausanias, *Descripción de Grecia,* 5.1.4); sin embargo, el autor y algunos comentaristas insisten en que esta era intangible y no se podía ni rozar. Así, por mucho que Endimión pretendiera «ser carne en la boca de su perro» y su interlocutor le asegurara que «tú buscas el sexo de las bestias» en la vida y en el sueño, por mucho que Endimión finja dormir y desee, con el engaño, tocar a la diosa, nadie la ha tocado jamás.

Escrito entre el 18 y el 20 de diciembre de 1945. Pavese lo clasificó entre los que trataban «las iniquidades divinas» y la «tristeza humana» queriendo describir al «hombre aplastado» al tratar un «sueño divino/ sexual». Más tarde lo encuadró entre los que hablan del «mundo titánico x injusticias divinas». En una de las notas autógrafas, el escritor afirma que el extranjero es Hermes, y la idea la pudo obtener de Otto [2016:122-126], que lo identifica con el errar, y el andar nocturno. Vitigliano [2014] y Fabre-Serris [2014] han dedicado sendos artículos a este diálogo. Algunos autores clásicos en los que aparece explicado el mito: Apolodoro, *Biblioteca* 1.7.5; Apolonio de Rodas, *Argonáuticas,* 4.57 y fue resumido por Higino, *Fábulas,* 271 entre el grupo de los efebos más apuestos. Manieri [2017:199] cita otros autores que explican las razones del sueño eterno: Safo, Herodoto, Hesíodo.

[61] Walter Otto sentencia que «en Ártemis se aprecia una clase de libertad: la femenina. El espejo de esta feminidad divina es la naturaleza»; joven virgen y Madre y diosa sonriente e intocable. Cavallini [2010] también insiste en la presencia continua de una «figura femenina salvaje e intangible» en todos los diálogos. Para Lajolo [1960:131-132] en este diálogo se apuntan por primera vez «las acusaciones contra las mujeres, que reaparecen en el rostro de las diosas [...] Ninguna mujer se salva nunca, ni siquiera en este libro, ni siquiera la divina Safo [...] Incluso en el mito aparece la comparación entre la mujer y la bestia». La misoginia de Pavese ha sido recientemente puesta de nuevo en entredicho por Ferrarotti [2016:68] criticando las famosas opiniones de Cesare Segre en el prólogo a *Il mestiere di vivere,* en lo que parece un complemento moderno a Arqués [1981]. Dice Ferrarotti: «El ilustre crítico literario no parece darse cuenta de que la misoginia de Pavese está demasiado abiertamente exhibida como para ser cierta». El libro de Ferrarotti nada entre dos aguas y nos presenta, a partir de reflexiones personales, un Pavese siempre y también entre dos aguas: comunista no marxista, religioso ateo, misógino amoroso, fiel no creyente... Por su parte, Ferretti [2017:162-164] recuerda todavía la «furibunda, insistente y a veces trivial misoginia».

[62] En una reflexión de tono filosófico, Pavese sostenía que el hombre nunca es el primero en ver las cosas, que ya existían antes de que él las tocara, esto es, llega a un mundo ya surcado. Véase *Il mestiere di vivere,* 25 de marzo de 1945: «... No *se ve* nunca una cosa por primera vez, sino siempre una segunda: cuando se transfiere a otra [...] En cuanto admirada, una cosa *es* otra, es decir, vista una segunda vez bajo otro aspecto». Reflexionó de modo semejante, aunque con otro propósito, en «Stato di grazia», ensayo incluido en *Feria d'agosto. Tutti i racconti* [2006:132]: «Bisogna sapere che noi non vediamo mai le cose una prima volta, ma sempre la seconda». Véase más abajo, x «El camino», las preguntas que se hace Edipo: «¿Merece la pena hacer algo que ya estaba iniciado cuando todavía no existías? [...] ¿qué somos todos si incluso

el deseo más íntimo de tu sangre existía antes de que tú nacieras y todo había sido ya escrito?».

[63] Pierangeli [2001:93] estudia el significado del *tocar* en los diálogos y se hace eco de la crítica que considera este comienzo como uno de los pasajes más logrados del libro.

[64] Endimión es también el eterno soñador que mantiene los ojos abiertos; citado y justificado por Kerényi [2015:169]. Mariani [1988:60] opina que Pavese reconduce el mito de Endimión para ofrecer una «alegoría de la inhumana condición del poeta encarcelado en el misterio de su amor por la poesía, feliz e infeliz en su amor». Comparini [2017:39] ha resumido en una frase las cuitas del pastor: «Endimión ha sido condenado a recibir amor y muerte (el binomio trascendental que mueve los casos de los *Diálogos*), a devenir sangre, incluso en la esfera onírica, por voluntad de la diosa Ártemis».

[65] Recuérdese la expresión de Ovidio, *Metamorfosis,* 3.155: «Succinctae sacra Dianae», traducida por el editor español como «Diana la de corto vestido».

[66] Acteón, de quien se ha hablado en el diálogo anterior. Su caso en Ovidio, *Metamorfosis,* 3.151-252.

[67] Ver otra posibilidad en I. «La nube»: «Los dioses no saben estar solos».

VII. Espuma de mar

[68] El mar como centro de nacimiento afrodisíaco y como lugar de tránsito, encuentro y muerte es el mismo mar que como idea adopta Safo para morir de amores, según Pavese. Y eso no es todo. Comparini [2017:144] afirma que este diálogo: «Describe, por un lado, la precariedad de la existencia de la poetisa incluso en la esfera marina, quien ni en esta ni en la vida logra encontrar la paz; por el otro, expresa el conocimiento preciso de las dinámicas patéticas del mundo de la vida y de la muerte que tiene la ninfa oceánica, quien manifiesta, a su vez, una fe absoluta en las leyes de los dioses». Sin embargo, «nada

de cierto hay, desde luego, en la leyenda tardía del suicidio de Safo, arrojada de la roca de Leúcade al mar, en su desesperada pasión por el bello Faón, una leyenda romántica inventada tal vez por algún comediógrafo helenístico y difundida por Ovidio y otros poetas» [García Gual, 2006].

La Safo que buscaba la muerte como liberación se encuentra con el aburrimiento y con que todas las cuitas que la atormentaban en vida siguen vivas tras haberse arrojado al mar. Britomartis y Safo hablan y coinciden en la necesidad de la huida y de la libertad, del terror a ser aferradas por el hombre y a ser causa de destrucción y muerte: significativa la referencia a Helena de Troya vagante por los mares. El mar todo lo macera y aniquila, los mares impiden liberarse del deseo porque es la patria natal de todos los deseos, reunidos en la innombrable y temible Afrodita, que nació del mar fecundado por la «blanca espuma» del «miembro inmortal» de Urano, que castrado por Crono había acabado en el «tempestuoso» mar; Hesíodo, *Teogonía,* 188ss.

Escrito entre el 12 y el 19 de enero de 1946. Pavese lo clasificó entre los que trataban «las iniquidades divinas» y la «tristeza humana» queriendo describir el «sexo trágico». Más tarde lo encuadró entre los que hablan del «mundo titánico x injusticias divinas». Cavallini [2014] ha rastreado con precisión los versos y las palabras de Safo que aparecen diseminados por todo el diálogo. El nacimiento de Afrodita/Venus aparece en casi toda la literatura clásica. Pavese tuvo a mano los correspondientes *Himnos homéricos* [el 5 y el 10] en los que se describe como portadora de gran sonrisa, diosa capaz de otorgar cantos que mueven el deseo y gran nutriente; no desconocía ni los calificativos de Hesíodo, *Teogonía,* 16, 822, 962, ni la etimología que la hace gran diosa marina, tal y como es invocada en *Hipólito,* de Eurípides; Pausanias, *Descripción de Grecia,* 2.34.11, aquí como Pontia o del mar.

[69] Calímaco, *Himno a Ártemis,* 190ss, relata que Britomartis huyó durante los nueve meses que duró el acoso al que la sometió Minos y

que, cuando estaba este por alcanzarla, «se arrojó al mar desde lo alto de una roca».

[70] Afrodita fue la protagonista no citada del poemario que Pavese escribió poco antes de comenzar los *Diálogos.* En *La tierra y la muerte,* la diosa era, según Muñiz [1992:106]: «La diosa de muchos nombres venida del mar quien, como origen del mundo, lo recoge en su vientre: tierra y mar, vida y muerte, linfa vegetal y sangre humana».

[71] Ovidio, *Heroidas,* 15.213-220. Safo, herida y desengañada de amor, quiso despeñarse en Léucade. Es importante recordar al efecto la importancia que concede Ovidio a la palabra hado: *«Hoc saltem miserae crudelis epistula dicat, | Ut mihi Leucadiae fata petantur aquae»;* «que esto al menos lo diga a esta desgraciada una carta cruel | para buscar yo el sino del agua de Léucade».

[72] Recuérdese la reflexión escrita siete días después de acabar este diálogo: «... Destino, dios, mortal, nombre, sonreír... son realidades plenas solo en el plano de aquel mundo. Ambiente, acento, fondo son coherentemente míticos, no dirían cuanto dicen si se redujeran a la contemporánea plausibilidad»; *Il mestiere di vivere,* 26 de enero de 1946. Kerényi [1940] afirma que los dioses se ríen de la «existencia humana porque está llena de contradicciones, se deleita en la propia miseria y se ama la propia desventura». Bernabò [1975] lo trata por extenso.

[73] Cavallini [2014] y Manieri [2017] recuerdan la posible conexión de estas expresiones con el verso de la propia Safo: «Mi ánimo que abrasa de deseo».

[74] Reaparece más abajo como raptada por Teseo (XXI «Los argonautas») y en los comentarios que Cástor y Pólux (sus hermanos) ofrecen sobre sexo y pasión en XX «En familia».

[75] Esta imagen de Afrodita como antología de todas las mujeres aparece citada en la penúltima de las confesiones, también angustiosa, que escribe en *Il mestiere di vivere,* el 16 y el 17 de agosto de 1950: «La culpa, además de mía, es solo de la inquieta angustiosa que sonríe sola [...] Los suicidios son homicidios tímidos [...] He ignorado durante

algunos años mis taras [...] y luego al primer asalto de la inquieta angustiosa he vuelto a caer en las arenas movedizas».

VIII. La madre

[76] La versión canónica del mito afirma que las Moiras anunciaron a Altea que la vida de su hijo Meleagro estaba ligada a la duración de un tizón de leña ardiente. En un principio, la madre advertida lo retiró del fuego y dejó vivir a su hijo. Tras una pelea entre Meleagro y el hermano de Altea, esta (y para cumplir un «precio de sangre») volvió a arrojar el tizón al fuego y lo dejó consumir. La versión canónica afirma que tras esto Altea se suicidó. No en la versión de Pavese, que la presenta vieja compartiendo el hogar con la amada y segunda asesina de su hijo, Atalanta, quien remató la sombra cenicienta de Meleagro. La madre y el amor dan y quitan la vida, por capricho, por despecho. El héroe triste lamenta que la inicial piedad maternal le obligara a vivir, vale decir a sufrir, y que después de todas las fatigas le quitara la vida por un ajuste de cuentas familiar: para eso hubiera sido preferible no haber tenido que recorrer todos los estados a los que obliga la vida humana. Pavese afirma ver la madre en todas las mujeres y todas las mujeres ser la madre, un ser de ojos fríos y escrutadores que se reflejan en los de Atalanta.

Escrito entre el 26 y el 28 de diciembre de 1945. Pavese lo clasificó entre los que trataban la «tristeza humana» queriendo describir la «infancia trágica». Más tarde lo encuadró entre los que hablan de la «tragedia de hombres aplastados por el destino». Hesíodo, *Teogonía,* 218ss, las Moiras «conceden a los mortales, cuando nacen, la posesión del bien y del mal y persiguen los delitos de hombres y dioses». Para encontrar las fuentes de la tradición del tizón como símbolo de vida en la lírica arcaica véase ahora Manieri [2017:197] y las referencias a Baquílides y Esquilo, *La coéforas,* 602-612. Esta autora recuerda que Pavese, durante su confinamiento, tradujo también el *Epinicio* 5 de Baquílides, que tilda a la madre de Meleagro de «despiadada, malhadada, intrépida» que hace arder a su hijo «entre sollozos», en la antistrofa 4.

[77] Comparini [2017:144]: «Meleagro, criatura débil a la búsqueda de respuestas y víctima del destino impuesto por la voluntad divina, el cual intentará explicar (en vano) el sentido de la nueva ley y lo absurdo de su vivir».

[78] Para la descendencia de Atalanta y la complejidad de sus relaciones ver Kerényi [2015:329-336]. Para los recelos de los tíos de Meleagro, para el odio desencadenado por premiar a una mujer, y sobre la muerte de aquel véase Apolodoro, *Biblioteca mitológica,* 8.1.2-3.

[79] Con esta expresión, anunciada en la entrada anterior en boca de Meleagro, puede entenderse «para pagar una afrenta anterior». En leyes antiguas, y en la del Talión, una de las formas de cumplir con el «ojo por ojo, diente por diente» era pagar el «precio de sangre». Un ejemplo, entre muchos, en *Biblia: Éxodo,* 21.23: «Pero si resultare daño, darás vida por vida». En algunas tradiciones se solventaba con una compensación económica que recibía la familia del agredido. En este caso Altea hizo pagar a su hijo Meleagro la muerte de su tío y hermano de aquella, como anticipa el autor en la presentación del diálogo. Los anotadores de la edición de la *Biblia* citada (página 84) apuntan que la Ley del Talión «es de naturaleza social y no individual. Trata de limitar los excesos de la venganza».

IX. Los dos

[80] Pavese prefiere contarnos la relación entre dos amigos a través de una conversación sostenida antes de la batalla definitiva. Beben, pero sus palabras no son las de una discusión de bar: dialogan sobre la amistad recíproca, la confianza en el compañero, la infancia, la impaciencia ante el momento decisivo, el recuerdo (de nuevo) como demostración cíclica de tiempos eternos. Pausanias, *Descripción de Grecia,* 9.30.5, dice que los hombres tienen costumbre de beber antes de la batalla. De tal rito se obtiene ahora la transformación en el amigo que, convencido de la fuerza del otro, toma las armas de este y afirma que nada le sucederá pues la muerte, que no es sino un estado más de la vida del hombre que no

teme, es apenas la prolongación de un juego juvenil, la consecuencia del valor: «Cuando uno es joven mata, pero no se sabe qué es la muerte». Pavese toma del mito que un buen compañero es todos los compañeros y que todos los compañeros caben en el buen compañero y se hacen uno. La noticia de la muerte de Patroclo se dio en el canto XVIII de la *Ilíada.*

Escrito entre el 18 y el 20 de enero de 1946. Pavese lo clasificó entre los que trataban la «tristeza humana» queriendo describir la «infancia/salvación». Más tarde lo encuadró entre los que hablan de la «tragedia de hombres aplastados por el destino». En un principio tuvo un título diferente: «La muerte».

[81] La relación entre Patroclo y Aquiles ha hecho correr ríos de tinta moderna. La antigua es la más equilibrada y la más sugestiva. Sobre todo la *Ilíada,* 9.190; 16.20; 16.293ss; 16.791; 23.83-84: «No depositesmis huesos aparte de los tuyos, Aquiles, sino juntos, igual que nos criamos en nuestra morada» y *passim.*

[82] Esta expresión rondaba por la cabeza del autor desde incluso antes de mostrar interés evidente por el mito y por las religiones antiguas, antes de comenzar la redacción de los diálogos. Véase *Il mestiere di vivere,* 7 de diciembre de 1945: *«Quel che è stato, sarà»,* que sigue una expresión semejante del 4 de abril de 1941: «Lo que se hace se hará siempre».

[83] El autor piamontés conocía bien la obra de M. Eliade y anticipó el mito del eterno retorno con la expresión recurrente del instante eterno y con la presencia íntima del pasado y de los recuerdos. Sobre este asunto, que aparece con claridad también en el Orfeo del diálogo XII, «El inconsolable», ha reflexionado Musumeci [1980:81-82] para aclarar que la voluntad realista y concreta de Pavese hace que el retorno «no pueda ser eterno». Es curiosa la reflexión de 1950 sobre el destino como «cadencia de retornos previstos», en «La poetica del destino», *Saggi letterari* [1968:313]. Véase también Muñiz [1983].

[84] Pavese prefiere la tradición que hace de Aquiles un ser invulnerable porque ha sido ungido con ambrosía y templado al fuego por Tetis, su madre; ver Apolonio de Rodas, *Argonáuticas,* 4.869ss.

[85] Teseo, invitado a la boda de Hipodamía y Piritoo, se puso del lado de este y combatió hombro con hombro contra los centauros. Vuelve a aparecer el asunto en xx. «En familia». Ver Ovidio, *Metamorfosis,* 12.210-458. Los diálogos están llenos de caminantes y rescatadores habituados al Hades: Ixión condenado sin fianza, Virbio renacido, Orfeo buscador de Eurídice, Teseo de Perséfone, Ulises tras habérselas visto con la maga, Hércules liberador de Prometeo... Todos ellos tienen en su humanidad un denominador común. Otto [2016:260] opina que «ningún dios puede dar la vida a un muerto», lo que no se comprende al leer el caso de Hipólito/Virbio resucitado por Diana, como aparece más abajo en xvii. «El lago».

[86] Sobre lo inútil de permanecer en un lugar sin enriquecerse por dentro (y por fuera), recuérdese este verso de la *Ilíada,* 2.298: «Es una vergüenza aguantar aquí tanto tiempo y volver de vacío».

[87] Para Comparini [2017:40], el Aquiles de Pavese es alguien decidido «a aceptar el fin de la infancia, la pérdida y la inutilidad de aquella *doxa* [opinión o reputación] que lo ha impulsado a morir, a devenir Belerofontes, un héroe inquieto y melancólico».

[88] Homero, *Ilíada,* 16.130ss.

[89] En la *Ilíada,* 19.409-410, cuando se predice la muerte de Aquiles aparece una expresión sobre el destino que recuerda la rendición que muestra aquí Pavese: «Pero ya está cerca el día de tu ruina. Y no somos nosotros los culpables, sino el excelso dios y el imperioso destino».

x. El camino

[90] Edipo camina con el sentido de culpa a cuestas y cree que huyendo y caminando cambiarán los recuerdos y el destino. La única audacia posible que le queda al hombre es volver al pasado para tener conciencia de que todo estaba escrito y con ello hacer la culpa más llevadera. Pavese reúne memoria, predestinación y albedrío en su solo diálogo y en una sola expresión: todo es destino. Los hombres se diferencian de los dioses en que a) aquellos tienen memoria y b) pueden saber que el destino es una condena universal, no individual.

Como en el caso de Ixión, Pavese presenta el mito una vez realizada la acción fundamental: ahora Edipo es el ejemplo de hado trágico que ha cometido crímenes sin saberlo y que está obligado a expiarlos sin poder olvidarlos, sin poder olvidar que ha hecho el mal queriendo hacer el bien.

Escrito entre el 7 y el 12 de abril de 1946. Pavese lo clasificó entre los que trataban la «tristeza humana» y la «rebelión confortable». Más tarde lo encuadró entre los que hablan de la «tragedia de hombres aplastados por el destino». Vitagliano lo ha estudiado recientemente [2017:842]. Comparini [2017:188-189] hace una interpretación esotérica de este diálogo: «En el Edipo de Pavese es posible leer las características del doble monstruo que los dioses habían transformado en melancolía en la figura de Belerofontes. El exsoberano de Tebas debe "volver al parricidio y al incesto" [Girard, 1980:108], al estado primordial de la evolución del ser para poder comprender su propia ontología, esto es la monstruosidad. Aunque el castigo divino le haya llevado a descubrir la verdad y a alcanzar la dimensión del logos, en cuanto víctima expiatoria de la edad olímpica, su verdadera identidad reside en el elemento de lo salvaje que alberga en su consciencia y que puede ser reencontrada solo a través de la vía de lo salvaje y de lo bestial».

[91] Apolodoro, *Biblioteca,* 3.5.8 dice que llegado a Colono «se sentó allí como suplicante y, acogido por Teseo, murió poco después»; Sófocles, *Edipo,* 447, 713, 731, 774, *passim.*

[92] Sobre el lamento continuo de Edipo y su convencimiento de la «no intencionalidad de la tragedia de Tebas» y la capacidad de «aceptar el dolor» y convertirlo en «consuelo» ha reflexionado Comparini [2017:40, 45 y *passim*], llegando a afirmar que «Edipo relaciona la esfera de la tragedia con la de la salvación gracias a la confianza en el poder de la palabra y del diálogo».

[93] «Todo es destino» es una idea habitual en todos los *Diálogos* y común en todas las tradiciones filosóficas. Pavese la utiliza e intenta acomodarla a como aparece explicada con frecuencia en Philippson

[1948:39-79], «La genealogia come forma mitica». Un resumen de la idea de destino relacionada con la culpabilidad en Benjamin [2007:1178]: «En la configuración clásica griega de lo que es la idea de destino, la dicha que se concede a una persona nunca se entiende como confirmación de la inocencia de su vida, sino en calidad de tentación para la mayor culpa, que es la *hýbris.* Así pues, el destino no se relaciona con la inocencia».

[94] Las interpretaciones del mito de Edipo son múltiples y abundantes. Pavese opta por presentarlo como un caso único, tal y como, años más tarde, lo sintetizó Girard [1980:108]: como «una excepción monstruosa: no se parece a ninguno y ninguno se le parece».

[95] Un estudio detallado sobre el retorno a la infancia (al territorio) en Muñiz [1983:167]: «Quien busca un recuerdo está condenado a encontrarlo (a enfrentarse con el desajuste espaciotemporal que constituye su origen)».

XI. La roca

[96] El Hércules de este diálogo es el apolíneo, el buen muchacho salvador del mundo, no el iracundo asesino de mujer e hijos. Es alguien empujado por el sentido del deber y por la piedad que viene a liberar al condenado a perpetuidad por Zeus, y si lo libera es porque el papá le permite acometer la empresa para darle fama eterna.

Prometeo anuncia al héroe un final de hombre raptado por la diosa y que, tras ello, vivirá vida inocente. Hércules recuerda la genealogía humana de Prometeo y las luchas entre titanes-hombres contra dioses. Se vuelve así a dialogar sobre nacimiento y sangre, supremacías, intercambio entre la vida y la muerte (para que Prometeo sea liberado es necesario sacrificar al bueno de Quirón) y el destino de un hombre. Hércules, a pesar de todo su valor, no es capaz de dominar ni su destino ni su fuerza, de tan obediente que es al destino de los otros. Ni los más fuertes ni los más astutos pueden superar la presencia eterna de la naturaleza, que está por encima de las disputas entre la ley y el orden o entre las precedencias entre mito y realidad. Ruiz de Elvira prefiere llamar al héroe Hércules. En este caso sigo el consejo de Fernández Galiano, p. 97, porque acerca más el nombre a las preferencias del autor italiano: Eracle.

Escrito entre el 5 y el 8 de enero de 1946. Pavese lo clasificó entre los que trataban la «rebelión confortable» para describir la «lucha» del «hombre combativo». Una primera versión de la introducción decía: «La noticia de que Quirón el centauro estuviera destinado a rescatar con su sangre la libertad de Prometeo se conserva en Ateneo (25, 26). Aquí es importante observar que en la historia del mundo…». La cita, que viene de la edición de 1965 no tiene mucho sentido, pues los libros del *Banquete de los eruditos* no son más de quince. Quizá se refiera a 15.672e-673b, 674d. La cuestión del intercambio entre Quirón y Prometeo es muy complicada. Véase Antonio Ruiz de Elvira, «La tragedia como mitografía», reimpreso en *Cuadernos de Filología Clásica. Estudios Latinos* (2001), pp. 55-88 (64-65). La versión de Apolodoro, *Biblioteca,* 2.5.4, dice: [Herido Quirón de herida incurable] «se retiró a la cueva a morir allí, pero por su condición de inmortal no lo consiguió hasta que Prometeo se ofreció a Zeus para ser inmortal en su lugar».

[97] Muñiz [1992:123] encuentra una feliz metáfora para definir la peña *(rupe)* a la que está atado Prometeo y a la que están todos, hombres y curiosidades olímpicas, sujetos: la *dura verità* o cruda realidad, traducido al sentir diario: «Cubierta por un orden represivo en el cual, hombres y monstruos, dioses y hombres, han sido divididos como entidades diferentes y contrarias que son». Comparini [2017:191-203] se ha detenido a estudiar con detalle la participación de Hércules en los *Diálogos;* aquí y en el XIV «El huésped».

[98] Es muy interesante la reflexión acerca del orden y el caos que se lee en *Il mestiere di vivere,* 10 de julio de 1947: «Lo que le sucede a lo *salvaje* es que acaba reducido a lugar conocido y civilizado. Lo salvaje como tal no se corresponde, en el fondo, con la realidad. Te complaces con el campo, el *titanismo* —lo *salvaje*— pero aprecias el sentido común, la mesura, el claro entendimiento de Berto, de los Pablo, de las

aceras [...] Lo salvaje, lo titánico, lo brutal, lo reaccionario quedan sobrepasados por el ciudadano, por el olímpico, por el progresista [...] Tú exaltas el orden describiendo el desorden». Berto y Pablo son los nombres de los protagonistas de *Paesi tuoi* e *Il compagno.*

[99] Aquí la condena eterna de Prometeo aparece como la condena de todos los hombres, expresada en forma de piedra a la que todos están atados. Comparini [2017:192] reflexiona: «Ser peña [roca, piedra...], significa pertenecer al sustrato más profundo de la historia de la humanidad, significa dar un nombre a las cosas, ser parte de ellas, percibirlas a través de los sentidos y de la experiencia; y significa, en la edad olímpica, sufrir el destino...». Vitagliano, [2017:842]: «Prometeo explica a Hércules que existe un margen de libertad para el hombre, un *titanismo* al que no se puede renunciar dado que el hombre tiene una parte bestial, mítica, que le permite tener un margen de libertad frente a cuanto teje el destino».

[100] Sobre la calidad y actitud de Quirón, educador de Asclepio, véase más arriba todo el diálogo IV, «Las yeguas».

[101] El relato de la muerte del héroe en una hoguera que lo libere del dolor producido lo escribe Ovidio, *Metamorfosis,* 9.132ss. En la escena ovidiana no faltan ni el amor ni los celos.

[102] Parece una profecía pavesiana anunciando un nuevo mundo sin ley ni orden y que por culpa del hombre vuelva, tras la época olímpica, al desorden titánico, o que pierda el logos para volver al mito.

XII. El inconsolable

[103] La idea de que el viaje de Orfeo hasta el infierno no tuvo necesariamente un final feliz es antigua. Carlos García Gual ha hecho una interpretación impecable basándose en el texto de Pavese, quien apuntó en sus minutas que aquí se trataba de la «liberación del sexo». Muñiz opina que el acto consciente de Orfeo, al anular la nueva vida de Eurídice y cancelar así ese pasado, impide que «el hombre no pueda ya fingirse un futuro»; García Gual [2011a], Muñiz [1992:119]. Creo

conveniente añadir una variante de redacción que ayuda a comprender una primera versión del autor, en donde daba prioridad a la idea de un Orfeo consciente de su gesto: «Bacante: Orfeo, no puedo creerte... Orfeo: Te repito que he vuelto la vista a propósito. Ya no podía más de tales pensamientos. Y di además a todas aquellas que me siguen que, si volviéndome pudiera enviarlas también al infierno, lo haría».

La tradición dice que Orfeo bajó al infierno por amor a Eurídice con la intención de devolverla al mundo de los vivos: tenía prohibido mirarla durante el viaje de vuelta, pero se volvió a mirarla. La bacante que ahora dialoga con aquel no entiende ni el gesto heroico que cumple ni sus angustias ni sus reflexiones profundas. La bacante dice tener creencias sencillas como el amor, la muerte, las fiestas sanguinarias, y haber seguido al poeta irresistible por la calidad y sinceridad de su canto. Orfeo se obstina en hacerle comprender a la «simplona» que la vida no es una fiesta y que para emanciparse del destino está dispuesto a renunciar al pasado, a la embriaguez, al sexo, a la sangre y a la vida eterna. La bacante aconseja seguir el camino de la ignorancia para estar en paz con la vida y la muerte. Según Ovidio y como anticipa la bacante, Orfeo murió a manos de mujeres despechadas, *Metamorfosis,* 11.40-45, una vez que había perdido el valor encantador de su voz. Hay muchas variantes para la muerte de Orfeo, Diodoro Sículo, *Biblioteca histórica,* 4.25; Pausanias, *Descripción de Grecia,* 9.30.4-5; algunas resumidas y explicadas ahora en Manieri [2017:205-206].

Escrito entre el 30 de marzo y el 3 de abril de 1946. Pavese lo clasificó entre los que trataban la «rebelión confortable» como «liberación del sexo». Más tarde lo encuadró entre los que hablan de «salvaciones humanas y dioses avergonzados». En una primera versión de la noticia preliminar escribió: «Que las fiestas de Dioniso aludieran a muerte y renacer, y cómo todo lo que es sexo, ebriedad y sangre remite con el mundo subterráneo salta a la vista. El tracio Orfeo, vagabundo del Hades, cantor soberano y víctima lacerada como el mismo Dioniso es una figura riquísima que permite todavía hoy muchas interpretaciones».

[104] El autor utiliza el término Bacca, que no corresponde a un nombre propio relevante y que puede ser interpretado, como ya hizo García Gual, como el genérico de una de las bacantes.

[105] Ovidio, *Metamorfosis,* 10.55ss explica el sonido de adiós que emite Eurídice como un suspiro o un lamento por la falta de amor que, para alguien que ya ha estado muerta, es más dolorosa que la propia muerte.

[106] Esta parece ser la respuesta a una pregunta antiquísima y que formuló Kerényi en 1951 [2015:469]: «¿Por qué se giró el vate? ¿Cuál fue la razón si no la enorme, definitiva separación entre el vivo y el muerto? ¿Locura? ¿Quería besarla? ¿Quería asegurarse de que le seguía?».

[107] Y la cantaba, la fiesta. Ver *Himnos órficos,* 52, 53 y 54.

[108] Una expresión muy semejante en el libro de Otto traducido al italiano en 1941 [2016:158]: «En la veneranda figura de Gea confluyen con profundísimo significado las ideas de nacimiento y muerte».

[109] Para Corsini [1964:131] en este diálogo se encierra una de las más sinceras autobiografías de Pavese porque presenta al protagonista «excluido de toda posibilidad de participar en la alegría humana, condenado a una continua búsqueda de sí mismo a través de las lábiles y engañosas epifanías del amor, de la amistad...» y que el descenso al Hades no es una fuga sino una busca de sí mismo y de los otros y un retorno a los orígenes y a lo primitivo.

XIII. El hombre lobo

[110] La idea de que en un cuerpo habiten el hombre y la bestia es casi tan vieja como las piedras. Pavese, sin embargo, innova con las reflexiones que un ser tal provoca en dos semejantes: uno encarna la humanidad y el respeto por el hombre muerto, el otro le niega la humanidad y la sepultura. Licaón es dos naturalezas en una. Un hombre no basta para señalar esa dualidad, se necesitan dos hombres para poder construir un diálogo antagónico. En definitiva, ¿cuál es y dónde está la línea que separa la humanidad de la monstruosidad?, ¿cuál es el gesto? Recuérdese la cuestión de Antígona y el entierro de su

hermano: cumplir un acto de humanidad con alguien inhumano (que no respeta la ley), ¿nos hace inhumanos, nos permite volver «a poblado con las manos limpias», se puede seguir el mandato de la sangre y del rito impío sin quebrar la ley natural? El cazador más severo justifica que el culpable pague: el más severo es el más supersticioso, el que no conoce que el mundo de la ley desprecia los caprichos de los dioses y sus relatos de sangre. El hombre severo es más bestia que la bestia. En el diálogo triunfa la humanidad de la bestia gracias a la humanidad del cazador sensible y acaba derrotado el monstruo titánico del cazador atávico. La injuria queda para los dioses que transforman a los hombres en monstruos. Casi todo está en Sófocles, *Antígona.* Escrito entre el 15 y el 16 de marzo de 1947. Véase Comparini [2013].

[111] Matizada en Apolodoro, *Biblioteca,* 3.8.1-2. Ovidio, *Metamorfosis,* 2.410ss exculpa a Zeus de la transformación de Calisto y culpa a su compañera Ártemis. Licaón fue un señor aficionado a quebrar la sagrada hospitalidad quemando a los extranjeros. Su hija Calisto, hermosa hasta gustar a Zeus, fue convertida en osa por celos y envidias.

[112] Según Ovidio, Arcas persiguió a su madre Calisto durante una cacería, y así parece entenderlo Pavese. Otra versión dice que fue Ártemis quien mató con una flecha a Calisto una vez que Arcas había sido alumbrado. Apolodoro, *Biblioteca,* 3.8.2 y Ovidio, *Metamorfosis,* 2.409-507.

[113] Recuérdese la atención griega para con los cadáveres, demostrada en el cuidado que pone Aquiles para asegurarse de que las moscas no cubran el de Patroclo (Homero, *Ilíada,* 19.24-39), demostrada también en la reaparición del muerto exigiendo arder cuanto antes y en el embalsamado que le procura Tetis «con ambrosía y rojo néctar».

XIV. El huésped

[114] Litierses no es precisamente un hospedero perfecto. Dicen que habla con «odiosas» palabras a Hércules y que no respeta la *xenía.* Hércules tiene los brazos más fuertes que su enemigo, y convertirá

lo que había de ser campo de bienvenida en campo de batalla y de sacrificio ritual. Con la muerte de Litierses, el supersticioso, a manos de la razón de la fuerza, Pavese presenta a Hércules como el héroe que liberó al mundo de la necesidad de sacrificios de sangre para contentar a los dioses, ¿pero la tierra se contenta sin riegos? Dioses y tierra no son, pues, la misma «cosa». Son una todas las obsesiones del autor por la tierra: Hércules libera al mundo sacrificando al sacrificador. Como se sabe, hay tradiciones que son difíciles de desterrar. En las fiestas que organizó Aquiles para honrar la muerte de Patroclo se sacrificaron «doce ilustres vástagos de los troyanos», Homero, *Ilíada,* 23.20-22, además de entregar el cuerpo de Héctor a los perros para «que se lo repartan crudo».

No es necesario acudir a los grandes libros para descifrar el rito sagrado que se esconde en la siega y en la continua relación entre tierra nutrida y tierra fértil. La idea del mitógrafo Frazer se halla esparcida en varios versos de nuestro autor, desde «Luna de agosto» («sangre que coagula e inunda cada pliegue de las colinas») de hacia 1935 hasta *La tierra y la muerte* de 1945, para acabar en el diálogo siguiente («Los fuegos») y su casi homónimo *La luna y las fogatas.* Ver Muñiz [1992], Bazzocchi [2011], Lijoi [2012].

Pavese prefiere no nombrar siquiera la historia de amor que algunos mitógrafos afirman poderse relacionar con la llegada de Hércules al campo de Litierses: la liberación del vencido pastor Dafnis que corría el mundo en busca de Pimplea (resumida por Grimal [1994:125b]). Hércules vence en el campo de batalla y en la argucia oral que consiste en hacer creer a Litierses que la tierra se alimenta mejor con sangre de paisano. La primera victoria se daba por descontada pues poco se antoja un fornido campesino para los brazos del héroe capaz de cambiar el curso de los ríos y de ejecutar, al menos, una docena de trabajos inalcanzables realizados en ocho años y un mes (Apolodoro, *Biblioteca,* 2.5.11).

Escrito entre el 22 y el 23 de febrero de 1947. Pavese lo encuadró entre los que hablan de «salvaciones humanas y dioses avergonzados». Frazer

[1950: II,67-87] relata las muchas culturas en las que se sacrifica en honor del «espíritu de la mies»; el caso de Litierses en las pp. 74-78. Pavese basa el diálogo sobre todo en el relato que hace el antropólogo moderno, incluida la referencia a Pesinunte. Y Mutterle [2001:51] señala que se trata de un «flagrante homenaje a Frazer». Ya lo había advertido Premuda [1957:241], diciendo que la historia de Litierses aparece en una tradición, la «alejandrina, del todo extraña a los intereses de Pavese».

[115] El derramamiento de sangre es siempre un hecho irracional que esconde algo de misterioso (quizá por ello sea un gesto violento), así en *Il mestiere di vivere,* 7 de febrero de 1944.

[116] Este detalle capilar sirve a Premuda [1957:241] para apuntalar su teoría de que Pavese conoció la historia de Litierses solo a través de Frazer. La estudiosa opina que, en este diálogo, Pavese no alcanzó la altura poética que tienen otros diálogos y que Hércules y Litierses son «pobres fantoches empeñados en interpretar un drama del que no tienen conciencia».

[117] Ritos semejantes en Frazer [1950:II,77], que recuerda que además de lisiados y extranjeros el caso de Litierses puede significar que el sacrificio venga representado en «la figura del patrón».

[118] Zangrilli [2017:82] opina que toda la escena es «una tragedia absurda, reforzada por la acción de Hércules, que mata a Litierses porque no entiende su deseo de poner fin a tales rituales sangrientos y se indigna porque Litierses le espeta que no es un "campesino" y que no conoce los ciclos de la tierra».

XV. Los fuegos

[119] Según Pavese, Atamante, que aparece estelarmente en Frazer, fue salvado de arder en la hoguera no porque los dioses no creyeran en las supersticiones. La versión del mitógrafo escocés es muy diferente y mucho más compleja y lírica, [1950.I:474-476]. Pavese la simplifica quizá porque hubiera sido extraño que un campesino conociese todas las sutilezas de la misma. El discurso que hace el padre es el que

perviviría en una tradición agropopular depurada por la oralidad. Los dioses y los amos van de la mano: por eso aquellos no permitieron que un rey fuera sacrificado: sí aceptaban las ofrendas si los protagonistas eran lisiados, vagos y maleantes, o en su defecto algún cabrito ofrecido por los terratenientes. Este es el tercer diálogo consecutivo destinado a reflexionar sobre el salvajismo de los ritos ancestrales y si tienen cabida en un mundo dominado por la ley y el orden, y por el logos. Se reflexiona también sobre la ociosidad inherente a la inmortalidad y la crueldad de los dioses que se entretienen, como sus semejantes en la tierra los patronos, con supersticiones y ritos aniquiladores. En un mundo justo era justo ofrecer sacrificios porque no era necesario esconder los cabritos a los ojos del patrón; ahora a los dioses y a los amos les debería bastar constatar la miseria y la maldad del hombre para regocijarse de su triunfo y no exigir más tributos. Premuda [1957] dice que este apunte social resta lirismo a la conversación.

Escrito entre el 18 y el 21 de septiembre de 1946. Pavese lo encuadró entre los que hablan de «salvaciones humanas y dioses avergonzados».

[120] Parece normal que un campesino no conozca ni la compleja historia ni el final trágico que relata Frazer [1950:474]: la hija murió en la huida, pues cayó del carnero/vellocino de oro. Desde entonces se instauró la tradición de sacrificar al primer hijo del rey…

[121] Zangrilli [2017:83] ve en este diálogo un eco de Pirandello: «El padre es el Gran Yo, lleno de sabiduría, y el hijo es el Pequeño Yo, lleno de curiosidad». Ver la edición española en L. Pirandello, *Tengo mucho que contarle. Cuentos para un año, III,* Marilena de Chiara (tr.), Nórdica, Madrid, 2013.

XVI. La isla

[122] Ulises, como eterno viajero, rechaza la inmortalidad que le ofrece Calipso porque ser inmortal reduce las peripecias de la vida a una sola: contemplar la eternidad en aburrida complacencia. Parece recordar a Píndaro, *Píticas,* 3-61-62: «No pretendas la vida inmortal, alma

mía, y esfuérzate en la acción a ti posible». Para el héroe humano, la felicidad no es tal si es estática o si está basada en términos absolutos: las cosas bellas y deseables no son nada si no tienen un punto de destino, un algo de fortuna dentro.

Calipso lamentará que Zeus (malvado y envidioso) le ordene dejar partir a Ulises: en verdad la enamorada no quiere comprender que es el propio Ulises quien desea reemprender el viaje. La peripecia es un desafío continuo a la muerte en vida, es un homenaje a la memoria que ayuda a cancelar el duro pasado: inmortal es quien no teme la muerte y el movimiento. Calipso, en definitiva, tiene dos enemigos imponderables: el deseo de Ulises y quien lo gobierna, pues está escrito que el héroe no debe acabar sus días alejado de los suyos. Y Calipso lo sabe porque Hermes tenía obligación de ser muy claro: Homero, *Odisea,* 5.30: «Ve y transmite a la ninfa crinada mi firme decreto del retorno de Ulises».

Escrito entre el 8 y el 11 de septiembre de 1946. Pavese lo encuadró entre los que hablan de «salvaciones humanas y dioses avergonzados». Homero será suficiente: *Odisea,* 1.50; y sobre todo 5.20, 55ss; 7.259ss. Para un resumen de la variación que propone Pavese a todo el canto v, ver Sichera [2017:91-92] donde revive la «hermenéutica de la tristeza de Ulises» enfrentada a la versión homérica del héroe «gemente e lacrimoso».

[123] Ruiz de Elvira y Fernández Galiano, pp. 85-86, aconsejan Ulises frente a Odiseo en castellano. El segundo apostilla: «Odiseo (empleado alguna vez, pero pedantesco salvo en poesía)». Mantengo en el texto el tono «poético-pedantesco».

[124] Los hombres se distinguen de los dioses en que para aquellos el trascurrir del tiempo, esto es, la vida que acaba con la muerte tiene un sentido o, cuando menos, ha de ser dotada de sentido, de horizonte y de imprevistos. Para Pavese, la ausencia de peripecias hace la vida monótona, divina. Es un tema que reaparece en todo el libro. Véase la penúltima entrada de Circe en xviii. «Las magas» y la larga intervención de Mnemósine en xxvi. «Las musas»: «... Como si el antes y el

después ya no existieran». Muñiz [1983:167] lo explicó bien al afirmar que Pavese luchó contra la fatalidad del destino «intentando dilatar indefinidamente el instante del canto órfico».

[125] Compárese esta frase, por ejemplo, con estas palabras en boca de Patroclo en IX «Los amigos»: «Lo que ha sido será de nuevo» o con la entrada «Lo que ha sido lo será siempre» del último diálogo.

[126] En este caso considero relevante anotar una primera redacción del texto, desestimada por Pavese para la edición definitiva, porque creo que acota la sincrética sentencia de Ulises y relaciona los conceptos de isla, viaje y encuentro en una sola frase: «Buscando una isla te he encontrado a ti». Para Muñiz, [1992:121] la novedad de este diálogo reside precisamente en esto, en la resolución del dilema: «O la soledad inmortal o la coacción a repetir encontrando en la inquietud del cosmos, eternamente mutante para permanecer siempre igual» lo que mueve a Ulises a «buscar su ser como otro», cuando «lo que busco lo tengo en el corazón». Es conocidísima la frase de la *Biblia: Mateo,* 6.21 sobre la relación entre casa y corazón, lo que no quiere decir que Pavese buscara esa cita expresamente.

XVII. El lago

[127] Volver a la infancia, buscar los recuerdos es llenar la soledad, Muñiz [1983]. Virbio no quiere vivir eternamente porque vivir en soledad «es la mayor tragedia que le pueda suceder a un hombre». Virbio que fue Hipólito tuvo una vida plena y una muerte que le permitió conocer incluso el agitado Hades. El amante resucitado que antes fue Hipólito lleva demasiado tiempo en un lugar demasiado hermoso, tan hermoso que irradia una luz inmóvil como el «crepúsculo de un amanecer perenne». Una luz tan hermosa convierte todo en sombra; un paisaje tan impecable obliga a Virbio a diluirse en la naturaleza y a perder sus deseos de hombre excazador: la búsqueda, el contacto, el desafío, la sangre. El diálogo contiene una de las sentencias más devastadoras de todo el libro. Entre tanto dios, tanto instante eterno y tanta

perfección, un hombre renacido en algo con tan poca vida como una nube, liberándose al final exclama: «Pido vivir, no ser feliz». Para ello deberá afrontar «el problema desde el punto de vista de un hombre condenado a ser inmortal y por tanto a estar eternamente muerto», Muñiz [1992:120].

Escrito entre el 28 y el 30 de junio de 1946. Pavese lo encuadró entre los que hablan de «salvaciones humanas y dioses avergonzados». Frazer [1950:32, capítulos *Diana e Virbio* y *Artemide e Ippolito,* 1.1] dice cosas pertinentes a este diálogo y se detiene a explicar «por qué en tiempos remotos el paisaje boscoso era la escena de una extraña y recurrente tragedia». Zangrilli [2017:93] anota que el autor no bebe de Eurípides, sino de «versiones tardías, sobre todo la virgiliana de la *Eneida* [6.761ss]». De hecho, como sucede en otros diálogos, la acción empieza donde acaba la tragedia griega, pues Eurípides cierra la historia de Hipólito con su muerte y con el perdón que este concede a su padre.

[128] Literalmente, para algunos el hombre que ha vivido dos vidas pues ha nacido dos veces: *Vir-bios;* para otros [Graves, 1:533] se trata de una interpretación tardía, latina, de un nombre griego: «*Vir bis* es un derivado falso de Virbio, que parece representar el término griego *hierobios,* "vida santa"». Para la recepción virgiliana de Hipólito-Virbio, cazador rescatado de la muerte por la diosa de la caza llamada Diana, ver Ruiz de Elvira [2015:446] y cómo el poeta llama a Virbio «hijo de Hipólito», *Eneida,* 7.762.

[129] Esta afirmación es arriesgada y podría demostrar que Pavese consultó la *Genealogia deorum* de Boccaccio, 10.50. Ver Ruiz de Elvira [2015:446].

[130] La obsesión de Pavese por la soledad y por la compañía se puede rastrear a lo largo de todo *Il mestiere di vivere.* Véase lo escrito ya el 15 de mayo de 1935 y que se relaciona con lo aquí dicho y con lo expresado unas líneas más abajo sobre el «tener una voz»: «La mayor desdicha es la soledad [...] Todo el problema de la vida es pues este: cómo romper la propia soledad, cómo comunicar con los otros».

[131] Deseo compartido por Pavese: «Lo que cuenta son los cuerpos que se estrechan», *Il mestiere di vivere,* 8 de febrero de 1946.

[132] Muñiz [1992:120] señaló la relación de esta sentencia con algunas ideas expuestas por Leopardi en el «Diálogo de Tristán» y de un amigo y en el «Diálogo de un físico y de un metafísico». Véase, por ejemplo, esta frase extraída del primero: «No me someto a mi infelicidad, ni inclino mi cabeza ante el destino, ni pacto con él, como hacen otras personas, y oso desear la muerte, y desearla sobre todas las cosas», en Giacomo Leopardi, *Poesía y prosa,* Antonio Colinas (ed. y tr.), Alfaguara, Madrid, 1900², p. 399.

XVIII. Las magas

[133] Aparecer por doquier en dos cantos de la *Odisea* es suficiente carta de presentación: Circe y el viajero viven una peculiar historia de amor en la isla que señorea aquella, maga habitada por furiosas voluptuosidades; Homero, *Odisea,* 10.135-574.

El hombre, representado por Ulises, se muestra superior a los dioses porque vive en la incertidumbre de desconocer su destino y esta ignorancia le da valor y lo mantiene vivo. Es esta una revisión moderna de la teoría de la predestinación cristiana, que reaparece de modo explícito en XXIV. «El misterio». Por el contrario, hay quien podría ver en este diálogo un triunfo de la inteligencia de Circe sobre la ofuscación de Ulises por no ver este más allá de sus viajes y de sus recuerdos, por tener todas las carencias del ser mortal. Compárese este punto con el texto de Plutarco titulado «Los animales son racionales» o «Grilo» en el que se ridiculiza también al Ulises obsesionado por valores menores (el perro, el camino, el viaje como regreso) en lugar de por conceptos elevados: el amor, el horizonte, el deseo, el viaje como avance. Es significativo el énfasis que Pavese pone en presentar a la despiadada Circe como alguien que conoce lo transitorio de la relación amorosa con el viajero, y que decide no matarlo, no mutarlo en cerdo. Pavese intenta dar solución al interrogante indirecto de Kerényi: «El rápido cambio entre malvada con encantamientos y mujer amante crea la mayor dificultad al moderno lector del canto de Circe en la *Odisea*».

Este diálogo fue el primero en ser redactado y destila toda la impresión que produjo en nuestro autor la lectura de Kerényi, *Figlie del Sole* [1949:61-77, la cita en la página 69], y el capítulo dedicado a Circe y a las de su parroquia bajo el título «La Maga». La tradición literaria castellana conoce este diálogo como «Las brujas» *(Le streghe).* Prefiero traducirlo como «Las magas» para acotar el concepto moderno de bruja (amante del diablo) y acomodarlo a las preferencias de los traductores que interpretan el capítulo de Kerényi.

El héroe viajero es el hombre que adquiere sabiduría y experiencia a medida que vive y que, asombrado, comprueba que cuanto saben los dioses es inmutable. Por eso no cree en ellos, porque sus experiencias son «inmodificables». Sichera [2017:94-96] ha explicado la diversa lectura que hace Pavese del relato homérico y cómo el hombre se diferencia de los dioses «porque aquel lleva los seres queridos en su corazón». Ulises humano se diferencia de Circe diosa llena de lujuria y de bestialismo porque el «sexo no es una repetición infinita y falta de plena satisfacción sino [...] sentido y alusión a una relación, el fruto de un encuentro en el que se conoce el nombre» y el cuerpo del otro.

Escrito entre el 13 y el 15 de diciembre de 1945. Pavese lo clasificó entre los que trataban «la ironía» y «la rebelión confortable» queriendo describir la «intangibilidad». Más tarde lo encuadró entre los que hablan del «mundo titánico x injusticias divinas» y de «salvaciones humanas y dioses avergonzados». En una primera versión, el nombre de Leucótea era Leucina. García Gual [2011:184], con su habitual buen criterio, expone que abrió el camino a muchas líneas escritas luego: «Ya en ese texto está el motivo recurrente en tantos otros: la inmortalidad divina se enfrenta a la existencia mortal, y una y otra condición se revelan como insatisfactorias. Los héroes siguen su camino, mientras que las bellas inmortales, tanto Circe como Calipso, se quedan en sus islas abandonadas. Dejándolas atrás los astutos héroes se apresuran hacia un destino que acaba en muerte. Pero la inmortalidad no es tampoco garantía de felicidad. Los héroes pasan, sin que el amor los retenga, y las diosas se quedan solas con el recuerdo de una relación fugaz».

[134] Homero, *Odisea,* 10.274 en la que un joven (Hermes, «el de vara de oro») ofrece un antídoto contra las magias de Circe.

[135] Circe, «como todas las diosas, sonríe ante el destino porque lo conoce *ab aeterno*», Muñiz [1992:118].

[136] Un reflexión de García Gual [1969:67] puede servir de respuesta: «En vano es razonar contra ese destino que es el propio carácter. Es una necesidad interna, psicológica, la que le impulsa a marchar, a buscar, a seguir incesantemente».

[137] *Cfr.* XVI. «La isla».

[138] He aquí el héroe convertido en «solo un hombre» que llora abrumado por la nostalgia y por la escena casera que Circe representa para él cantando en el telar.

[139] Virgilio, *Eneida,* 3.120, aconseja sacrificar una oveja negra antes de embarcarse para así conjurar las tempestades. Como se sabe, tras la aventura de Circe a Ulises le espera el descenso a los infiernos, y es la propia maga quien le anuncia la aventura, Kerényi [1949:74], y quien le ofrece la oveja y el carnero negros, *Odisea,* 10.572.

[140] En una primera redacción, Pavese insistía en la reflexión del presente como momento eterno, y hacía exclamar a Circe: «Sé que ninguno de ellos cambiaría su pasado y su futuro con nuestro eterno presente. Quien entre ellos lo ha aceptado, ha debido antes morir».

XIX. EL TORO

[141] Comienza la serie con las aventuras de Teseo, que aquí ha abandonado ya a Ariadna. Se dirige a casa y es el momento de pasar cuentas con los recuerdos y de poner coto al futuro. De enmendar los tópicos que nos han quedado de sus correrías se ocupa un Pavese recurrente sobre el sexo (ese «resuello como de fiera agazapada»), la ociosidad,

los sacrificios rituales que imprimen una identidad divina y cruel en el matarife. El héroe reconoce que se es valiente lejos de casa.

Teseo es aquí la maldad del hijo que, para ocupar el puesto del padre-rey, hace creer a este que ha muerto para, desesperado de dolor, provocarle el suicidio. Así, es también la maldad del héroe que tras actos heroicos ejecuta acciones viles, ¿porque lo quiere el destino o porque el éxito de sus empresas le ha traído también la soberbia? Sí, uno se convierte en el monstruo que mata; uno se convierte en lo que ha abandonado y forma parte también de quien ocupa su puesto en la vida del abandonado: o un hijo o un dios sangriento mandado como sustituto.

Escrito entre el 11 y el 18 de agosto de 1946. Pavese lo encuadró entre los que hablan de «salvaciones humanas y dioses avergonzados». Será suficiente recordar que Plutarco dedicó toda una biografía a Teseo. Pavese conocía a la perfección los «hechos» pero modificó con intensidad la intención de los mismos.

[142] El vino parece anunciar un día sin paz, sin calma ni tregua. Recuérdese la frase de Pausanias citada en IX. «Los amigos», sobre la velada entre Patroclo y Aquiles.

[143] Probablemente se trate de Dioniso, según Hesíodo, *Teogonía*, 949; Ovidio, *Metamorfosis*, 8.175. El diálogo XXII trae abundantes reflexiones sobre la tristeza de Ariadna y la anunciada llegada de Dioniso.

[144] ¿Cómo no asociar este carnero puesto aquí para goce de Ariadna con el *Dio-caprone* del célebre poema de Pavese, que trata de monta y destrucción? Véase *Lavorare stanca* en *Tutte le poesie* [1998:68-69].

XX. En familia

[145] En una carta del 26 de febrero de 1946, Pavese anunció a Bianca [Leucó] Garufi que le había mandado este diálogo y que en él trataba, ironizado, el «consabido problema de la mujer fatal». Muchas y de muy diversas cualidades aparecen en la conversación que mantienen dos hermanos, que lo son también de Helena y Clitemnestra. Por partes. Aquí Helena es fatal por la bondad que contrasta con la

lascivia y maldad de sus muchos raptores (no por asuntos relacionadas con Troya) y porque el destino une a los audaces. Clitemnestra es fatal por la terrible maldad de la estirpe de su primer marido y por el carácter de asesino de su segundo esposo. ¿Quién provoca a quién, parece decir Pavese? Hipodamía es fatal porque es artera, violenta (no baja la mirada) y es origen o guía de una estirpe de asesinos sanguinarios y recelosos (sus hijos Atreo y Tiestes, fratricidas incestuosos), parricidas varios. En definitiva, fatalidad añadida a una saga que «tiene sed de furia», que convive con la lascivia porque es la consecuencia de haber abandonado el ancestral heroísmo para vivir «encerrados entre mujeres y montones de oro, suspicaces e infelices, incapaces de un gesto vigoroso, alimentados por el mar en tierra pobre, glotones y gordos». Para nuestro autor, el destino fatal es el que te hace encontrar siempre «tipos así», sin dejar que la casualidad te permita metas mejores.

Para dolor de Pavese, que siempre la añoró, incluso los héroes y los antiguos tenían una familia, un círculo en el que los hombres organizaban y reflexionaban sobre la vida destinada a las hermanas atadas a un destino: «Es la niña que era entonces. Es incapaz de tomarse en serio un marido o una casa. Verás como un día volverá con nosotros».

Escrito entre el 21 y el 24 de febrero de 1946. Pavese lo clasificó entre los que trataban «la ironía», queriendo describir el «hado familiar». Más tarde lo encuadró entre los que hablan de «salvaciones humanas y dioses avergonzados».

[146] Nombre preferido por Pavese para nombrar a Pólux, siempre hermano de Cástor.

[147] Tántalo, habiendo invitado a comer a los dioses, preocupado por la escasez del rancho, descuartizó a su propio hijo, Pélope, y lo añadió al guiso. Higino, *Fábulas,* 82; Píndaro, *Odas,* 1.38 y 60.

[148] Helena, de vuelta a casa tras ser recuperada del rapto perpetrado por Teseo, casó con Menelao, atrida, y vivió en calma hasta un nuevo rapto, obra de Paris, que desencadenó la de Troya. Clitemnestra casó

con el bestia de Tántalo, que murió asesinado a manos de Agamenón, quien no dudó en obligar a aquella a desposarlo.

[149] Los símiles equinos de las frases siguientes pueden tener relación con la parte del mito de Hipodamía raptada por los centauros y con la batalla entre estos y los lapitas. Ver también Ovidio, *Metamorfosis*, 12.210-458 y el regocijo en la crueldad como marca de familia.

XXI. Los argonautas

[150] Una vez más, el relato de las viejas heroicidades contadas por boca del héroe nostálgico. Jasón, viajero vencedor que no conoció el miedo que provocan los mares vírgenes, comenta con una dulce hetaira (Mélite) el ajetreo del puerto en un día soleado. La sombra de la agria Medea, la maga despiadada y asesina, llena a escondidas buena parte del diálogo, que comienza donde acaba la tragedia de Eurípides. Ver el capítulo de Kerényi [1949] titulado «L'Assassina» en *Las hijas del sol.* Para la complejidad de cuanto representan Jasón y Medea en la mitología véase Kerényi [2016:438-4] que va más allá de resumir la *Argonáutica* de Apolonio de Rodas, cosa que tampoco pretende Pavese. Para la sombra de Medea planeando sobre todo el diálogo a partir de la obra de Eurípides, véase Gerace.

Dos mujeres de signo y calado distintos aparecen en la conversación de un Jasón anciano que no quiere llenar de recuerdos («vería demasiado si mirara allá abajo») el contraste entre la pequeña sabia diosa del templo y la gran y despiadada maga Medea. La enorme diosa devoradora de todo, la que fue compañera de la juventud valiente y despreocupada del argonauta todo lo llena. Este, ahora, valetudinario, establece la vieja comparación entre el abandonado y el que abandona, entre los héroes que hacen llorar y los que lloran. «¡Pobre Hércules!», exclama el anciano argonauta, todavía acompañado de una dulce hetaira y lejos de los vaivenes a los que el trono de Yolcos, Medea, y los mitógrafos parecen someterle.

Escrito entre el 24 y el 25 de enero de 1946. Pavese lo clasificó entre los que trataban «la ironía», queriendo describir el «hado sexual».

Más tarde lo encuadró entre los que hablan de «salvaciones humanas y dioses avergonzados». No cabe ninguna duda de que Pavese conocía en profundidad la tragedia de Eurípides y que tuvo las aventuras relatadas por Apolonio de Rodas en la cabeza.

[151] Una loa de Corinto, «ciudad de brillantes efebos» y de varios templos y «áureas hijas» se lee en Píndaro, *Olímpicas,* 13, escrita para celebrar a Jenofonte de Corinto, atleta vencedor. Kerényi [1949:94-96] trata velozmente de ambas Medea y de los cultos en el Acrocorinto. Sobre la confusión de fuentes en Pavese véase Corsini [1964:129]: «Píndaro no habla en absoluto del templo en cuestión ni del culto [...] El equívoco se explica si se tiene en cuenta el estudio de Kerényi...».

[152] El término italiano, «cara», para definir la tragedia de Eurípides sufrió muchos cambios en anotaciones precedentes: «Simpática, excelente llegada hasta nosotros, realista, lineal, célebre, casa de muñecas». Al final de la introducción, Pavese aconsejaba en una frase después desechada: «No será inútil consultar, sobre esta historia, incluso el poema de Apolonio de Rodas [*Argonáuticas*]», que dice al inicio, recuérdese: «... Evocaré las hazañas de los antiguos héroes, que [...] guiaron la sólida Argo en pos del vellocino dorado».

[153] No es peregrino recordar que, además de buscar el vellocino de oro y todo el oro del mundo y los prados de trigos dorados, Jasón al pisotear tal prado estaba cometiendo otra heroicidad. El cólquico (se llamaba en Italia *zafferano bastardo*), al ser pisoteado expele un polvo de este color. Decían que era venenoso, de ahí que la expresión vaya colocada entre los dichos esfuerzos. El doctor Laguna, comentando a Dioscórides, decía que el sobrenombre del *Colquico ephemero* venía dado porque es veneno «tan eficaz que comido copiosamente en un solo día despacha».

[154] Sin embargo, la descrita por Eurípides, *Tragedias. Medea,* 1010ss es capaz de reaccionar con un «torrente de lágrimas» al anuncio del pedagogo y la inminencia de la muerte de los hijos de la maga por culpa de sus encantamientos, en principio dirigidos a la princesa rival y nueva esposa de Jasón.

[155] Traduzco literalmente *«nuvola d'oro»* en lugar de lo que podría ser su equivalente canónico en el mundo mitológico de Jasón y su aventura en Yolcos para señorear esa tierra. Zeus propone envolver a Hera en una nube de oro para bajo ella esconderse de los ojos de los otros mientras yacen, Homero, *Ilíada,* 14.342-345. Eurípides, *Tragedias. Medea,* 476-482 relata de cuánta ayuda fue Medea en los hechos heroicos de Jasón y cómo mató a la serpiente que velaba el vellocino.

[156] Ya se ha hablado de Teseo en el diálogo XIX, «El toro», y se volverá a citar en el XXII, «La viña».

[157] Ariadna, de quien se hablará en el diálogo siguiente, ayudó con sus artes a Teseo a librar la batalla con el minotauro.

[158] Raptada por Teseo para unos (Pausanias, *Descripción de Grecia,* 1.2.1; 1.41.7), regalo de Hércules para aquel (Diodoro de Sicilia, *Biblioteca histórica,* 4.16), Amazona que luchó junto a su esposo y murió como heroína cuando las amazonas invadieron Ática para Plutarco, *Vida de Teseo,* 26, 27. Según Higino, *Fábulas,* 24-26, todo tuvo un final lamentable y sangriento.

[159] Para los etimólogos griegos, su nombre viene de *faidrós,* «brillante, resplandeciente». Fue dada como esposa a Teseo (Apolodoro, *Biblioteca. Epítome,* 1.17). Fue una malvada amante en Eurípides, *Tragedias. Hipólito.*

[160] Helena fue raptada por Teseo, que se la jugó a suertes con Piritoo. Apolodoro, *Biblioteca,* 3.10.7 y *Epítome,* 1.23-24; Plutarco, *Vida de Teseo,* 31; Higino, *Fábulas,* 79. Un denominador común en los amoríos de Teseo citados por Pavese puede ser este: el del ayuntamiento como caso, sorteo o encuentro regalado.

[161] Sobre la relación entre Teseo y Medea, Diodoro de Sicilia, *Biblioteca histórica,* 4.54-55, donde se explica que Jasón amó a Medea mientras fue bella, sabia y mantuvo sus otras muchas virtudes; aunque una vez disminuidas estas, prefirió a Glauco y propuso a Medea una «separación amistosa» que enfureció todavía más a la irascible maga.

[162] La hoy Malta que Ovidio llamaba fértil, *Fastos,* 3.567.

[163] Todas son mujeres relacionadas con Hércules, con sus trabajos y amores, raptos, episodios de sangre y abandono... Apolodoro, *Biblioteca,* 2.7.8 hace relación de las esposas y de la descendencia del esforzado héroe.

XXII. La viña

[164] Pavese prefiere la versión en la que el héroe deja a la protagonista con vida. Esto es, Teseo (el mismo Teseo que decide no ahorrarle a su padre la falsa noticia de su muerte) parte de la isla y abandona a su amada sin demasiadas contemplaciones ni explicaciones; no se trata de la Ariadna muerta por Ártemis sino la que llora en espera de un nuevo dios y mejor. Ovidio, *Heroidas,* 2.75. Para la muerte de Ariadna, ver Homero, *Odisea,* 11.325.

He aquí el abandono femenino como espejo de la propia vida del autor: una versión especular también del diálogo XVI «La isla». Leucótea, que gracias a la raíz Leuco-Blanca se suele relacionar con la colega, escritora y compañera sentimental de Pavese llamada Bianca Garufi, consuela a la abandonada y le anuncia la llegada de un dios poderoso, voluptuoso, alegre, portador del valor del campo, de la viña y de la fiesta. El héroe y el dios manejan el amor con la misma crueldad, con diferente sonrisa pero con idéntico final: la soledad. Ariadna sabe que morirá como mueren todas las cabras porque la profética Leucótea sabe que los dioses duran cuanto duran las cosas que los crean, y el amor, la sonrisa y la viña dionisiaca son mortales. Otros creen que Dioniso recompensó a Ariadna con la vida eterna del matrimonio y de las constelaciones, como se apunta al final: «En la viña, de noche, se ven también las estrellas». Un resumen de la conexión Garufi-Leucó-fuente griega como ejemplo de la «doble identidad» en Manieri [2017:195-196].

Escrito entre el 26 y el 31 de julio de 1946. Pavese lo encuadró entre los que hablan de «salvaciones humanas y dioses avergonzados». Recuérdese la dedicatoria escrita por el autor en el ejemplar que dedicó a Bianca Garufi: «A Bianca-Circe-Leucò Pavese nov. '47», conservado en el Centro Studi «Guido Gozzano-Cesare Pavese» de la Universidad de Torino. Citado en Masoero [2011:110].

[165] Toda esta entrada de Leucótea es un resumen, hecho con los sentidos, de cuanto aparece descrito en «La vigna», *Feria d'agosto,* en *Tutti i racconti* [2006: 140-141], donde se habla del tiempo detenido, de los recuerdos juveniles, del olor maduro, de la miel del alma, de la viña inmóvil o instintiva…

XXIII. Los hombres

[166] Los hermanos Crato y Bía acudieron al socorro de Zeus en la lucha que este emprendió contra su propio padre, Crono, y contra otros titanes en la batalla que se conoce como Titanomaquia. Ambos se quejan de los caprichos del gran dios, que ha decidido hacerse hombre y habitar entre mortales. La versión que hace Pavese de las correrías de Zeus es menos adúltera y violenta de lo que anuncia la tradición griega. Aquí se trata de pan y vino y de dones como la vida eterna y otros tópicos del cristianismo y de la tradición antiquísima de los dioses convertidos en hombre y los hombres deseosos de ser dioses o de estar a su altura. «En los dialoguillos, los hombres quisieran tener las cualidades divinas; los dioses las humanas. No cuenta la multiplicidad de los dioses, es un coloquio entre lo divino y lo humano», *Il mestiere di vivere,* 31 de octubre de 1946.

Zeus recorre maravillado la tierra porque los hombres tienen la palabra, esto es la posibilidad de inventar («todo en ellos es imprevisto y descubrimiento») y el sexo como objetivo en sí mismo: «el fruto más rico de la vida mortal».

Escrito entre el 29 y el 31 de marzo de 1947, por lo que parece haber sido redactado en último lugar. A propósito de la obra acabada reflexionó Pavese el 17 y el 28 de marzo de 1947 en *Il mestiere di vivere:* «Acabada una obra uno busca renovar la forma, no el contenido. El estilo, no los sentimientos. El símbolo, no lo simbolizado. Donde se siente la fatiga es en el estilo, en la forma, en el símbolo. Sentimiento | contenido hay siempre de sobra por el simple hecho de vivir […] Confirmo aquí lo del

17 de marzo. Tengo valiosas notas sentimentales para los dialoguillos, pero estoy bloqueado porque me falta una forma satisfactoria para acercarme a ellos —un nuevo par de interlocutores que no sean el típico cliché». Algunos autores clásicos en los que aparece citado el mito: Esquilo, *Prometeo encadenado,* 12, donde se habla del parentesco entre Zeus y Prometeo; Hesíodo, *Teogonía,* 668, con el relato de la Titanomaquia.

[167] Procede de una tradición cultural distinta, cierto, pero recuerda a las conocidas palabras del «habitó entre nosotros», *Biblia: Evangelio según san Juan,* 1.14. Son miles los documentos en los que la Iglesia católica usa la expresión «*... in Christo pater et dominus*». No es la única vez que el autor mezcla ambas tradiciones. Puede verse en las primeras líneas del diálogo XXIV «El misterio», pues allí el pan y el vino se relacionan con la expresión eucarística «Tomad y comed...».

[168] En efecto, aquí Pavese no quiere tratar del mito de la caja de Pandora, la primera mujer, sino de la versión de Hesíodo, *Teogonía,* 560-612 y su definición de la mujer como «bello mal» necesario, que compense la alegría del fuego recibido como bien; o como don y origen de la estirpe griega.

[169] Prometeo era hombre y es tenido como el representante general de los ladrones de fuego. Tras una disputa con Zeus, robó el fuego en una caña hueca (*ferula,* Esquilo, *Prometeo encadenado,* 110). Ver Apolodoro, *Biblioteca,* 1.7.1, y la nota 77 de M. Rodríguez de Sepúlveda: «La *ferula comunis* o cañaheja [...] tiene una pulpa blanca y seca en la que el fuego arde sin apagarse. Se usaba para trasladar el fuego de un lugar a otro».

[170] Hesíodo, *Teogonía,* 85ss: «[Zeus] interpreta las leyes divinas con rectas sentencias y él con firmes palabras en un momento resuelve sabiamente un pleito por grande que sea».

[171] Esta entrada tiene una deuda evidente con los capítulos dedicados por Jung y Kerényi a los dioses niños [1948 y 1949]. Para Zeus mamando de la «ubre opulenta» de una cabra, Calímaco, *Himno a Zeus,* 48.

[172] Lo imprevisto como condición intrínseca para la vida del hombre es idea recurrente en Pavese: «Lo salvaje que nos interesa no es la naturaleza el mar la selva sino lo imprevisto en el corazón de nuestros

compañeros hombres», en «La selva», en *Saggi letterari,* pp. 291-292, citado por Muñiz [1992:102].

[173] Para Muñiz [1992:121] la razón que empuja a Zeus a buscar el contacto con los hombres reside «en la sensación de vacío que el ser encuentra frente a sí mismo, de modo que solo la fantasía humana, capaz de transformar la nada en un sueño poblado de maravillas, puede calmar el tedio de los dioses».

XXIV. El misterio

[174] Es posible ver aquí una correlación entre mitología y precristianismo, aunque no es estrictamente necesario hacerlo si lo que se quiere es entender cuánto significan el pan, el vino, los dioses inmortales, la idea de reencarnación o renacimiento, y la sed de gloria en la tradición mediterránea. Quienes han estudiado los arquetipos universales y la poligénesis lo explican como si fuera una evolución cultural y una continuidad simbólica hecha sin demasiados aspavientos. Sobre las veleidades cristianas de Pavese ha escrito recientemente Ferrarotti [2016:47 y 64]: «En los años más duros de la resistencia, los de 1943-1944, es probable que en el Santuario de Crea, Pavese haya buscado consuelo en la religión de los antiguos padres. E incluso que haya comulgado [...] una experiencia más que rara entre los intelectuales muy llenos de sí, de su propia cultura, encerrados con soberbia en su torre de marfil [...] Pavese es obviamente un laico, pero no un laicista. Pavese resuelve el enigma del creyente [?] con el mito (Vico, Frazer), con el antihistoricismo estructural...». Recuérdese la sencillez con la que los mitógrafos explican la doble naturaleza de joven virgen y madre de la gran diosa, centrada en la Ártemis apuntada en VI. «La fiera». Véase también una reflexión sobre la diosa nutriente y, a propósito de Deméter, el paso del mito al culto en Jung-Kerényi [1948:168-176], de donde parte el fondo cultural de casi todo el diálogo. El propio Kerényi amplió sus teorías sobre las «raíces de la vida indestructible» (quiere decir reencarnada o reinventada) en *Dionysos.*

Para la poligénesis de la resurrección, Frazer [1950:1.633ss] a partir del mito de Dioniso: «Los pueblos occidentales tomaron de la más antigua civilización de Oriente la concepción de un dios que muere y renace».

Escrito entre el 6 y el 7 de mayo de 1946. Pavese lo encuadró entre los que hablan de «dioses bondadosos». Un día después afirmó «invento un nuevo estilo para los diálogos, y los escribo», *Il mestiere di vivere,* 8 de mayo de 1946.

[175] Es decir, Prosérpina y su esposo, el raptor Plutón. Jung y Kerényi [1948:248 y 249-257 para «El milagro de Eleusis»] son capaces de encontrar una explicación racional a la violencia sufrida por Deméter y al posterior alumbramiento. Son capaces incluso de afirmar, en una expresión que firmaría el propio Pavese en su diario, que «el mito de Deméter y Core es demasiado femenino para poder ser provocado por la proyección del alma».

[176] Para Muñiz [1992:119] la capacidad de nombrar y la de relatar es detalle que demuestra «la superioridad de los hombres respecto a los dioses a partir de esta ilusión fabuladora». Los hombres son «eternos poetas que creen descubrir» el valor y la función de la diosa dándole un nombre, aunque en realidad un nombre no basta para definir y clasificar algo que es «un magma confuso que brota de una palude de sangre y excremento».

[177] Por seguir con las referencias bíblicas, ¿conscientes o inconscientes?, ver *Biblia: Evangelio según san Juan,* 15.5: «Ego sum vitis vos palmite». Pan y vino, vida eterna, renacer partiendo del infierno, creer con fe (ciega), dios entre los hombres… Véase la conclusión en la penúltima entrada de Dioniso en este mismo diálogo.

[178] Triptólemo, a instancias de Deméter como diosa de la agricultura, esparció el cultivo del trigo por el mundo. El escita que intentó matarle fue el rey Linco, envidioso de los saberes agrarios de su huésped. Triptólemo se salvó gracias a la protección de la diosa. Higino, *Fábulas,* 259.

[179] La figura arquetípica de una Core con capacidad de multigenerar la pudo leer Pavese en Kerényi [1949].

[180] La historia de Icario y su hija Erígone en Apolodoro, *Biblioteca,* 3.14.7 y en Higino, *Fábulas,* 130.

[181] El sentido de este fragmento del diálogo aconseja traducir *vita beata* como «vida eterna», hija de la tradición cristiana que la promete tras la muerte si vivida con santidad. Pavese juega con los conceptos de destino, predestinación y vida eterna celeste entrelazando la tradición clásica y la cristiana. Véase la expresión «Aeternitas est interminabilis vitae tota simul et perfecta possessio», que algunos atribuyen con cambios a Boecio, *Consolación de la filosofía,* 5.6.4: «La eternidad consiste en la posesión tan completa como perfecta de una vida ilimitada».

[182] Los diálogos resumen un catálogo de personajes en tránsito entre el Hades y la tierra, entre la tierra y el cielo, o entre la vida y la muerte o debatiéndose con esta (Ixión, Orfeo, Teseo, Hipólito, Prosérpina, Hércules…). Quizá, tras hablar de la *vita beata* tenga sentido relacionarla con la expresión bíblica sobre la resurrección, *Biblia: Hechos de los apóstoles,* 13. 32-33 o *Primera epístola a los corintios,* 15.21.

[183] ¿Fábula o parábola? Quizá la más famosa sea la resumida en el «levántate y anda». *Cfr:* «Yo soy la resurrección [y la vida]. El que cree en mí, aunque muera, vivirá»; *Biblia: Evangelio según san Juan,* 11.25. Es más probable que el autor tuviera presente una reflexión semejante de Frazer [1950:1.633ss].

[184] Expresión habitual en la tradición cristiana. Un ejemplo científico entre muchos en *Biblia: Evangelio según san Juan,* 3.14-16: «Y como Moisés levantó la serpiente en el desierto, así tiene que ser levantado el Hijo del hombre, para que todo el que crea tenga por él vida eterna. Porque tanto amó Dios al mundo que dio a su Hijo único, para que todo el que crea en él no perezca, sino que tenga vida eterna».

XXV. El diluvio

[185] La idea de un diluvio universal e higiénico es también universal. *Apolodoro, Biblioteca,* 1.7.2; Ovidio, *Metamorfosis,* 1.253-312; Frazer [1996:IV].

Para comprender el alcance de este diálogo es necesario anotar que en una primera versión llevaba por título «La lluvia». Todo él es una hermosa reflexión sobre la actitud, consciente e inconsciente, del hombre que no sabe que va a morir junto a todos los de su especie. Morirá por culpa de un comportamiento que ha sido capaz de enojar a los dioses, cuyo castigo consiste en ahogar a todo ser viviente. El enfado divino tiene su origen en la soberbia humana, que ha invitado a los hombres a tomar al asalto el mundo superior. ¿Qué hará el hombre ante la inminencia de la muerte? Reflexionar sobre qué significa estar muerto, querer ser dios y naturaleza inanimada para así ser inmortales, justificar la vida vivida creándose un pasado, tener conciencia de la capacidad de arbitrio; y al final, irse de fiesta dionisíaca. Los actores del diálogo advierten que no todo desaparece con el diluvio, y que cuanto existía antes del hombre volverá a tener presencia: la naturaleza («retirada el agua, reemergerán piedras y troncos, como antes»); Pavese apunta a escondidas el concepto de muerte como liberación.

Escrito entre el 26 de mayo y el 6 de junio de 1946. Pavese lo encuadró entre los que hablan de «dioses bondadosos». Dice Comparini [2017:46]: «Dionisio y Deméter, una hamadríade y un sátiro en el espacio de la naturaleza cristiano-pagana de "El diluvio", reconocen que la grandeza del hombre reside en haber dado nombre a las cosas y, en particular, a la muerte. Así, los hombres pueden percibir el tiempo de la vida y de las estaciones, la alegría y el dolor, la respiración y el eterno silencio». La naturaleza como único mundo inmutable es el eje central de algunas reflexiones de Sichera [2015] al analizar toda la obra de Pavese. En Barberi [2013:61] se apunta otra conexión entre fondo clásico y tradición bíblica cuando el escritor traduce el *manus potentis* de Horacio, (*Odas, Canto secular,* 1.53) como «la potencia de su brazo» tal y como se dice en *Biblia: Evangelio según san Lucas,* 1.51.

186 Según Apolodoro, *Biblioteca,* 1.7.2, al diluvio solo sobrevivieron Deucalión y Pirra. Estos, con el consentimiento de Zeus, lanzaron piedras «por encima de su cabeza, y las que arrojó Deucalión se hicieron varones y las que arrojó Pirra, mujeres».

187 Es muy posible que se trate de la dríade Amaltea, ninfa inmortal representada por una cabra, Apolodoro, *Biblioteca,* 2.7.5; Higino, *Fábulas,* 139. Por el contrario, según Calímaco, *Himno a Delos,* 80ss («las ninfas

lloran cuando las encinas pierden las hojas») y en el *Himno homérico a Afrodita,* 5.264-270, se aclara que la vida de las Hamadríades estaba ligada al árbol que representaban y que era finita, por lo que no concuerda con la expresión del sátiro: «Menos mal que no podemos morir [...] cabrita».

[188] Muñiz [1992:120]: «El medio para hacer creíble la esperanza no es ignorar simplemente el hado, sino el de ir a su encuentro» como quien tiene relación con algo «vagamente recordado».

XXVI. Las musas

[189] Aquí, la memoria es atemporal porque contiene todo el tiempo, vale decir todos los recuerdos. Por ello, en un momento de pasión está toda la pasión, en una palabra todas las palabras aunque no todos les den el mismo significado.

En el diálogo hablan el primer gran mitógrafo griego y la madre de las musas: una batalla en la que la voz cantante la lleva esta, porque sus invenciones y artes evitan el tedio humano. No en vano Mnemósine descubrió el uso de la razón apoyada en la designación de cada cosa; y con ese descubrimiento permitió que la memoria pudiera traer los recuerdos y las cosas al presente; Diodoro Sículo, *Biblioteca histórica,* 5.67.3.

Por otro lado, la aportación del pastor llamado Hesíodo, cuando entra en correspondencia con Mnemósine, no es despreciable. En la *Teogonía,* los reyes y los poetas recibían el poder de hablar con autoridad por su posesión de Mnemósine y su especial relación con las Musas y con la poesía. La facultad de poetar, entendida como rapto divino (entusiasmo), hace que el hombre pueda crear una obra que le acerque al ser superior y le confiera una dignidad que los simples mortales no tienen. Con la poesía, Hesíodo desafía a los dioses y apuntala su dignidad. Ver también Muñiz [1983] y Comparini [2017:41 y 46].

Fue el propio autor quien afirmó que con este diálogo se definía la poesía, en «La poetica del destino», en *Saggi letterari* [1968:311-314]: «Una poética no es sino una traducción a reglas normativo-conceptuales de los esquemas fantásticos de los que un poeta cree estar convencido de disponer».

Escrito entre el 30 de enero y el 1 de febrero de 1946. Pavese lo clasificó como «poética» queriendo describir al «hombre divino». Más tarde lo encuadró entre los que hablan de «dioses bondadosos». En el manuscrito, al final de la noticia se lee una frase tachada: «Del lago Bebeide trata Propercio *(Fasti)*», en un lapsus por *Elegías,* donde en efecto en 2.2.11 se habla de la laguna *Boebeidos.* Tomo el nombre del lago según Heródoto, *Historia,* 7.129.3.

[190] Esos «trabajos y esas cosas» recuerdan con firmeza una de las obras de Hesíodo y certifican la dependencia que toda la mitología de Pavese, en su versión no antropológica, tiene con los escritos de aquel. Muñiz [1992:128] se hizo eco de ello al afirmar: «Pavese intentó reunir en una sola figura las dos entidades principales [...] para tal escopo eligió a Hesíodo, el poeta que en la *Teogonía* redujo todos los mitos a uno, el de la generación a partir de Caos y Gea: lo informe y la forma sólida». Así por ejemplo en Hesíodo, *Teogonía,* 105 [y 116ss]: «Celebrad la estirpe sagrada de los sempiternos Inmortales, los que nacieron de Gea y del estrellado Urano».

[191] Una primera versión de los nombres de las Gracias en Hesíodo, *Teogonía,* 225. A medida que su culto se expande, los nombres y los atributos cambian, como apunta Pausanias, *Descripción de Grecia,* 9.35.1-5.

[192] El propio Hesíodo, *Teogonía,* 20-25, se definía como pastor al que las Musas «enseñaron una vez un bello canto mientras apacentaba sus ovejas al pie del divino Helicón».

[193] Muñiz [1992:119] acota esta intervención con un comentario esclarecedor: «[Se sienten] vivos los hombres que han conseguido escapar del tiempo cuando recuperan el pasado en forma de recuerdo o cuando creen descubrir el mundo nombrándolo y convirtiéndolo en recuerdo».

[194] Se cierra con esta expresión el círculo iniciado en XVI «La isla» como la que dice «inmortal es quien acepta el instante» y desarrollado en XVIII «Las magas».

[195] Pavese recuerda de manera explícita cuánto le deben Hesíodo y los poetas a la memoria y por eso dice no sorprenderse del significado

de su nombre. Ruiz de Elvira traduce Euterpe como «deliciosa», página 101. La traductora de Graves, II:576 escribe «regocijándose bien».

[196] Una de las funciones de la memoria es hacer eternos los recuerdos y las «cosas» gracias a la palabra. Ver el famoso capítulo «Aspectos míticos de la memoria y el tiempo» en Vernant [1983:88-134].

[197] Lugar en el que Corónide fue seducida por Apolo (*cfr. supra* IV «Las yeguas») y origen de amores y horrores mitológicos. Bazzocchi se detiene a estudiar la importancia de este lago de Tesalia [Heródoto, *Historia,* 7.129] en «La palude di sangue...», pp. 50-53.

XXVII. Los dioses

[198] Un resumen de todos los tópicos apuntados en los diálogos anteriores. No fue el último en ser escrito, pero sí quizá el más concluyente y el menos lírico. Las frases son aún más breves, más sentenciosas, y resumen algunas dicotomías como las de fábula y verdad, naturaleza y deidad, cosas y palabras (nombre y memoria), silencio y recuerdo, soledad y encuentro, sexo y hastío, destino y arbitrio, selva y poblado, monstruosidad y orden... Sobre la relación entre «cosas» y palabras véase la reflexión de Muñiz [1992:122]: «Añorarán los tiempos en los que los hombres tenían un contacto cercano con la naturaleza animada [...] y no distinguían entre las cosas y las palabras». Tan animada se le presentaba al autor la naturaleza en los años en que redactó los diálogos que, como también ha relacionado Muñiz, algunos de los poemas de *La terra e la morte* hablan con palabras semejantes. Verbigracia: «Eres como una tierra», «También tú eres colina», donde aparecen peñas, viñas, nubes, silencios, aguas y campos, palabras más allá de la vida breve de la noche y de las hogueras...

Escrito entre el 9 y el 11 de marzo de 1947. El autor barajó otro título: «Los lugares». Véase Barberi [2011:47], quien apunta que en este diálogo, aunque trufado de citas de Leopardi y Pascoli, Pavese «va a buscar las fábulas antiguas —a pesar del riesgo mortal que conlleva— a las Langhe, que no son solo un espacio geográfico...».

Bibliografía

Prólogo

Blumenberg, Hans, *Arbeit am Mythos,* Suhrkamp, Berlín, 1979. En castellano, *Trabajo sobre el mito,* P. Madrigal (tr.), Paidós, Barcelona, 2003.

García Gual, Carlos, *Introducción a la mitología griega,* Alianza Editorial, Madrid, 2007.

Jesi, Furio, *Literatura y mito,* Seix Barral, Barcelona, 1972.

Mondo, Lorenzo, *Quell'antico ragazzo. Vita di Cesare Pavese,* Rizzoli, Milán, 2006.

Muñiz Muñiz, María de las Nieves, *Introduzione a Pavese,* Laterza, Bari, 1992.

Pavese, Cesare, *El oficio de vivir,* L. Justo (tr.), Siglo xxi, Buenos Aires, 1965.

Pavese, Cesare, *El oficio de vivir,* E. Benítez (tr.), Bruguera, Barcelona, 1979.

Pavese Cesare, *Diálogos con Leucó,* E. Benítez (tr.), Bruguera, Barcelona, 1980.

Pavese, Cesare, *La literatura norteamericana y otros ensayos,* E. di Fiore (tr.), Bruguera, Barcelona, 1987.

Obras de Cesare Pavese utilizadas en la traducción y en las notas•

Dialoghi con Leucò, Einaudi (Saggi, 58), Turín, 18 de octubre de 1947. Primera edición. En un ejemplar leo anotado «costó mil liras».

Dialoghi con Leucò, Einaudi (Saggi, 58), Turín, 25 de junio de 1953[2]. Ilustrado con 16 láminas en blanco y negro sobre papel satinado. El precio de venta al público fue mil quinientas liras.

Dialoghi con Leucò, Einaudi (Saggi, 58), Turín, 10 de junio de 1960[3].

Dialoghi con Leucò, Einaudi (Saggi, 58), Turín, 3 de octubre de 1961[4].

Dialoghi con Leucò, Einaudi (Supercoralli), Turín, 16 de febrero 1965, que añade las Notas al texto. Segunda edición. Consulto la reimpresión de 1981[4]. La reimpresión de 1968 costaba dos mil quinientas liras.

Dialoghi con Leucò, Mondadori (Il Bosco), Milán, 1966.

Dialoghi con Leucò, Einaudi (*Opere complete di Cesare Pavese,* 6), Turín, 1968.

Dialoghi con Leucò, A. Pitamitz y R. Cantini (eds.), Mondadori (Oscar Mondadori, 380), Milán, 1972.

Dialoghi con Leucò, Einaudi (Nuovi Coralli, 58), Turín, 1973.

Dialoghi con Leucò, Sergio Givone (ed.), Einaudi (Einaudi Tascabili, 600), Turín, 1999 (reimpresión de 2014[16]).

Diálogos con Leucó, Marcella Milano (ed. y tr.), Siglo Veinte, Buenos Aires, 1968.

Diálogos con Leucó, Esther Benítez (tr.), Bruguera, Barcelona, 1980.

Diàlegs amb Leucò, Jaume Creus (tr.), Laia, Barcelona, 1982.

• Existe una edición en italiano en 14 tomos (16 volúmenes) de *Opere complete,* Einaudi, Turín, 1968, que es todavía útil. De hecho, el texto de los *Dialoghi con Leucò* publicado en 1999 y reimpreso dieciséis veces hasta 2014 es una copia de esta edición de 1968. Mientras el libro se reimprimió en la colección «Supercoralli» el colofón decía «ristampa identica alla precedente». Puede consultarse también M. Lanzillotta, *Bibliografia pavesiana,* Rende, Centro Editoriale e Librario, 1999.

Il compagno. Véase *Tutti i romanzi.*

Il mestiere di vivere: 1935-1950. Edizione condotta sull'autografo, Marziano Guglielminetti y Laura Nay (eds.), Einaudi, Turín, 1990. Una reimpresión en colección de bolsillo en Einaudi, Turín, 2017. Hay traducción al castellano por Ángel Crespo, Seix Barral, Barcelona, 1992.

La luna e i falò. Véase *Tutti i romanzi.*

La Teogonia di Esiodo e tre inni omerici, traducción de Cesare Pavese al cuidado de Attilio Dughera, Einaudi, Turín, 1981.

La terra e la morte (1945-1946) en *Poesie del disamore,* Einaudi (*Opere complete di Cesare Pavese,* 11), Turín, 1968.

Lavorare stanca en *Le poesie,* Mariarosa Masoero (ed.), Marziano Guglielminetti (int.), Einaudi, Turín, 1998.

Lettere, I-II, Einaudi (*Opere complete di Cesare Pavese,* 14), Turín, 1968. En castellano, *Cartas, I-II,* Esther Benítez (tr.), Alianza Editorial (Alianza Tres 3-4), Madrid, 1973.

Paesi tuoi. Véase *Tutti i romanzi.*

Tutti i racconti, Mariarosa Masoero y Marziano Guglielminetti (eds.), Einaudi, Turín, 2002.

Tutti i romanzi, Marziano Guglielminetti (ed.), Einaudi (Biblioteca della Pléiade, 34), Turín, 2000.

Saggi letterari, Einaudi (*Opere complete di Cesare Pavese,* 12), Turín, 1968.

Estudios

Albertocchi, Giovanni, «Il sistema della memoria nella *Luna e i falò*», en *Cuadernos de filología italiana,* 18 (2011). Ejemplar dedicado a: *Cesare Pavese: un classico del XX secolo (1908-2008),* pp. 21-32.

Arqués, Rossend, «Pavese: La misoginia como máscara», en *Quimera,* 5 (1981), pp. 19-23.

Baldinotti, Fiorella, *Di quei giorni mi ricorderò sempre. Desideri e lontananze in Cesare Pavese,* Mauro Pagliai, Florencia, 2016.

Barberi, Giorgio, «L'eroe della tragedia. Pavese e il *Diario*», *Cuadernos de filología italiana,* 18 (2011). Ejemplar dedicado a: *Cesare Pavese: un classico del XX secolo (1908-2008),* pp. 33-48.

Barberi, Giorgio, *Le Odi di Quinto Orazio Flacco tradotte da Cesare Pavese,* Leo S. Olschki, Florencia, 2013.

Barsacchi, Marco, «Cesare Pavese tra classicismo ed etnologia: una lettura dei *Dialoghi con Leucò*», en *Italianistica scandinava. Atti del Secondo Congresso degli Italianisti scandinavi,* Turku/Åbo 3-6/6, Turku, 1976, pp. 163-182.

Bazzocchi, Marco Antonio, «La palude di sangue. Mito e tragedia in Pavese», *Cuadernos de filología italiana,* 18 (2011). Ejemplar dedicado a: *Cesare Pavese: un classico del XX secolo (1908-2008),* pp. 49-60.

Belviso, Francesco, *Amor fati. Pavese all'ombra di Nietzsche,* Aragno, Turín, 2016.

Benjamin, Walter, *Destino y carácter,* en *Obras completas* 2.1, Jorge Navarro Pérez (tr.), Abada, Madrid, 2007, pp. 175-182.

Bernabò, Graziella, «I *Dialoghi con Leucó* di Pavese tra il mito e il logos», en *Acme: Annali della Facoltà di lettere e filosofia dell'Università degli studi di Milano,* 27.2, (1974), pp. 179-206.

Bernabò, Graziella, «L'inquieta angosciosa che sorride da sola. La donna e l'amore nei *Dialoghi con Leucò* di Pavese», en *Studi Novecenteschi,* 4.12 (1975), pp. 313-331.

Bernabò, Graziella, «Dietro il velo di *Leucò:* Pavese, Untersteiner e il mito», en *Atti della Accademia roveretana degli Agiati. A, Classe di scienze umane, lettere ed arti.* A. 259, 8-9.1 (2009), pp. 269-295.

Brelich, Angelo, *Gli eroi greci,* Adelphi (Il ramo d'oro, 53), Milán, 2010.

Bruni, Arnaldo, «Pavese controcorrente: i *Dialoghi con Leucò*», *Cuadernos de filología italiana,* 18 (2011). Ejemplar dedicado a: *Cesare Pavese: un classico del XX secolo (1908-2008),* pp. 73-82.

Camps, Assumpta, «Traducción y crítica: Cesare Pavese en España», en *Italia-España en la época contemporánea,* Berna, Peter Lang, 2009, pp. 123-158.

Catalano, Ettore, *Il dialogo di Circe. Cesare Pavese, i segni e le cose,* Fratelli Laterza, Bari, 1991.

Catàlfamo, Antonio, *Cesare Pavese. Mito, ragione e realtà,* Solfanelli, Chieti, 2012.

Cavallini, Eleanora, «Appunti per una "performance" multimediale di testi: i *Dialoghi con Leucò* di Cesare Pavese», *Congreso Internacional «Imagines», La Antigüedad en las Artes escénicas y visuales,* Logroño, Universidad de La Rioja, 22-24 de octubre de 2007, María José Castillo Pascual (coord.), 2008, pp. 37-56.

Cavallini, Eleanora, «Cesare Pavese e la ricerca di Omero perduto (dai *Dialoghi con Leucò* alla traduzione dell'*Iliade*», en *Omero mediatico. Aspetti della ricezione omerica nella civiltà contemporanea,* d.u.press, Bolonia, 2010, pp. 97-132.

Cavallini, Eleanora, «Il desiderio schianta e brucia: versi di Saffo in "Schiuma d'onda" di Cesare Pavese», en *Pavese, Fenoglio e «la dialettica dei tre presenti»,* Antonio Catàlfamo (ed.), Cooperativa Universitaria Catanese, Catania, 2014, pp. 167-173.

Cavallini, Eleanora (ed.), *La «musa nascosta»: mito e letteratura greca nell'opera di Cesare Pavese,* d.u.press, Bolonia (Nemo. Confrontarsi con l'antico, 10), 2014b.

Comparini, Alberto, «Pavese e la metamorfosi mostruosa. "L'uomo-lupo"», en *Mosaico,* 119 (2013), pp. 13-16.

Comparini, Alberto, «Il mestiere di leggere i Greci. La cultura greca di Pavese nei *Dialoghi con Leucò*», en Cavallini [2014b], pp. 53-65.

Comparini, Alberto, «Tu consideri la realtà sempre come titanica. Pavese, Leucò e il doppio mostruoso», *Italianistica: rivista di letteratura italiana,* 43.1 (2014), pp. 133-150, véase Comparini [2017].

Comparini, Alberto, *La poetica dei Dialoghi con Leucò di Cesare Pavese,* Mimesis, Milán, 2017.

Condello, Federico, «Ultime su Pavese classicista (Orazio, un po' di Esiodo e un po' di Omero)», *Studi e Problemi di Critica Testuale,* 92.1 (2016), pp. 171-207.

Corsini, Eugenio, «Orfeo senza Euridice: I *Dialoghi con Leucò* e il classicismo di Pavese», en Mondo [1964], pp. 121-146.

Crippa, Arianna R., *Pavese editore,* Unicopli (L' Europa del libro, 12), Milán, 2014.

De Martino, Ernesto, *Il mondo magico. Prolegomeni a una storia del magismo,* Einaudi (Collezione di studi religiosi, etnologici e psicologici, 1), Turín, 1948.

Di Ciocco, Maria Cristina, «Alcune riflessioni su *La casa in collina* e *Dialoghi con Leucò*», en Cavallini [2014b], pp. 41-52.

Fabre-Serris, Jacqueline, «Natura selvatica e Gender: l'intoccato, il sesso e il sangue (Ovidio, *Metamorfosi,* Pavese, La Belva, *Dialoghi con Leucò*)», en *La scena inospitale, Genere, Natura, Polis,* S. Chemotti (ed.), Il Poligrafo, Padua, 2014, pp. 275-288.

Falcón Martínez, Constantino, Emilio Fernández-Galiano, Raquel López Melero, *Diccionario de mitología clásica,* I-II, Alianza Editorial (El libro de bolsillo, 791-792), Madrid, 1981[2].

Fernández Galiano, Manuel, *La transcripción castellana de los nombres propios griegos,* Sociedad Española de Estudios Clásicos, Madrid, 1969[2].

Ferrarotti, Franco, *Al santuario con Pavese. Storia di un'amicizia,* Centro Editoriale Dehoniano, Bologna, 2016.

Ferretti, Gian Carlo, *L'editore Cesare Pavese,* Einaudi, Turín, 2017.

Frazer, James G., *El folklore en el Antiguo Testamento,* Fondo de Cultura Económica, México, 1996.

Frazer, James G., *Il ramo d'oro, I-II,* Lauro de Bonis (tr.), Einaudi (Collezione di studi religiosi, etnologici e psicologici, 14), Turín, 1950. Hay edición española como *La rama dorada. Magia y religión,* Fondo de Cultura Económica, México, 2011.

Gandini, Mario, «Raffaele Pettazzoni negli anni 1949-1950. Materiali per una biografia», *Strada maestra. Quaderni della Biblioteca comunale "G. C. Croce" di San Giovanni in Persiceto,* 60.1 (2006).

García Gual, Carlos, «La muerte del héroe, de la *Bhagavad Gîta* a Jorge Luis Borges», *Estudios clásicos,* 13.56 (1969), pp. 59-69.

García Gual, Carlos, *Mitos, viajes, héroes,* Taurus, Madrid, 1981.

García Gual, Carlos, «Manuales de mitología clásica con explicación alegórica I», *Revista de libros,* 0 (1996), pp. 11-12.

García Gual, Carlos, *Diccionario de mitos,* Planeta, Barcelona, 1997.

García Gual, Carlos, «Cesare Pavese: Diálogo con Leucó», *Claves de razón práctica,* 192, 2009, pp. 78-82.

García Gual, Carlos, «La decisión de Orfeo (según Cesare Pavese)», en *Tracing Orpheus. Studies of Orphic Fragments,* Miguel Herrero de Jáuregui *et alii* (eds.), De Gruyter, Berlín, 2011, pp. 413-418.

García Gual, Carlos, «Sobre Cesare Pavese y sus *Diálogos con Leucò*», *Cuadernos de filología italiana,* 18 (2011). Ejemplar dedicado a: *Cesare Pavese: un classico del XX secolo (1908-2008),* pp. 177-186.

Gerace, Angela Francesca, «"Respirava la morte e la spargeva": variazioni di femminilità euripidea nei *Dialoghi con Leucò*», en Cavallini [2014b], pp. 198-220.

Gigliucci, Roberto, *Cesare Pavese,* Mondadori, Milán, 2001.

Girard, René, *La violenza e il sacro,* Ottavio Fatica y Eva Czerkl (tr.), Adelphi (Saggi 19), Milán, 1980. Hay edición española, *La violencia y lo sagrado,* J. Jordá (tr.), Anagrama, Barcelona, 1983 (2023).

Gragnolati, Manuele, «Lo scrittore, l'amore e la morte. Per una lettura leopardiana dei *Dialoghi con Leucò*», *Testo,* 27.52 (2006), pp. 59-76.

Graves, Robert, *Los mitos griegos,* I-II, Esther Gómez Parro (tr.), Alianza Editorial (Humanidades 3 y 4), Madrid, 2017[4].

Grimal, Pierre, *Diccionario de mitología griega y romana,* Francisco Payarols (tr.), Paidós, Barcelona, 1994[7].

Guglielmi, Guido, «Mito e logos in Pavese», en G. Guglielmi, *Letteratura come sistema e come funzione,* Einaudi, Turín, 1967, pp. 138-147.

Inocencio III, *De miseria humanae conditionis,* M. Maccarrone (ed.), Thesaurus Mundi, Lugano, 1955.

JESI, Furio, «Cesare Pavese, il mito e la scienza del mito», en *Letteratura e mito,* Einaudi, Turín, 1966, pp. 129-160.

JUNG, Carl G. y Karl KERÉNYI, *Prolegomeni allo studio scientifico della mitologia,* Angelo Brelich (tr.), Einaudi (Collezione di studi religiosi, etnologici e psicologici, 4), Turín, 1948. Hay edición en castellano como *Introducción a la esencia de la mitología: el mito del niño divino y los misterios eleusinos,* Brigitte Kiemann y Carmen Gauger (trs.), Siruela, Madrid, 2004.

KERÉNYI, Karl, *La religione antica nelle sue linee fondamentali,* Zanichelli, Bolonia, 1940.

KERÉNYI, Karl, *Figlie del sole,* Angelo Brelich (tr.), Einaudi (Collezione di studi religiosi, etnologici e psicologici, 6), Turín, 1949. Puede verse una aproximación a su obra en *La religión antigua,* Revista de Occidente, Madrid, 1972.

KERÉNYI, Karl, *Miti e misteri,* Angelo Brelich (ed. y tr.), Einaudi (Collezione di studi religiosi, etnologici e psicologici, 15), Turín, 1950. Hay versión española de las reflexiones sobre *Eleusis. Imagen arquetípica de la madre y de la hija,* María Tabuyo y Agustín López (tr.), Siruela, Madrid, 2003.

KERÉNYI, Karl, *Dioniso. Archetipo della vita indistruttibile,* Adelphi, Milán, 1992. Hay edición española como *Dionisios: raíz de la vida indestructible,* Magda Kerényi (ed.), Adan Kovacksics (tr.), Herder, Barcelona, 1998.

KERÉNYI, Karl, *Gli dèi e gli eroi della Grecia,* Il saggiatore, Milán, 2015.

LAJOLO, Davide, *Il «vizio assurdo». Storia di Cesare Pavese,* Il saggiatore, Milán, 1960.

LANZILLOTTA, Monica, «"Molte cose sono mutate sui monti": la *hybris* di Issione nella Nube pavesiana», en CAVALLINI [2014b], pp. 154-183.

LANZILLOTTA, Monica, *Bibliografia pavesiana,* Centro Editoriale e Librario, Rende, 1999.

LIJOI, Lucilla, «Ξένος e Βάρβαρος. Lettura dell'Ospite di Cesare Pavese», en *Studi Novecenteschi,* 84 (2012), pp. 371-398.

MANIERI, A., «Le donne del mito nei *Dialoghi con Leucò:* Pavese e le fonti greche», *Quaderni Urbinati di Cultura Classica,* 145.2 (2017), pp. 193-213.

MARCHESE, L., «I ciechi. Tra echi psicanalitici e sincretismo letterario», en *Studi Novecenteschi,* 47.87 (2014), pp. 195-218.

MARIANI, Umberto, «The Sources of *Dialogues with Leucò* and the Loneliness of the Poet's Calling», *Rivista di Studi di Italiano,* 2 (1988), pp. 46-68.

MARIANI, Umberto, *Un uomo tra gli uomini: saggi pavesiani,* Cesati, Florencia, 2005.

MASOERO, M., *Una bellissima coppia discorde. Il carteggio tra Cesare Pavese e Bianca Garufi (1945-1950),* Leo S. Olschki (Centro studi [...] Piemonte Gozzano), Florencia, 2011.

MENCARINI, Beatrice, *L'inconsolabile. Pavese, il mito e la memoria,* Edizioni dell'Orso, Alessandria, 2013.

MIRTO, Maria Serena, «Tradizione mitica e lavoro onirico nei *Dialoghi con Leucò* di Cesare Pavese», en *Maia: Rivista di letterature classiche,* 68. 3 (2016), pp. 783-806.

MONDO, Lorenzo, *Cesare Pavese,* Mursia editore, Milán, 1961.

MONDO, Lorenzo [*et alii*], *Pavese, Sigma, rivista trimestrale di letteratura,* 3/4 (1964). Número monográfico con colaboraciones de Marziano Guglielminetti, Marco Forti, Corrado Grassi, Claudio Gorlier, Gian Luigi Beccaria, Furio Jesi, Eugenio Corsini, Sergio Pautasso, Giorgio Barberi Squarotti, Robert Paris, Johannes Hosle.

MUÑIZ MUÑIZ, María de las Nieves, «Cesare Pavese: Retorno "en abîme"», en *Anuario de estudios filológicos,* 6 (1983), pp. 157-190.

MUÑIZ MUÑIZ, María de las Nieves, *Introduzione a Pavese,* Laterza, Bari, 1992.

MUÑOZ RIVAS, José, *En el texto poético de Cesare Pavese,* Calambur, Valencia, 2018.

MUSUMECI, Antonino, *L'impossibile ritorno: la fisiologia del mito in Cesare Pavese,* Longo, Rávena, 1980.

Mutterle, Anco M., *L'immagine arguta. Lingua, stile, retorica di Pavese,* Einaudi, Turín, 1977.

Mutterle, Anco M., «Le Bacche di Leucò», en *Sincronie,* 5.9 (2001), pp. 51-59.

Mutterle, Anco M., «Un dialogo-monologo pavesiano. "La nube"», en *Rivista di Letteratura Italiana,* 33.3 (2015), pp. 129-134.

Muzzioli, Francesco, «La dialettica del mito. Leucò, ovvero le "Operette morali" di Cesare Pavese», *Cuadernos de filología italiana,* 18 (2011). Ejemplar dedicado a: *Cesare Pavese: un classico del* xx *secolo (1908-2008),* pp. 269-281.

Naveros, Miguel, «La vita e le cose (Suicidio e identidad)», *Cuadernos de filología italiana,* 18 (2011). Ejemplar dedicado a: *Cesare Pavese: un classico del* xx *secolo (1908-2008),* pp. 283-292.

Otto, Walter, *Gli dèi della Grecia: l'immagine del divino riflessa dallo spirito greco,* Giovanna Federici Airoldi (tr.), La Nuova Italia, Florencia, 1941. Hay edición en castellano, *Los Dioses de Grecia,* Jaume Pòrtulas (pr.), Rodolfo Berge y Adolfo Murguía Zuriarrain (trs.), Siruela, Madrid, 2003. Utilizo la edición de Adelphi, Milán, 2016, publicada como *Gli dèi della Grecia,* que sigue la traducción de 1941.

Pastore, Anna, «Appunti sul mito: *Dialoghi con Leucò* e *La luna e i falò*», en *Sotto il gelo dell'acqua c'è l'erba. Omaggio a Cesare Pavese,* Edizioni dell'Orso, Alessandria, 2001, pp. 305-314.

Philippson, Paula, *Origine e forme del mito greco,* Angelo Brelich (tr.), Einaudi (Collezione di studi religiosi, etnologici e psicologici, 10), Turín, 1949. Contiene los trabajos *Thessalische Mythologie* y *Genealogie als Mythische Form. Studien zur Theogonie des Hesiod.*

Pierangeli, Fabio, *Pavese e i suoi miti toccati dal destino. Per una lettura dei Dialoghi con Leucò,* Tirrenia Stampatori, Turín, 1995.

Pierangeli, Fabio, «L'Edipo di Pavese: sinestesie del toccare», en *Sincronie,* 5.9 (2001), pp. 89-97.

Premuda, Maria Luisa, «I *Dialoghi con Leucò* e il realismo simbolico di Cesare Pavese», en *Annali della Scuola Normale Superiore di Pisa,* 26 (1957), pp. 222-249.

Renard, Philippe, «*Dialoghi con Leucò*: la conquête du mythe comme polarisation de l'inconciliable», en *Italianistica,* 1 (1972), pp. 43-56.

Renna, Salvatore, «Cesare Pavese e la polemica classico-romantica sulla mitologia», en *Critica Letteraria,* 45.3 (2017), pp. 527-555

Romanelli, Giovanna, *I Dialoghi con Leucò e il labirinto della vita,* Soveria Mannelli, Rubbettino, 2013.

Ruiz de Elvira, Antonio, *Mitología clásica,* Gredos, Madrid, 2015.

Rusi, Michela, *Le malvagie analisi. Sulla memoria leopardiana di Cesare Pavese,* Longo, Rávena, 1988.

Rusi, Michela, «Dialogo e ritmo: il modello leopardiano nei *Dialoghi con Leucò*», en *Cesare Pavese oggi. Atti del convegno internazionale di studi, San Salvatore Monferrato,* 25-27 de septiembre de 1987, G. Ioli (ed.), San Salvatore Monferrato, 1989, pp. 77-86.

Salvaneschi, Enrica, «Cesare Pavese: grecità sommersa, emergenze di mito», en Cavallini [2014b], pp. 83-100.

Secchieri, Filippo, «Il monologismo essenziale del dialogo letterario. Sui *Dialoghi con Leucò* di Cesare Pavese», en *Lingua e stile,* 26.3 (1991), pp. 429-446.

Secci, Lia, «Mitologia "mediterranea" nei *Dialoghi con Leucò* di Pavese», en *Mythos. Scripta in honorem Marii Untersteiner,* Università di Genova, Istituto di Filologia Classica, Génova, 1970, pp. 241-254.

Sichera, Antonio, *Pavese. Libri sacri, misteri, riscritture,* Leo S. Olschki, Florencia, 2015.

Sichera, Antonio, «Il ritorno del mito, il tempo dell'altro: l'Ulisse di Pavese, *Rivista di letteratura italiana,* 35.2 (2017), pp. 83-96.

Traina, Giusto, «Allora la semplice frase "c'era una fonte" commuoverà. Paesaggio e memoria dell'antico in Pavese», en Cavallini [2014b], pp. 25-40.

UNTERSTEINER, Mario, *La fisiologia del mito,* Bocca, Milán, 1946.

VAN DEN BOSSCHE, Bart, «*Dialoghi con Leucò* di Cesare Pavese: un caso di riscrittura del mito classico», en *Otto/Novecento: rivista quadrimestrale di critica letteraria,* 24.1, (2000), pp. 105-124.

VAN DEN BOSSCHE, Bart, «"Un vivaio di simboli": dialogare con il mito greco», en CAVALLINI [2014b], pp. 143-155.

VENTURI, Gianni, «Nobile semplicità e quieta grandezza. Gli dèi lontani e il furore di vivere nei *Dialoghi con Leucò*», en CAVALLINI [2014b], pp. 11-24.

VERNANT, Jean-Pierre, *Mito y pensamiento en la Antigua Grecia,* Ariel, Barcelona, 1983.

VITAGLIANO, Daniela, «Les *Dialoghi con Leucò* de Cesare Pavese, une mythologie fondée sur l'homme», *Cahiers d'études romanes,* 27 (2013), pp. 529-544.

VITAGLIANO, Daniela, «Le devenir-écriture dans La belva: les *Dialoghi con Leucò* de Cesare Pavese entre bestialité, humanité et divinité», *Studii-de-Ştiinta-şi-Cultură,* 10.3, 38 (2014), pp. 101-110.

VITAGLIANO, Daniela, «Le soglie dei *Dialoghi con Leucò* di Cesare Pavese: un parallelo tra la struttura dell'opera e la coscienza autoriale», *Presente e futuro della lingua e letteratura italiana: problemi, metodi, ricerche, Actes du* VII *Colloque International d'italianistica de l'Université de Craiova,* 17-18 de septiembre de 2015 (2017), pp. 835-846.

WLASSICS, Tibor, *Pavese falso e vero. Vita, poetica, narrativa,* Centro di studi piemontesi, Turín, 1985.

ZANGRILLI, Franco, *Il piacere di raccontare. Pavese dentro il fantastico postmoderno,* Dario Flaccovio, Palermo, 2017.

EDICIONES DE AUTORES CLÁSICOS CITADOS EN LAS NOTAS

APOLODORO, *Biblioteca,* Javier Arce y Margarita Rodríguez de Sepúlveda (tr.), Gredos (Biblioteca Clásica Gredos, 85), Madrid, 1985.

APOLONIO DE RODAS, *Argonáuticas,* Mariano Valverde Sánchez (ed.), Gredos (BCG, 227), Madrid, 1996.

Ateneo, *Banquete de los eruditos.* La Biblioteca Clásica Gredos lleva publicados los primeros trece libros. Para la referencia que cita Pavese sobre Prometeo (libro xv) uso la edición latina como *Athenaei Dipnosophistarum siue Cœnae sapientum libri xv,* Natale Conti (ed.), Andrea Arrivabene, Venetiis, 1556.

Baquílides, *Odas y fragmentos,* Fernando García Romero (ed.), Gredos (bcg, iii), Madrid, 1988.

Biblia de Jerusalén, Alianza Editorial (El libro de bolsillo, 1675), Madrid, 1994.

Boccaccio, Giovanni, *Genealogia deorum.* Hay edición española como *Genealogía de los dioses paganos,* Mª Consuelo Álvarez y Rosa Mª Iglesias (eds.), Editora Nacional, Madrid, 1983.

Boecio, Ancio M. S., *La consolación de la filosofía,* Leonor Pérez Gómez (ed.), Akal, Madrid, 1997.

Calímaco, *Himnos, epigramas y fragmentos,* Luis Alberto de Cuenca y Prado y Máximo Brioso Sánchez (eds.), Gredos (bcg, 33), Madrid, 1980.

Conti, Natale, *Mitología,* Rosa Mª Iglesias Montiel y Mª Consuelo Álvarez Morán (eds.), Universidad de Murcia, Murcia, 1988.

Diodoro Sículo, *Biblioteca histórica.* La bcg tiene abierta la publicación de la *Biblioteca histórica* desde 2001 en los volúmenes 294, 328, 353, 371, 398, 411 pero en febrero de 2018 no había aparecido el volumen con los libros 4 y 5, los que aquí interesan. Consulto la edición de Poggio Bracciolini con los seis primeros libros, *Bibliothecae historicae libri vi,* Baldassarre Azzoguidi, Bononie, 1472.

Eurípides, *Tragedias,* i-iii, Gredos (bcg, 4, 11, 22), Madrid, 1983. *Hipólito y Medea* en el primer volumen, en edición de A. Medina González y J. A. López Férez.

Esquilo, *Tragedias,* Manuel Fernández-Galiano y Bernardo Perea Morales (eds.), Gredos, (bcg, 97), Madrid, 1986.

Flavio Josefo, *La guerra de los judíos,* i-iii, Jesús Mª Nieto Ibáñez (tr.), Gredos (bcg, 247), Madrid, 1997.

Fulgencio, Fabio P., *Mythologiarum libri III,* en Higino *et alii, Fabularum liber…,* Johann Herwagen, Basileae, 1549.

Heródoto, *Historia,* 7, Carlos Schrader (ed.), Gredos (bcg, 82), Madrid, 1985.

Hesíodo, *Teogonía,* en *Obras y fragmentos,* Aurelio Pérez Jiménez y Alfonso Martínez Díaz (eds.), Gredos (Biblioteca Clásica Gredos, 13), Madrid, 1997[3].

Higino, *Fábulas,* Santiago Rubio Ferraz (ed.), Coloquio, Madrid, 1987.

Higino, *Himnos homéricos,* Alberto Bernabé Pajares (ed.), Gredos (bcg, 8), Madrid, 1988.

Higino, *Himnos órficos,* Manuel Periago Lorente (ed.), Gredos (bcg, 104), Madrid, 1987.

Homero, *Ilíada,* Emilia Crespo Güemes (ed.), Gredos (bcg, 150), Madrid, 1991.

Homero, *Odisea,* Manuel Fernández Galiano y J. Manuel Pabón (eds.), Gredos (bcg, 48), Madrid, 1982.

Horacio, *Sátiras, Epístolas, Arte poética,* José Luis Moralejo (ed.), Gredos (bcg, 373), Madrid, 2008.

Horacio, *Odas, Canto secular, Epodos,* José Luis Moralejo (ed.), Gredos (bcg, 360), Madrid, 2007.

Luciano, *Diálogos de los dioses,* en *Obras,* IV, José Luis Navarro González (ed.), Gredos (bcg, 172), Madrid, 1992.

Menandro, *Comedias,* Pedro Bádenas de la Peña, (ed.), Gredos (bcg, 99), Madrid, 1986.

Ovidio, *Heroidas,* Francisca Moya del Baño (ed.), csic, Madrid, 1986.

Ovidio, *Metamorfosis,* I-III, Antonio Ruiz de Elvira (ed.), csic, Madrid, 1982-1984.

Pausanias, *Descripción de Grecia,* I-III, María Cruz Herrero Ingelmo (ed.), Gredos (bcg, 196, 197, 198), Madrid, 1994.

Píndaro, *Odas y fragmentos. Olímpicas. Píticas. Nemeas. Ístmicas. Fragmentos,* Alfonso Ortega (ed.), Gredos (bcg, 68), Madrid, 1984.

PLATÓN, *Diálogos. Leyes,* Francisco Lisi (ed.), Gredos (BCG, 265), Madrid, 1999.

PLUTARCO, «Vida de Teseo», en *Vidas paralelas,* I, Aurelio Pérez Jiménez (ed.), Gredos (BCG, 77), Madrid, 1985.

PLUTARCO, «Los animales son racionales» o «Grilo», en *Obras morales y de costumbres,* IX, Vicente Ramón Palerm y Jorge Bergua Cavero (eds.), Gredos (BCG, 299), Madrid, 2002.

PROPERCIO, *Elegías,* Antonio Tovar y María T. Belfiore Mártire (eds.), CSIC, Madrid, 1984.

SÓFOCLES, *Tragedias,* I, *Ayax, Las Traquinias, Antígona, Edipo rey, Electra, Filoctetes, Edipo en Colono,* José S. Lasso de la Vega y Assela Alamillo (eds.), Gredos (BCG, 40), Madrid, 1981.

VIRGILIO, *Eneida,* Vicente Cristóbal y Javier de Echave-Sustaeta (eds.), Gredos (BCG, 166), Madrid, 1992.

VIRGILIO, *Bucólicas, Geórgicas,* Tomás de la Ascensión Recio García y Arturo Soler Ruiz (eds.), Gredos (BCG, 1414), Madrid, 1990.

Índice

«E il naufragar m'è dolce in questo mare»